초
한
지

6

초한지

6

이문열 지음

동트기 전

楚漢志

RHK
알에이치코리아

초한전쟁도

○ 오(吳)

회계군

○ 주무

○ 북해

○ 임치

○ 역성

○ 평원

○ 가록

○ 은하

○ 성양

○ 청도

○ 곡부

○ 풍

○ 패

○ 소성

○ 섬

○ 광성

○ 하비

○ 하상

사수 · 수수
유방군 섬멸 지역

○ 우이

○ 기

○ 유현

○ 하구

○ 탕

○ 진류

○ 진(陳)

○ 구강

○ 하성보

○ 언

○ 낙양

○ 성고

○ 경현

○ 형양

○ 신안

○ 함곡관

○ 무관

○ 역양

○ 회수

○ 장안

○ 함양

○ 진창

○ 산관

○ 한중

------- 패왕 항우의 추격로

——— 한왕 유방의 퇴각로

차례

楚漢志

궤란(憤亂)

팽성이 패왕 항우에게 떨어지던 날 역상과 근흡의 호위를 받으며 황황히 남문으로 빠져나간 한왕 유방은 내리 30리를 달려 높지 않은 산악 지대로 들어선 뒤에야 겨우 한숨을 돌렸다. 참담한 얼굴로 저물어 오는 사방을 바라보다가 문득 장량과 진평을 돌아보며 말했다.

"여기서 수레를 멈추고 대장군이 이끄는 우리 본진이 뒤따라오기를 기다리는 게 어떻겠소? 그리고 사람을 풀어 흩어진 제후군을 거둬들이면 적지 않은 군세를 이룰 수 있을 것이오."

"아니 됩니다. 아직은 팽성에서 너무 가깝습니다. 패군을 수습하는 일은 항왕(項王)의 추격에서 온전히 벗어난 뒤라도 늦지 않습니다. 대장군에게 뒤를 끊게 하시고 대왕께서는 팽성에서 한

걸음이라도 더 멀리 떨어지도록 하십시오."

장량이 지친 낯빛으로 그렇게 받았다. 진평과 노관도 한신의 당부를 상기시키며 내처 달리기를 권했다. 이에 한왕은 눈치 빠르고 날랜 사졸 몇을 대장군 한신이 거느린 한군(漢軍)과 제후군 패잔병들을 자신의 본진으로 이끌 길라잡이로 남겼다. 그리고 수레를 남으로 몰아 저물어 오는 길을 다시 떠났다.

도중 한 군데 후미진 골짜기에서 늦은 저녁밥을 지어 먹고 밤새 길을 재촉한 한왕의 본진은 다음 날 새벽이 되어서야 군사를 숨길 만한 산자락을 만났다. 한왕이 수레 문을 열고 곁에 따라오고 있는 노관에게 말했다.

"여기가 어디쯤인지 알아보아라."

잠시 후에 노관이 돌아와 알려 주었다.

"이곳 지리를 잘 아는 이졸의 말에 따르면 부리현(符離縣)이라 합니다."

"그렇다면 계속 남쪽으로만 달려온 셈이로구나. 점점 초나라 깊숙이 드는 꼴이니 남쪽으로 내려가는 길은 이만 그만두는 게 좋겠다."

한왕이 그렇게 말하고 다시 진평과 장량을 불러 물었다.

"이쯤이면 군사들을 쉬게 하며 대장군이 우리 군사를 거두어 오기를 기다려도 되지 않겠소? 제후군이 우리를 찾지 못해 그대로 흩어져 버리는 것도 걱정이오."

이번에는 장량과 진평도 말리지 않았다. 밝아 오는 산자락의 지세를 이리저리 살펴보다가 한 군데 물을 낀 산등성이에 진채를 내릴 땅을 정해 주었다. 등성이가 가파른 데다 앞이 훤히 틔어 있어 특별히 목책이나 보루를 쌓지 않아도 빼앗기는 어렵고 지키기에는 좋은 자리였다.

길라잡이를 남겨 둔 덕분인지 대장군 한신이 거느린 한군은 그날 해가 뜨기도 전에 한왕의 본진에 이르렀다. 원래 한신이 이끌고 있던 5만 명에다 오는 도중에 이리저리 불러 모으고 찾아든 패잔병이 3만 넘어 그들이 보태지자 한왕의 군세는 금세 10만으로 부풀어 올랐다.

그러자 겁먹고 놀라 졸아붙었던 한군의 간담이 다시 부어오르기 시작했다. 떠들썩한 인마의 기척이 멀리 들리는 것도 연기가 높이 솟는 것도 두려워하지 않으며 아침밥을 짓고 있는데, 갑자기 적지 않은 인마가 먼지를 일으키며 그 산자락으로 몰려들었다.

"적이다. 적이 왔다!"

높은 곳에서 망을 보던 군사의 외침에 놀란 한군 장졸이 급하게 싸울 채비에 들어갔다. 그때 그쪽에서 몇 필의 말이 주저 없이 등성이 아래로 다가왔다. 가만히 살펴보니 길라잡이로 남긴 한군 사졸과 제후군의 깃발을 앞세운 기마 몇 명이었다.

"한왕(韓王) 신(信)이 대왕께 문후 올립니다. 팽성 북문을 지키다가 어가를 호위하러 달려왔습니다. 오는 길에 새왕(塞王)과 적왕(翟王)을 만나 그 패군을 수습하느라 이제야 대왕의 본진에 이르게 되었습니다."

한(韓)나라의 깃발을 앞세운 기장이 한왕을 대신해 그렇게 외쳤다. 이어 함께 온 다른 기병들도 각기 제 주인의 안부를 전했다.

"새왕 사마흔이 삼가 대왕께 문후 올립니다."

"적왕 동예가 대왕께 문후 올립니다."

그리고 뒤이어 한왕 신과 새왕 적왕이 이끈 3만의 군사가 그 산등성이에 보태졌다. 그들 세 왕이 한왕(漢王) 유방을 찾아보고 군례를 올리자 기운을 되찾은 한왕이 물었다.

"과인이 팽성을 얻을 때는 일곱 제후와 왕이 함께하였는데, 그 중 셋이 이렇게 오셨구려. 다른 제후 왕들은 어찌 되었는지 궁금하오."

눈치 빠르고 세상 물정에 밝은 새왕 사마흔이 쫓기는 중에도 알아본 제후들의 뒷소문을 한왕에게 전해 주었다.

"하남왕 신양은 소성 밖에서 패왕의 창에 꿰어 죽고, 은왕 사마앙도 사수 가에서 난군 중에 목숨을 잃었다 합니다. 안에서 소성을 지키던 위왕 표는 성 밖으로 구원을 나왔다가 다시 성안으로 돌아가지 못하고 서쪽으로 달아났는데 지금 어디 있는지는 알지 못합니다. 또 상산왕(常山王) 장이와 전 한왕(韓王) 정창은 북문에서 흩어질 때 다른 제후군처럼 동쪽으로 가지 않았다는 것만 알려져 있을 뿐, 아직은 생사조차 분명하지 않습니다."

"상산왕은 어진 사람으로 널리 알려진 사람이오. 틀림없이 팽성을 빠져나가 뒷날을 기약하고 있을 것이외다."

한왕은 그렇게 단언했지만 얼굴은 알아보게 풀이 죽어 있었다.

하지만 오래잖아 한군의 기세를 돋워 줄 일이 다시 생겼다. 아침밥을 지어 먹은 한군이 잠시 쉬고 있는데, 또 한 떼의 적지 않은 군사들의 북쪽에서 몰려왔다. 팽성이 무너질 때 한군 본진을 따라나서지도 못하고 동쪽으로 달아나는 제후군에 끼지도 못한 한군과 제후군으로, 그 머릿수가 2만이 넘었다.

이끄는 장수도 없이 쫓기던 그들 2만은 무턱대고 초나라 군사들이 없는 곳으로 달아나다 보니 남쪽으로 길을 잡게 되었다. 하룻밤을 정신없이 달린 뒤에야 팽성보다 더 초나라 깊숙이 들어왔음을 알고 우왕좌왕하게 되었다. 그런데 때마침 한왕이 길라잡이로 남긴 사졸 하나를 만나게 되어 그리로 오는 길이었다.

그럭저럭 모인 군세가 15만이 넘자 한군 장졸들뿐만 아니라 한왕의 기세도 크게 살아났다.

모든 장수와 막빈들을 자신의 군막으로 모이게 한 뒤 한왕이 말하였다.

"팽성에서는 아래위가 모두 방심하고 태만하였다가 큰 낭패를 당했소. 허나 여기 모인 군사가 15만이 넘고, 사방을 떠돌며 과인에게 돌아올 길을 찾고 있는 장졸 또한 적지 않을 것이니, 이제 한번 맞받아칠 때가 된 듯하오. 이 등성이 아래 벌판에 녹각과 목책을 세우고 진채를 옮겨 기다리다가 뒤쫓아 오는 항왕의 군사와 결판을 내는 게 어떻겠소?"

그 한 달 한왕의 허풍과 변덕에 병권을 넘겼다가 쓴맛을 톡톡히 본 대장군 한신이 나섰다.

"아니 됩니다. 이곳은 초나라 땅 깊숙한 곳이니, 우리 군사들에게는 이른바 절지(絶地)라 할 수 있습니다. 그리고 절지에서 싸움을 벌이다 지면 제 땅으로 물러날 수가 없어 바로 사지(死地)가 되고 맙니다. 어서 이곳을 떠나 이기면 나아가기 좋고 져도 물러

날 곳이 있는 땅을 찾아야 합니다."

"그런 용병의 길지(吉地)가 어디 있소?"

한왕이 조금 물러나는 기세로 그렇게 한신에게 물었다. 이미
살펴 둔 곳이 있는 듯 한신이 별로 뜸들이지 않고 답했다.

"영벽(靈壁) 동쪽이면 어떻겠습니까?"

"영벽이라, 귀에 익지 않은 땅 이름이오. 거기가 어디요?"

"이곳 부리현에서 서북쪽으로 90리쯤 되는 곳에 있는 작은 고
을입니다. 전에 천하를 떠돌 적에 가 본 적이 있는데, 그 동쪽에
병진을 펼쳐 볼 만한 땅이 있었습니다. 벌판이 넓어 대군을 부리
기에 편할 뿐만 아니라, 적의 속임수를 알아차리기도 수월한 곳
입니다. 거기다가 그 벌판 서쪽으로 수수가 흘러 싸움에 져도 그
강만 건너면 적의 추격을 뿌리치고 곧장 탕현으로 물러날 수 있
습니다."

그와 같은 한신의 말을 듣자 한왕도 더는 부리현에서의 싸움
을 고집하지 않았다. 오히려 지난 한 달 남짓 그의 말을 듣지 않
다가 겪게 된 낭패가 떠올랐는지, 그때부터 군사를 부리는 일은
모두 대장군 한신에게 다시 맡겼다.

한신은 그 길로 대군을 몰아 그날 저물녘에는 벌써 영벽 동쪽
벌판으로 옮겨 앉았다.

이튿날 한신은 먼저 군사들에게 나무를 베어 진채 앞에 녹각
을 세우고 목책을 두르게 했다. 그리고 용도(甬道)로 쓸 참호를
파게 하고 든든한 보루를 쌓게 해 앞으로 있을 패왕의 강습에 대
비하게 했다. 또 다른 한편으로는 군사들을 가만히 수수 가로 보

내 싸움이 뜻과 같지 못할 때 물러날 길도 닦았다. 쫓길 때 대군이 탈 수 있는 배들을 모아 두게 하고, 다급하면 배 없이도 건널 수 있는 얕은 여울목도 알아 두게 했다.

한신은 패왕이 거기까지 뒤쫓아 오는 데 적어도 사흘은 걸릴 것으로 보았다. 패왕이 이끈 초군 주력은 보름도 안 돼 천 리 길을 달려오며 크고 작은 싸움을 거듭 치러 온 군사들이었다. 격앙되어 분발하면 초나라 사람 특유의 불같은 투지를 쏟아 내는 강동의 자제들이 앞장서고 있다 해도 그들 또한 피와 살로 된 사람의 몸이었다. 이미 팽성을 내주고 달아난 한왕을 하룻밤 쉬지도 않고 바로 뒤쫓을 수는 없을 것 같았다.

거기다가 은밀하고 신속한 기동과 집중된 타격을 위주로 삼는 패왕의 전법도 더는 되풀이하기에 무리로 보였다. 적이 드러난 곳에서 방심한 채 멈춰 있을 때는 그 전법이 잘 먹혀들었지만 이제는 아니었다. 한군은 쫓기느라 움직이고 있었고, 움직이기에 그 머문 곳을 알기 어려웠으며, 또 그 군사는 한번 호된 맛을 본 뒤라 살피고 또 삼가는 중이었다.

따라서 패왕은 이제는 정면으로 다가가 압도적인 힘으로 한군을 쳐부수고 한왕 유방을 사로잡아야 했다. 그런데 패왕이 아무리 여기저기서 많은 한군을 무찔렀다 해도, 그 주력은 한왕이 있는 곳에 몰려 있을 수밖에 없었다. 그 대군을 쳐부수자면, 패왕에게도 어느 정도는 대군이 있어야 하는데, 그렇게 되자면 아무래도 며칠은 걸릴 것으로 보였다.

'듣기로 범증과 계포가 이끄는 초군 본진은 아직도 팽성 경내로 돌아오지 못했다고 한다. 그들이 오늘 돌아온다 해도 패왕이 10만 대군을 만들어 여기까지 오려면 사흘은 걸릴 것이다. 그 사흘이면 넉넉하다. 패왕이 이를 때쯤 이곳은 우리 장졸들이 펼친 진세로 철옹성(鐵甕城)을 이루고 있을 것이다. 설령 우리보다 큰 군사를 이끌고 온다 해도 이제까지 그가 해 온 대로 마구잡이 기세만으로는 이길 수 없다. 대군과 대군이 병법으로 맞서는 정규의 대회전(大會戰)이 된다. 그리되면 오히려 나야말로 한번도 져본 적이 없는 이 괴력의 사내에게 진다는 게 어떤 것인지를 가르쳐 줄 것이다……'

한신은 그렇게 중얼거리며 장졸을 재촉했다. 그러나 영벽 동쪽의 벌판을 철옹성으로 만드는 일부터가 쉽지 않았다. 한군은 장졸이 모두 싸움에 지고 쫓기는 터라 마음이 한껏 어지러워져 있었다. 녹각이나 목책을 세우는 일이라면 몰라도 용도를 파고 보루를 세워 가며 적을 기다려 싸울 기세가 남아 있지 않았다.

초여름 비로 수수의 물이 불어 있었던 것도 한군 장졸을 불안하게 했다. 가까운 곳에서는 배 없이 강을 건널 여울목이 없고, 인근 나루를 다 뒤져도 15만이 넘는 대군을 실어 나를 만한 배를 모을 수가 없었다. 그러자 한군 장졸에게는 진채를 굳게 세우는 일보다 수수를 건널 방도를 찾는 일이 더욱 급해졌다.

한군 장졸의 심사가 그렇게 돌아가니 야전(野戰) 축성(築城)이 제대로 될 리 없었다. 녹각과 목책은 흉내만 내고 용도와 보루는 파고 쌓는 시늉만 했다. 철옹성은커녕 기마대의 돌진을 막아 낼 진채 울타리조차 세워지지 않았다.

거기다가 더욱 고약한 일은 패왕이 한신의 예상보다 훨씬 빨리 영벽으로 밀고 든 일이었다. 어찌 보면 한군이 영벽에 진채를 얽기 시작한 그날부터 벌써 한초(漢楚) 양군의 접촉은 시작되고 있었다. 혹시라도 있을지 모르는 초군의 추격을 막으며 뒤따라오느라 그날 낮에야 영벽에 이른 한군 후군이 한신에게 알려 왔다.

"초나라 척후가 줄곧 뒤를 따르고 있었습니다. 우리가 어디로 가는지를 살피고 있는 듯했습니다."

하지만 자신의 헤아림만 믿고 있던 한신은 그 말을 심각하게 듣지 않았다.

"항왕은 그렇게 멀리까지 척후를 보낼 만큼 차분하고 꼼꼼한 사람이 아니다. 아마도 우리에게 겁먹은 인근 군현의 초나라 이졸들이 숨어서 가슴 졸이며 너희를 훔쳐보았을 것이다."

그렇게 웃어넘기고 진채를 보강하는 일에만 마음을 쏟았다. 그런데 다음 날 아침 팽성 동쪽의 곡수와 사수 강변에서 용케 몸을 빼낸 제후군 부장 하나가 한군 진채로 찾아들면서 조짐은 한층 불길해졌다.

"곡수와 사수 가에서 패왕은 초나라 군사들을 별로 상하지 않고도 대왕을 따르던 10만 제후군을 몰살했습니다. 시체 더미에 묻혀 죽은 척하며 초나라 군사들이 하는 말을 들으니, 팽성에서 하룻밤을 쉬고는 바로 대왕을 사로잡으러 떠날 것이라고 했다 합니다."

그 부장이 울먹이며 한왕 유방에게 그렇게 말했다. 그게 사실이라면 척후를 보내 뒤를 따르게 한 것도 이상할 게 없었다. 하지만 그래도 한신은 자신에게 이틀은 더 여유가 있을 줄로 생각했다.

"항왕이 일부러 퍼뜨리게 한 헛소문일 것이다. 며칠 전에도 팽성으로 올 것이라 하고 소성부터 치지 않았느냐? 하지만 정말로 온다고 해도 걱정할 것 없다. 이번에는 우리가 올무와 덫을 놓고 기다리다가 겁 모르고 내닫는 멧돼지를 얽으면 된다."

그렇게 큰소리치며 장졸들을 안심시켰다. 그런데 바로 그날 오시 무렵이었다. 한신이 그래도 알 수 없다 싶어 동쪽으로 보낸 탐마(探馬) 한 기가 허둥대며 달려와 알렸다.

"서초의 대군이 몰려오고 있습니다. 오늘 새벽 팽성을 출발했다 합니다."

"머릿수가 얼마나 되더냐?"

한신이 알 수 없다는 듯 그렇게 물었다. 그 군사가 아직도 질린 얼굴로 대답했다.

"들판을 허옇게 덮고 있는데 적어도 10만은 되어 보입니다."

"10만이라? 항왕(項王)에게 무슨 군사가 10만이나 된단 말이냐? 하룻밤 새 만들어 내기라도 했단 말이냐? 네가 헛것을 본 모양이로구나."

한신이 그렇게 말하며 믿지 못해하는데 다시 동쪽을 살피러 갔던 군사 하나가 돌아와 보다 자세한 소식을 전했다.

"아룁니다. 패왕이 10만 대군을 이끌고 30리 밖에 와 있습니다. 이제 한 시진이면 이곳에 이를 것입니다."

그 말을 듣자 한신도 더는 군사들의 말꼬리만 잡고 늘어질 수 없었다. 곧 한왕을 찾아보고 장수들을 모두 군막에 모으게 했다. 그사이에 보다 자세한 소식이 들어왔다.

"패왕이 자신이 이끌던 3만과 종리매, 환초 등이 데리고 온 3만에다 어제 그제 팽성 인근에서 새로 뽑은 초나라 장정을 보태 오늘 새벽 팽성을 떠났습니다. 초군은 모두 합쳐 10만 대군을 일컫는데 그 기세가 자못 사납습니다. 또 범증과 계포가 제나라에서 이끌고 온 본진 10만도 어제 유성(留城)에서 떠났는데, 팽성에 들지 않고 바로 이리 올 것이라 합니다."

그제야 한신에게도 패왕 항우가 이끌고 있다는 10만 대군이 실감이 났다. 한신이 살피러 간 군사들의 말을 얼른 믿지 못한 까닭은 팽성이 다름 아닌 서초의 도읍이요, 패왕의 근거지임을 깜빡 잊은 탓이었다. 관중이 한왕에게 군량과 병력을 대 주는 곳이듯 서초(西楚)는 패왕에게 같은 일을 하는데, 팽성이 바로 그 중심이었다. 패왕이 이틀 사이에 장정 몇 만을 끌어내는 것도 안 될 일이 아니었다.

뜻하지 않은 때에 채비도 제대로 갖추지 못한 채 패왕의 대군과 전단(戰端)을 열게 된 한신은 당황했다. 그리고 자신이 무엇인가 좋지 못한 운세로 내몰리고 있는 듯한 불길한 느낌에 빠져들었다. 하지만 대장군이 되어 그런 동요나 위축을 들켜서는 안 되었다.

"적은 10만 대군을 일컫고 있으나 주력은 제나라에서 달려와 지친 5만 남짓이다. 아무리 패왕이 이끌고 있다 해도 우리 20만 대군으로 몰아 잡으면 한 싸움으로 이길 수 있다. 또 제나라에서 돌아오는 10만이 패왕의 뒤를 받칠 것이라 하나 그들은 아직 멀리 떨어져 있다. 우리가 이곳 싸움을 빨리 끝내면, 결국 적은 많은 군사를 둘로 갈라 하나씩 우리에게 바친 꼴이 될 것이니, 헛소문에 흔들리지 말고 모두 맡은 바 할 일을 다하라."

장수들이 한왕의 군막으로 모이자 한신은 그렇게 기운을 돋워 주며 진작부터 짜 놓은 대로 일러 주었다.

"대왕께서는 자방 선생과 더불어 중군을 맡으시어 우리가 놓을 큰 덫의 미끼가 되어 주십시오. 수레를 버리고 말에 올라 몸소 진두에 서시면 우리 장졸의 사기를 드높일 뿐만 아니라, 항왕을 우리가 바라는 곳으로 꾀어 들일 수 있습니다. 그리하여 항왕이 우리 덫에 걸려들면 뒷일은 신이 맡아 처결하겠습니다."

한신은 먼저 한왕에게 중군을 맡기고 다시 차례로 장수들을 불러 할 일을 주었다.

"노관과 하후영은 3천 정병으로 대왕의 갑주와 투구가 되고, 역상과 근흡은 3만 군사로 중군이 되어 대왕을 호위하라. 또 주가(周苛)와 기신(紀信)은 따로 1만 군사를 이끌고 중군의 위급에 대응한다. 새왕과 적왕께서는 3만 군사를 이끌고 우군이 되고, 한왕(韓王)은 부관(傅寬)과 더불어 3만 군사를 이끌고 좌군이 되어 내가 거느릴 전군의 뒤를 받쳐 주시오.

나는 왕릉(王陵) 장군과 함께 3만 군을 이끌고 전군이 되어 이 싸움에 앞장설 것이오. 그 밖에 주설(周緤)과 장창(張蒼)이 각기 1만 군을 이끌고 유군으로 변화에 따라 움직일 것이고, 관동에서 우리를 따라온 제후 가운데 병세를 유지한 이들도 각기 본부 인마를 이끌고 별대(別隊)가 되어 우리 진세를 두텁게 할 것이오."

얼른 듣기에 한신의 그와 같은 배치는 흠잡을 데 없이 짜임새 있고 든든해 보였다. 한왕의 지우(知遇)를 입고 처음 한중(漢中)을 나와 삼진(三秦)을 평정하던 때의 날카로움과 번쩍임이 되살아난 듯했다. 하지만 한왕 유방의 느낌은 그렇지가 못했다.

"아아, 주발이라도 곁에 있었으면⋯⋯."

장수들과 제후 왕들이 대장군 한신의 명을 받들어 분주히 인마를 움직이는 것을 보던 한왕이 탄식처럼 불쑥 그렇게 말했다. 곁에 있던 진평이 그런 한왕에게 물었다.

"대왕을 떠나 있는 장수가 한둘이 아닌데 왜 하필이면 주발이십니까?"

"나와 함께 패현을 떠난 맹장들이 모두 곁에 없어 해 보는 탄식이오. 번쾌가 추(鄒), 노(魯)로 떠난 것은 한 달이 가깝고, 관영과 조참이 소성을 지키기 위해 과인의 곁을 떠난 지도 보름이 넘었소. 하지만 주발은 엿새 전 곡우(曲遇)의 도적을 잡으러 가기 전만 해도 팽성에 있지 않았소? 그만 여기 있어도 이렇게 앞이 허전하지는 않을 것이오."

한편 그때 패왕의 군사는 한군의 진채에서 동쪽으로 20리쯤 되는 곳에 이르러 있었다. 패왕은 한군데 훤히 트인 들판에다 군사를 멈춰 잠시 쉬게 하고 장수들을 불러 모아 말했다.

"일찍이 한신은 긴 칼을 차고 숙부와 과인을 찾아왔으나 겉만 우람한 허풍선이에 지나지 않았고, 큰소리로 병진의 일을 떠들어

댔지만 기실은 입만 살아 있는 서생일 뿐이었다. 이에 숙부와 과인은 그를 낭중보다 높게는 쓰지 않았다. 미루어 보건대, 지금도 한신은 공론으로 복잡하기만 한 진세를 잔뜩 벌여 놓고 무슨 대단한 그물이라도 쳐 둔 양 으스대고 있을 것이다. 과인은 맹렬한 전투력으로 그 공론을 대신하고, 단순함으로 그 복잡함을 제압하려 한다. 우리에게는 세밀하고 복잡한 전략 따위는 없다. 때를 보아 움직이고 흐름을 따라 나고 든다. 장수들은 적의 허세에 현혹되지 말고 짧은 칼로 곧장 찔러 가듯[單刀直入] 적진으로 뛰어들어 염통을 후비듯 한 싸움으로 적의 숨통을 거둬 버리자!"

그러고는 누가 앞서고 누가 뒤따를지조차 일러 주지 않았다.

패왕 항우가 다시 장수들을 불러 모아 어떻게 싸워야 할지를 일러 준 것은 영벽 동쪽 한군의 진채 앞에 이른 뒤였다. 가까운 언덕에 올라 한차례 한신이 펼쳐 둔 진세를 살피고 난 패왕은 먼저 한 떼의 말 탄 기수들부터 불러 놓고 장수들에게 말하였다.

"여기 용봉기(龍鳳旗)들은 기폭이 넉 자에 깃대가 열 자인 데다 금실로 수놓아 멀리서도 잘 보일 것이다. 게다가 기수들은 모두 키가 크고 팔 힘이 좋은 자들로, 준마에 올라 언제나 과인과 함께 움직일 것이니, 저 금빛 용봉기가 펄럭이는 곳이 곧 과인이 있는 곳이다. 그대들은 이제 적이 우리를 꾀어 들인답시고 열어 준 적진 안으로 과인과 더불어 뛰어든다. 그런 다음 각기 이끄는 군마와 더불어 이곳저곳을 닥치는 대로 찔러 가며 한왕 유방을 찾되, 언제든 힘이 부치면 이 깃발 주변으로 돌아오라. 하지만 유방이 있는 곳을 찾으면 곧 과인에게 알려 우리의 전력(戰力)을 그리로 집중할 수 있도록 하라. 유방만 사로잡으면 남은 한군은 머리 없는 뱀이나 다름없다. 20만이 아니라 백만이라도 모두 수수에 쓸어 넣어 버릴 수 있다."

그런 다음 투구와 갑주를 여미더니 스스로 앞장서 군사를 몰아갔다. 한 자루 긴 철극(鐵戟)을 끼고 오추마를 박차 달려가는 패왕의 모습은 천마(天馬)를 타고 하늘에서 뚝 떨어진 신장(神將) 같은 데가 있었다. 금빛 깃발을 높이 휘날리며 뒤따르는 여남은 명의 기수들도 그런 패왕의 위용을 더해 주었다.

스스로 전군을 이끌고 진문 앞에 나와 서 있던 한신이 왕릉에게 가만히 일렀다.

"패왕은 이번에도 틀림없이 기세로 밀어붙일 것이오. 장군께서는 패왕을 맞아 싸우시되 반드시 이길 필요는 없소. 한번 창칼을 맞대 우리 한군에게도 장수가 있음을 보여 주고는 바로 진채 안으로 달아나시오. 그다음은 좌군이 맡을 것이오. 장군은 진채 안에서 군사를 정비한 뒤 우리 유군과 별대 사이에 끼어 좌군과 우군을 모두 뚫고 들어온 패왕을 다시 맞으면 되오. 아무리 패왕이라도 배가 넘는 군사와 여러 장군들이 수레바퀴처럼 돌아가며 들이치면 끝내 배겨 내지는 못할 것이오."

"알겠습니다. 반드시 대장군의 군령을 부끄럽게 하지 않겠습니다."

왕릉이 그러면서 한신의 말이 미처 끝나기도 전에 말 배를 찼다. 패왕 항우를 알아볼 때부터 왕릉의 두 눈은 금방 피라도 쏟을 듯 시뻘겋다. 이미 한왕을 섬기기로 한 자신을 패왕이 억지로 불러들이려 하다가 늙은 어머니를 죽게 한 일 때문이었다. 한신이 그런 왕릉의 등 뒤에 대고 한마디 덧붙였다.

"다만 한 가지, 장군께서는 사사로운 감정으로 큰일을 그르쳐서는 안 될 것이오. 부모를 죽인 원수와는 한 하늘을 일 수 없다지만, 장부에게 그보다 더 큰 것은 천하를 위한 충의요. 열 합(合)을 넘기지 말고 물러나 패왕을 우리 진채 깊숙이 끌어들여야 하오!"

하지만 한신이 왕릉을 가장 먼저 패왕과 맞서게 한 것은 바로 그 사사로운 원한의 힘을 빌기 위함이었다. 맹렬한 불덩이처럼 내달아 오는 패왕의 엄청난 첫 기세를 맞받아칠 수 있는 것은 뼈에 사무친 왕릉의 복수심밖에 없었다. 번쾌와 관영, 조참, 주발 같은 한군의 맹장, 특히 패현 출신의 용사들이 모두 뿔뿔이 흩어져 그 싸움에 쓸 수 없게 된 탓이었다.

대장군 한신은 다시 전령을 한왕 신과 부관(傅寬)에게 보내 다음 싸움을 채비시켰다. 새왕 사마흔과 적왕 동예의 우군에게 넘길 때까지 패왕을 가로막는 일이었다. 그 뒤로도 마찬가지로, 한신은 때가 되면 전령을 놓아 모든 장수들에게 그 맡은 바를 상기시킴으로써 싸움의 흐름을 자신이 바란 대로 이끌고자 했다.

그런 한신의 전법에는 뒷날 해하성(垓下城)에서 보여 준 이른바 십면(十面) 매복의 원형이 보인다. 그러나 영벽 동쪽의 싸움에서는 정교하면서도 치밀한 그 전법을 특유의 초절(超絶)한 기세로 몰아붙이는 패왕 항우로부터 지켜 줄 장수들이 없었다. 아무리 튼튼한 방패로 막고 있어도 무지막지한 힘으로 그 위를 마구

내려치면 결국 쓰러질 수밖에 없는 이치와 같았다.

그 불길한 조짐은 싸움의 첫 물꼬를 트라고 한신이 은근히 믿고 내보냈던 왕릉에게서부터 보였다.

"이 잔인무도한 초나라 역적 놈아. 그 목을 내놓아라! 원통하게 돌아가신 어머님의 제상에 써야겠다."

왕릉이 그렇게 피맺힌 절규로 내달은 것까지는 좋았으나, 벌써 주고받는 목소리부터 차이가 났다.

"이놈, 네 누구관대 감히 과인의 길을 막느냐?"

목소리에 무슨 기운을 불어넣었는지 패왕이 그렇게 외치자 가까이 있는 한나라 군사들은 귀를 막으며 주저앉고, 놀란 기병은 말 위에서 떨어지기까지 했다. 왕릉도 골수에 맺힌 원한을 잊고 앞뒤 없는 격분에서 퍼뜩 깨나 패왕을 바라보았다. 어느새 패왕은 긴 철극을 휘두르며 눈앞까지 다가와 있었다.

왕릉이 급하게 큰 칼을 휘둘러 패왕의 한 창을 받아 냈으나 그 힘이 얼마나 억세던지 칼을 든 팔이 저릴 지경이었다. 그러자 이번에는 패왕의 엄청난 용력이 왕릉의 정신을 번쩍 들게 했다. 어머니의 원수를 갚기는커녕 제 한 몸 지키기에도 급급하여 진땀을 빼다가 한신이 당부한 열 합(合)도 제대로 견뎌 내지 못하고 진채 안으로 달아났다.

왕릉의 용력이 결코 다른 장수들에 뒤지지 않는데 그 꼴로 쫓겼으니, 그 뒤는 더 말할 것도 없었다. 한왕 신이 한나라 장수 부관과 함께 달려 나가 패왕 항우에게 맞서 보았으나 오래 버텨 내기 어려웠다. 그런데 용저와 종리매 같은 초나라 맹장들이 다시 한꺼번에 덮쳐 오니 무슨 수로 견디겠는가.

하지만 대장군 한신의 구상을 가장 심하게 뒤틀어 놓은 것은 새왕 사마흔과 적왕 동예가 이끈 우군(右軍)이었다. 원래 사마흔과 동예는 진나라 장수 장함의 수하로 함께 패왕에게 항복하여 패왕 덕분에 왕 노릇까지 하게 된 사람들이었다. 다시 한왕에게 항복해 거기까지 따라왔으나 누구보다도 패왕의 무서움을 잘 알았다.

사마흔과 동예가 이끈 군사들도 그 장수와 비슷했다. 부리기 쉬우라고 제후군을 모아 주었으나, 그들 가운데는 패왕을 따라 함곡관을 넘어갔다 온 자들이 많았다. 그들이 턱없이 패왕을 겁내, 사마흔과 동예를 장수로 세운 것과 마찬가지로 화근이 되었다.

사마흔과 동예는 차례가 되어 그들을 이끌고 패왕을 맞으러 나가기는 했으나, 그들을 알아본 패왕의 외침에 벌써 반나마 얼이 빠졌다.

"너희들은 사마흔과 동예가 아니냐? 둘 모두 죽을 목숨을 살려 왕위에까지 앉혔는데 어찌 이리 배은망덕할 수 있느냐? 어서 말에서 내려 무릎 꿇고 죄를 빌지 못할까?"

패왕 항우가 귀청이 찢어질 듯한 소리로 그렇게 꾸짖자 둘은 창칼을 맞대 보기도 전에 말머리를 돌려 진채 안으로 달아났다. 장수가 그러한데 군사들이 나서 싸울 리 없었다. 마찬가지로 맞서는 시늉도 안 해 보고 뒤돌아서 달아났다.

원래 한나라 우군이 맡은 것은 잠시 패왕의 선봉을 막아, 앞서 진채로 돌아간 좌군이 대오를 수습하고 자리를 잡을 때까지 시간을 벌어 주는 일이었다. 그런 다음 자기들도 진채 안으로 물러나 뒤따라온 초군을 얽을 거대한 포위망의 한 귀퉁이가 되어야 했는데, 새왕 사마흔과 적왕 동예가 이끄는 우군은 어느 것도 하지 못했다. 앞뒤 없이 진채 안으로 쫓겨 들어가 한왕 신의 좌군까지 흔들리게 했다.

새왕과 적왕이 끌어 주어야 할 시간을 끌어 주지 못하자 당장 다음이 문제였다. 우군에 이어 패왕의 길을 막고 기운을 빼는 일을 맡은 주설과 장창의 별대가 얼결에 달려 나가 패왕 앞을 가로막았으나, 어림없었다. 앞선 부장 하나가 패왕의 창에 찔려 말에서 떨어지자 바로 밀렸다.

대장군 한신이 다시 전군을 들어 그런 패왕을 가로막았다. 하지만 그때는 이미 초군의 주력이 한군 진채 깊숙이 뛰어들어 있었다. 이제 한군은 땜질하듯 패왕의 앞만 가로막을 때가 아니었다. 정교하게 짜인 20만 군세가 수레바퀴 돌아가듯 차례로 치고 빠지며 그물 속으로 뛰어든 초나라 군사들을 들부수어야 할 때였다.

그런데 반격의 계기를 만들어야 할 좌군과 우군이 제자리를 찾지 못하고, 별대까지 맥없이 무너지자 한신이 쳐 둔 그물망은 조금씩 헝클어지기 시작했다. 거기다가 그때쯤은 한 걸음 떨어진 곳에서 냉철하게 싸움의 흐름을 살피며 변화에 대처해야 할 자신의 전군(前軍)까지 임시방편으로 패왕 앞에 내던져지고 있었다.

'좋지 않다. 무언가 어그러지고 빗나가는 데가 있다……'

대장군 한신은 갑작스러운 실패의 예감으로 섬뜩해졌다. 그러나 겉으로는 애써 태연한 표정을 지으며 장졸들을 북돋워 초나라 선봉의 기세를 꺾어 보려 애썼다.

"겁내지 말라. 적은 얼마 되지 않는다. 거기다가 이미 태반이 꺾여 우리가 쳐 둔 그물 속으로 들어왔다. 모두 때려잡아 여기서 천하 형세를 결정짓자!"

그렇게 외치며 스스로 긴 칼을 빼 들고 왕릉과 말머리를 나란히 해 초군과 마주쳐 나갔다.

한편 패왕 항우는 한나라 진세 깊숙이 파고들수록 그 두터운 군세와 정교한 짜임을 느낄 수 있었다. 한참 이름을 떨치던 때의 진나라 장수 장함(章邯)에게서조차 느껴 보지 못한 진영이요, 배치였다.

'한신 이놈이 허우대만 멀쑥하고 입만 번지르르한 책상물림은 아니었구나. 오늘 자칫하면 거록에서보다 더 힘든 싸움을 해야 될지도 모르겠다……'

패왕은 속으로 그렇게 중얼거리면서도 겉으로는 산악 같은 태연함을 잃지 않았다. 긴 철극을 휘둘러 앞을 막는 한군을 가르고 나아가며 뒤따라오는 장수들에게 소리쳤다.

"자, 이제부터는 모두 흩어져 한왕 유방을 찾아라. 누구든 유방을 사로잡거나 목 베는 자에게는 그가 차지하고 있던 것을 모두 주겠다. 파촉(巴蜀)에 삼진(三秦)을 얹어 관중왕(關中王)으로 세울 것이다!"

그러자 기세가 오른 장수들이 함성을 지르며 저마다 사방의

한군에게로 돌진했다. 한다 하는 초나라 맹장들이 사방으로 흩어
져 치고 들자 잠시 누가 누구를 에워싸고 누가 누구를 들이치는
것인지 모를 혼전이 벌어졌다. 하지만 곧 전기가 왔다.

"대왕, 한왕 유방이 있는 중군을 찾았습니다. 저기 갖가지 기치
와 함께 기마대가 몰려 있는 곳입니다."

본부 인마 5천을 이끌고 적의 후군 쪽으로 돌진해 갔던 종리
매가 겨우 백여 기를 이끌고 되돌아와 숨을 헐떡이며 말했다. 온
몸에 피를 뒤집어쓴 게 꽤나 험한 난전을 치른 것 같았다.

"그 세력은 어떠했는가?"

패왕이 짐작은 하면서도 그렇게 물었다. 종리매가 갑자기 비장
한 얼굴이 되어 답했다.

"보갑(步甲)과 철기(鐵騎)가 몇 겹으로 에워싸고 있어 자세히는
알 수 없으나 엄청난 세력이었습니다. 우리 5천이 뛰어들었다가
겨우 백여 기만 빠져나왔습니다."

그때 다시 정공이 종리매보다 더한 낭패를 당한 꼴로 나타나
패왕에게 알렸다.

"대왕, 한왕 유방을 보았습니다. 뒤편 한군 속에 있었는데 전포
를 걸치고 말 위에 높이 앉아 제법 위엄을 뽐내고 있었습니다."

그 말을 듣자 패왕은 금세 벌겋게 달아올랐다.

"유방이 이제 죽을 때가 된 모양이구나. 제 감히 칼을 빼 들고
진두에 나서다니. 이제 그 늙은 도적의 목을 베어 감히 과인에게
맞선 죄를 물으리라!"

그렇게 벼르면서 기수들을 향해 소리쳤다.

"너희들은 크게 깃발을 흔들어 사방으로 흩어진 우리 장졸을 모두 불러 모아라! 유방만 잡으면 나머지는 먼지나 지푸라기가 바람에 쓸려 가듯 절로 사라질 것이다."

그 말에 따라 기수들이 금빛 용봉기(龍鳳旗)를 휘젓자 한군 진채 안에 흩어져 싸우던 초나라 장졸들이 모두 그리로 몰려들었다. 패왕이 철극 자루를 움켜잡고 말 배를 박차며 그들을 보고 소리쳤다.

"모두 나를 따르라. 한왕 유방을 사로잡으러 가자!"

그러자 5만이 넘는 초나라 장졸이 순식간에 한 덩이가 되어 한왕 유방의 중군 쪽으로 치고 들었다.

한왕이 있는 한나라 중군 쪽도 만만치는 않았다. 노관과 하후영이 이끄는 3천 갑사에다 역상과 근흡이 함께 거느린 중군 3만과 주가와 기신이 각기 1만씩 이끄는 별대가 더 있어 그 머릿수만 해도 벌써 5만이 넘었다. 거기다가 근래의 다른 싸움과는 달리 한왕이 몸소 칼을 빼 들고 말에 올라 장졸들의 기세를 북돋우니 패왕이 다른 곳에서 무찌른 군사들과는 다를 수밖에 없었다. 패왕의 기세에 밀려났던 주설과 장창도 곧 군사를 수습해 중군을 도우러 달려왔다.

한왕 유방이 있는 중군을 둘러싸고 초한(楚漢) 양군 사이에 피투성이 난전이 벌어졌다. 워낙 한신의 안배가 치밀하여서인지 패왕이 이끈 초나라의 정병과 맹장들이 거세게 몰아붙여도 한군은 제법 잘 버텨 냈다. 거기다가 언제든 중군이 위급하면 달려와 한왕을 구하기로 되어 있는 유군과 몇 갈래 제후군이 따로 있어 한신도 한동안은 싸움이 뜻대로 되어 간다 여겼다.

그런데 갑자기 아슬아슬하게 유지되던 양군의 균형을 깨는 일이 생겼다. 동쪽으로부터 몇 갈래의 초군이 달려와 한군 진채 안으로 쏟아져 들어왔다. 범증과 계포가 먼저 갈라 보낸 원병이었다.

소공 각과 대사마 조구, 위나라 장수로 있다가 패왕 밑에 들게 된 옹치(雍齒)가 각기 1만 군사를 이끌고 이제는 지키는 군사도 별로 없는 한군 진문 안으로 치고 들었다. 그들 3만 명은 패왕이 지나가고서야 겨우 대오를 수습한 한왕 신과 부관이 이끄는 한나라 좌군을 가볍게 돌파해 버렸다. 그리고 진채 안쪽에서 아직도 겁에 질려 어지럽게 몰려다니는 새왕 사마흔과 적왕 동예의 우군을 무서운 기세로 덮쳤다.

불행히도 그 한나라 우군에는 팽성 싸움에서 얼이 빠지고 곡수와 사수 가에서 겨우 목숨을 건져 빠져나온 제후군 병사들이 많이 있었다. 패왕이 지나갈 때 이미 제정신이 아니었던 그들은 새로 나타난 초나라 원병을 보자 그대로 며칠 전의 악몽에 빠져들었다. 이제는 아예 창칼도 내던지고 뿔뿔이 흩어져 달아났다.

"겁내지 말라! 대장군과 전군이 너희를 도우러 왔다."

나름으로는 포위망을 죈답시고 군사들을 몰아대던 한신이 그렇게 외치며 눈이 뒤집혀 달아나는 제후군을 진정시키려 했으나 아무 소용이 없었다. 그 외침에 제후군이 진정되기는커녕 그들이 미쳐 날뛰며 드러낸 공포는 오히려 무서운 전염병처럼 한군에게로 번져 갔다. 한군도 팽성에서 험한 꼴을 본 차례대로 슬그머니 등을 돌려 제후군 병사들을 뒤쫓기 시작했다.

그렇게 되자 진문 쪽의 한군은 머릿수만 많았지 서로 어지럽게 뒤엉겨 제대로 힘을 쓰지 못했다. 초나라 원병은 그런 한군의 한가운데를 쉽게 뚫고 이내 한군 중군을 들이치고 있는 패왕과 합세했다. 한신이 어렵게 군사 약간을 수습해 그들 뒤를 따랐으나 이미 그들 초나라 군사에게 그리 큰 위협은 되지 못했다.

"한군은 듣거라! 우리 서초 본진 10만이 다시 이르렀다. 어서 항복하여 목숨을 건져라."

"한왕 유방은 무얼 하느냐? 어서 항복하여 가여운 장졸들이라도 살려라!"

원병이 이르자 더욱 기운이 치솟은 초나라 군사들이 저마다 그렇게 외쳐 대며 한군을 들이쳤다. 그러잖아도 맹장들이 모두 흩어져 있어 겨우 형세를 유지해 오던 한군이었다. 놀란 눈에는 엄청나게만 보이는 원병과 함께 다시 한 무리 초나라 맹장들이 덮쳐 오니, 머릿수만 믿고 버텨 오던 기세가 일시에 무너지며 저마다 겪은 며칠 전의 악몽이 되살아났다.

거기다가 그 무슨 요술일까? 싸움에 밀린다 싶자 자신들의 퇴로가 강물로 막혀 있다는 게 벼락 치듯 한군의 머리에 일제히 떠올랐다. 어제 하루 부근 나루를 뒤지고 수수 가의 지세를 살폈지만, 우리 대군을 실어 나를 만한 배도 모으지 못했고, 배 없이 물을 건널 여울목도 찾지 못했다더라…….

"무얼 기다리느냐? 어서 한왕 유방을 사로잡아라!"

갑자기 패왕이 허물어지고 있는 한나라 중군으로 뛰어들며 귀청이 찢어질 듯한 소리로 외쳤다. 그와 함께 한군에게는 이제 거세고도 무시무시한 파도처럼 느껴지는 초나라 군사들이 한꺼번에 밀고 들었다. 마지막 용기와 힘을 짜내 그 파도에 맞섰던 한군 장졸들이 한차례 피를 뿜으며 쓰러져 갔다.

그러자 어이없을 만큼 갑작스럽게 그 어떤 눈사태에도 견줄 수 없을 만큼 엄청난 붕괴가 일어났다. 한왕 유방을 에워싸고 펼쳐져 있던 5만의 중군이 무너지면서 영벽 동쪽 넓은 벌판에 진채를 벌였던 15만의 한군 모두가 단숨에 패군이 되어 쫓기기 시작했다. 그야말로 걷잡을 수 없는 궤란(潰亂)이었다.

그때껏 진문 쪽에서 어지럽게 흩어지는 좌군과 우군을 어떻게 수습해 보려고 애쓰던 한신도 중군이 무너졌다는 소리를 듣자 다시 팽성에서 느꼈던 이상한 무력감과 절망에 빠져들었다.

하지만 그때와 달리 이제는 피가 흐르고 살이 튀는 싸움터라 그런지 그 무력감과 절망은 이내 공포를 기조로 하는 심리적 공황 상태로 이어졌다.

'우선 이곳을 빠져나가야 한다. 서쪽으로 달아나야 한다. 그런 다음 뒷날을 도모하자!'

망연하게 싸움판을 바라보던 한신은 한참 뒤에야 겨우 그렇게 머릿속을 가다듬고 자신도 달아나고 있는 한군 장졸들을 뒤쫓았다. 한 식경을 달려 수수 가에 이를 때까지는 패군을 수습해야 한다는 생각조차 떠올리지 못했다.

그사이 일은 더욱 급박해져 몇 번이고 앞을 가로막는 초나라 군사들을 훑어 가며 한신이 수수 가에 이르러 보니 이상한 광경이 눈에 들어왔다. 넋 나간 듯한 한군들이 떼를 지어 강물과 뒤쫓아 온 초나라 군사들 사이를 오락가락 내닫고 있었다.

"멈춰라. 무슨 일이냐?"

어차피 소용없게 된 말에서 내린 한신이 미친 듯 초나라 군사들 쪽으로 내닫고 있는 사졸 하나를 잡고 물었다.

"앞은 물이 깊어 건널 수가 없습니다. 벌써 물에 빠져 죽은 군사로 강물이 흐르지 않을 지경입니다. 초나라 군사들에게 항복하여 목숨을 빌어 보는 수밖에 없습니다."

이미 넋이 반은 나간 그 사졸이 대장군도 알아보지 못하고 그렇게 정신없이 중얼거렸다. 그리고 때마침 저만치 다가오는 초나라 군사들 쪽으로 달려가더니 마치 도살장의 소처럼 그들의 창칼을 받고 죽어 갔다. 따지고 보면 자신을 기다리고 있는 것도 그와 같은 운명이란 생각이 퍼뜩 들며 한신은 비로소 묘한 공황 상태에서 깨어났다.

"서라. 나는 대장군 한신이다."

한신이 칼을 빼 들고 이리저리 정신없이 내닫고 있는 한군들에게 소리쳤다. 그러나 공포와 절망으로 미쳐 있는 그들은 한신의 말을 듣지 못하는 듯했다. 참다 못한 한신이 그들 가운데 몇을 베고서야 겨우 닫기를 멈추고 귀를 기울였다.

"더 물러나 봤자 수수의 깊은 물이 있을 뿐이다. 나아가 항복을 해도 죽기는 마찬가지니 차라리 여기서 죽기로 싸워 초군을 물리치고 물을 건널 방도를 찾자!"

한신의 말을 겨우 알아들은 사졸 몇이 창칼을 꼬나 잡으며 주위로 몰려들었다. 한신이 피 묻은 칼을 높이 쳐들며 한 번 더 외쳤다.

"이제 너희가 살길은 하나, 되돌아서서 죽기로 싸우는 것뿐이다. 죽기로 싸워 살길을 얻고자 한다면 모두 나를 따르라!"

그러자 더 많은 한군들이 한신 주위로 몰렸다. 한신은 그들을 이끌고 급한 대로 가장 앞서 오는 한 갈래의 초나라 군사를 들이쳤다. 한군의 곱절은 되는 초나라 군사들이었으나, 공포와 절망이 무서운 생존의 열망으로 전환되면서 짜낸 힘을 당해 내지 못했다. 여지없이 무너져 저희 편이 있는 곳으로 쫓겨 갔다.

그러자 더 많은 한군들이 살길을 찾아 한신 주위로 몰려들었다. 한신은 그들을 이끌고 앞을 막는 초나라 군사들을 쳐부수며 수수를 따라 북쪽으로 달렸다. 그러다가 한나절이 지나서야 이른 작은 나루에서 배 몇 척을 얻어 겨우 수수를 건널 수 있었다.

하지만 그때 한신을 따라 수수를 건넌 것은 겨우 천여 명이었다. 그 밖에 용케 목숨을 건져 달아난 군사도 3만을 넘지 못해 영벽 동쪽 벌판에 진을 쳤던 한군 15만은 거의가 수수 가에서 죽었다. 그중에서도 10여 만 명은 모두 수수에 빠져 죽어 그 시체로 강물이 흐르지 않을 지경이었다[卒十餘萬人皆入睢水 水爲之不流]고 한다.

처음부터 영벽의 싸움을 이끌어 온 대장군 한신으로 보면 너무도 참담한 패배였다. 그러나 한신도 그 싸움에서 얻은 것이 전혀 없지는 않았다. 공포와 절망도 잘 통제되고 조직되면 무서운 힘으로 전환될 수 있음을 경험하게 된 일이 그랬다. 이는 나중에 배수진(背水陣)이란 형태로 다듬어져, 한신은 병가로서의 명성을 일세에 떨치게 된다.

그런데 한 가지 여기서 다시 따져 볼 일은 수수 싸움을 기록하는 사서(史書)의 이중적인 태도이다. 『사기』의 「항우본기(項羽本紀)」에는 곡수, 사수의 싸움과 아울러 수수의 싸움도 별개로 올라 있다. 그러나 「고조본기(高祖本紀)」에는 곡수와 사수의 싸움이 빠져 있다. 『한서(漢書)』도 그와 같은 『사기』의 예를 따라 「항적전(項籍傳)」에는 수수와 곡수 싸움이 들어 있고, 「고제기(高帝紀)」에는 그 싸움이 빠져 있다. 그리고 『자치통감』에는 두 싸움이 모두 기록되어 있으나 주(注)를 통해 곡수가 곧 수수임을 밝히고 있다.

이는 뒤의 두 사서가 모두 『사기』의 기록을 근거로 한 때문인 듯하다. 그러나 가장 늦게 편찬된 『자치통감』을 편찬한 사마광(司馬光)은 『사기』의 기록에 의문을 품었음에 분명하다. 그 때문에 『수경(水經)』 같은 다른 저서의 주를 빌어 곡수가 곧 수수임을 밝힘으로써 슬며시 그 의문을 드러낸 것으로 보인다.

그렇다면 사실(史實)에 엄밀했다는 사마천은 왜 『사기』에다 그렇게 이중적인 기록을 남겼을까? 아마도 사마천은 한고조 유방과 초패왕 항우를 각기 달리 떠받드는 두 갈래의 구전(口傳)을 가지고 있었던 것 같다. 그리하여 「고조본기」를 쓸 때는 고조의 참담한 패전을 되도록이면 축소해 얘기하는 구전을 채택하고, 「항우본기」에서는 항우의 무용을 화려하게 과장한 구전을 선택한 것으로 짐작된다. 하지만 싸움의 양상이 어딘가 비슷하고 물에 빠져 죽은 군사가 양쪽 모두 똑같이 10여 만 명[十餘萬人]인 것, 그리고 『자치통감』의 주 같은 것들로 미루어 볼 때 사수, 곡수의 싸움과 수수의 싸움은 같은 싸움을 두 가지로 꾸며 얘기한 듯한 의심을 떨쳐 버릴 수 없다.

바람과 강

한왕 유방은 달리는 말을 채찍질해 정신없이 내달았다. 영벽 벌판에서 중군이 무너진 뒤로 한없이 달린 것 같은데, 해는 아직도 서편 하늘 높이 걸렸고 왼편으로는 여전히 이른 장마로 불어난 수수가 시퍼렇게 길을 막고 있었다. 그러나 뒤쫓는 함성은 더 들리지 않았다.

한왕은 그제야 채찍질을 멈추고 뒤를 돌아보았다. 겨우 백여 기가 허둥지둥 뒤따르고 있는데, 장수로는 노관밖에 없었다. 다급하게 쫓기는 중에도 고집스레 싸움 수레를 몰고 기병들을 뒤따르던 하후영이 기어이 보이지 않았다.

동쪽으로 팽성을 치러 떠나올 때 노관은 태위가 되어 군막 안에서 한왕을 돕고, 하후영은 태복으로 한왕의 수레를 몰며 군막

밖에서 모셨다. 한신이 그 둘에게 3천 기를 내주며 한왕의 갑주와 투구가 되게 한 것은 바로 그와 같은 그들의 소임 때문이었다. 그런데 이제 하후영까지 보이지 않게 되자 한왕은 절로 탄식이 나왔다.

'이런 걸 패망이라고 하는가……'

그러자 그 다급한 총중에도 갑자기 낭떠러지에서 떨어지기라도 하는 것처럼 내몰려 온 반나절이 주마등처럼 머릿속을 스쳐 갔다.

패왕 항우와의 전단(戰端)이 열렸다는 전갈을 처음 중군에서 받았을 때만 해도 한왕은 평소의 느긋함과 태평스러움을 지켜낼 수 있었다. 전군에 이어 좌군과 우군이 차례로 패왕에게 길을 내주었다는 급보가 이르렀을 때도 마찬가지였다. 대장군 한신의 계책만 믿고, 패왕이 그물에 제대로 걸려드는 걸로만 알았다.

그런데 싸움이 시작된 지 한 식경도 안 돼 자신을 찾는 패왕의 벼락같은 외침이 중군 안까지 들리자 모든 게 한순간에 뒤엉키기 시작했다.

"한왕 유방은 어디 있느냐? 어서 나와서 그 간특한 머리를 바쳐라!"

원래 한신에게서 받은 당부는 그럴 때 한왕도 마주 말을 달려 나가 의제(義帝)를 시해한 패왕의 죄를 묻는 것이었다. 그러나 한왕은 가위에라도 눌린 것처럼 몸이 굳어 패왕 쪽으로 말을 박차 나갈 수가 없었다. 항량이 살아 있을 때부터 홍문의 잔치에 이르기까지 패왕과 함께하면서 쌓인 무시무시한 기억들이 일시에 되살아나 입까지 얼어붙게 한 것 같았다.

"저 겁 모르는 천둥벌거숭이가 함부로 노란 주둥이를 놀리는 구나."

겨우 힘을 짜내 그렇게 우물거렸지만 중군 밖으로는 한 발자국도 못 나가고, 3천 갑사에 에워싸여 싸움이 되어 가는 형세만 바라보고 있었다.

역상과 근흡이 본부 인마를 이끌고 힘을 다해 패왕의 공세를 막는 동안 급한 전갈이 잇따랐다.

"새왕 사마흔과 적왕 동예가 이끌던 우군이 여지없이 무너져 버렸다고 합니다."

"주가와 기신의 별대가 초나라 장수 종리매와 용저에게 멀리 쫓겨나 중군 옆구리가 바로 적에게 드러나게 되었습니다."

그래도 한왕은 한동안 중군에서 잘 버텨 냈다. 홍문의 잔치 때 겪은 일로 속이 떨려 오지 않은 것은 아니었으나, 지그시 자신을 억누르며 싸움의 흐름이 한군에게 이롭게 뒤집히기만을 바랐다. 그런데 오래잖아 다시 놀라운 소식이 날아들었다.

"초나라 원병 3만이 비어 있는 우리 진문 안으로 뛰어들었습니다. 한왕(韓王)과 부관(傅寬) 장군의 좌군을 가볍게 돌파해 지금은 대장군께서 이끌고 계시는 우리 전군과 접전 중이라고 합니다."

그 같은 급보가 이르자 애써 버티던 한왕 유방도 드러나게 흔들리기 시작했다. 무언가 대장군 한신이 짜 놓은 대로 되지 않고 있다는 게 한층 뚜렷해진 느낌이었다. 중군도 움직임이 불안해졌다. 역상과 근흡이 산동 병사들로 짜인 정병 3만을 이끌고 한왕을 지켰으나, 초나라 군사들의 기치와 함성이 점점 한왕 가까이로 몰려들기 시작했다.

그런데 갑자기 함성이 울리며 초나라 군사 한 갈래가 한군 중군 가운데로 뛰어들었다. 무섭게 몰아붙이는 패왕의 기세를 막느라 얇아진 옆구리를 파고든 듯했다. 소공 각(角)과 대사마 조구, 그리고 위장(魏將) 옹치가 이끄는 원병이었다.

"이놈 장돌뱅이 유계(劉季)야, 여기 옹치가 왔다. 내 너를 사로잡아 풍읍의 원한을 씻으리라!"

옹치가 그렇게 외치면서 대뜸 유방이 있는 중군기 쪽으로 달려왔다. 풍읍의 원한이란 패공 시절 유방이 항량(項梁)의 군사 5천을 빌려 옹치에게서 풍읍을 뺏고 그를 사로잡으려 한 일이었다. 따지고 보면 먼저 패공 유방의 믿음을 저버린 것은 옹치였으나, 그 사람됨이 워낙 모질고 악해 오히려 유방에게 원한을 키워 온 듯했다.

하지만 알 수 없는 일은 옹치를 알아본 한왕의 태도였다. 예전에도 한왕이 그토록 싫어했고, 배신한 뒤에는 잡히기만 하면 반드시 죽여 분풀이를 하리라 별러 왔던 옹치였으나, 그날 한왕에게 준 느낌은 뜻밖에도 두려움과 절망이었다.

'저놈이 우리 중군까지 뛰어들었으면 끝이로구나. 차라리 패왕에게 사로잡히면 목숨이라도 빌어 볼 수 있지만, 저놈과 싸우다 잘못되면 아무것도 빌어 볼 수 있는 게 없다……'

그런 생각이 들며 온몸에서 힘이 쭉 빠졌다.

놀란 노관과 하후영이 3천 갑사를 내몰아 그들이 이끄는 초나라 원병을 막아 냈다. 워낙 한군 깊숙이 뚫고 들어오느라 이끈 군사가 얼마 되지 않은 탓인지, 처음 덤벼들 때의 기세와는 달리 그들 세 초나라 장수는 곧 한군에게 밀려났다.

그걸 본 한왕이 겨우 한숨을 돌리는데, 이번에는 역상과 근흡의 3만 군이 겹겹이 막아서 있던 곳을 한 떼의 인마가 단도처럼 찔러 왔다. 한왕이 거기 있는 것을 안 패왕이 모든 힘을 그 한곳에 모아 맹렬하게 치고 든 것이었다.

"비켜라. 길을 내주지 않으면 모두 베어 넘길 뿐이다."

맨 앞에서 온몸에 피를 뒤집어쓴 채 오추마를 휘몰아 덮쳐 오는 것은 다름 아닌 패왕 항우였다. 그 왼편에서는 종리매와 용저, 환초 같은 맹장들이 패왕과 다름없는 기세로 달려왔고, 오른쪽에서는 항타, 항양, 항장 같은 항씨 족중(族中)의 용사들이 질세라 창칼을 휘둘렀다. 대쪽을 쪼개는 듯한 기세라더니, 그들이 바로 그랬다. 그들이 한나라 중군을 쪼개고 지나가며 낸 길로 수만의 초나라 정병들이 쏟아져 들어왔다.

"틀렸다. 어서 이곳을 벗어나자. 대장군에게 사람을 보내 군사를 서쪽으로 물리게 하라!"

한왕이 그러면서 먼저 말머리를 돌렸다.

"중군을 지켜야 한다. 대왕을 호위하라!"

노관과 하후영이 그렇게 외치며 3천 갑사들로 하여금 한왕 유방의 등 뒤를 에워싸듯 지키게 했다. 그리고 한왕과 더불어 중군을 벗어나는데, 특히 하후영은 싸움 수레를 빠르게 몰아 기병을 뒤따르며 기세를 잃지 않으려고 애썼다.

하지만 작은 조짐에도 민감한 게 피 튀기는 싸움터였다. 한왕이 달아나자 그때까지 용케 버텨 오던 중군 외곽이 먼저 힘없이 무너졌다. 그 빈자리로 더 많은 초나라 군사들이 한군 중군으로 쏟아져 들어오고, 역상과 근흡이 이끌던 3만 군은 한순간에 어지럽게 흩어져 달아나는 패군으로 변했다.

처음 한왕은 무턱대고 관중을 바라 서쪽으로 달아났다. 그런데 그게 다시 한번 한왕을 모진 곤경에 빠뜨렸다. 20리도 못 가 시퍼런 수수 물가에 이르러서야 길을 잘못 든 줄 알고 다시 북쪽으로 길을 잡았으나, 그때는 이미 수많은 초나라 군사들이 바짝 뒤쫓고 있었다. 그 바람에 한왕 일행은 한바탕 처절한 몸부림과도 같은 싸움을 하고서야 겨우 북쪽으로 가는 길을 앗을 수가 있었다.

어렵게 앗은 길로 한참이나 정신없이 내닫던 한왕은 뒤쫓는 함성이 잦아들자 잠시 닫기를 멈추고 주변을 둘러보았다. 처음 영벽 들판을 떠날 때만 해도 곁에 있던 장량과 진평이 보이지 않았다. 등 뒤를 두텁게 막아 주던 역상과 근흡도 어디서 떨어졌는지 더는 따라오지 않았다. 노관과 하후영이 반으로 줄어든 갑사들과 뒤따르고 있을 뿐이었다.

"자방 선생이 보이지 않는구나. 무사한지 걱정이다."

한왕이 애써 짜낸 여유로 노관과 하후영을 바라보며 그렇게 말했다.

"전포를 입지 않고 서생 차림이었던 데다, 진평과 함께였으니 몸을 빼기에는 크게 어려움이 없었을 것입니다."

노관이 그렇게 대답했다. 하지만 한왕도 노관도 한가롭게 남의 걱정을 하고 있을 때가 아니었다. 노관의 대답이 끝나기 바쁘게 동쪽에서 함성이 울리며 한 떼의 인마가 덮쳐 왔다.

"나는 초나라의 대사마 조구다. 우리 대왕의 뜻을 전할 테니 한군은 들어라. 대왕께서는 이제부터 너희들의 항복을 받기로 하셨다. 항복하면 각자 고향으로 돌아가 부모처자와 더불어 여생을 보낼 수 있게 해 줄 것이니 쓸데없는 고집으로 개죽음하지 말라!"

앞선 장수가 한왕 일행을 보고 그렇게 외쳤다. 자신이 길을 막고 선 상대가 바로 한왕 유방이리라고는 상상도 못하고 있는 눈치였다. 노관이 유방을 가로막으며 앞으로 나섰다.

"살려 줄 것이라면 구태여 뒤쫓아 가며 항복을 받을 까닭이 무엇이냐? 신안에서 20만 진나라 항병(降兵)을 산 채 땅에 묻고도 아직도 모자라느냐? 우리 한군마저 모조리 산 채로 땅에 묻어야 그 흉악한 속이 차겠느냐?"

마음이 흔들리는 한군에게 들으라는 듯이나 노관이 그렇게 큰 소리로 이죽거리자 성난 조구가 당장 칼을 휘둘러 덮쳐 왔다. 노관이 지지 않고 마주쳐 나가며 한왕을 재촉했다.

"앞선 백여 기를 이끌고 어서 떠나십시오. 저희도 이들을 흩어 버리는 대로 뒤쫓겠습니다."

그러자 하후영도 싸움 수레의 고삐를 바짝 잡아당기며 한왕을 호위하는 기사(騎士) 하나에게 일렀다.

"너희 백 기는 대왕을 모시고 먼저 북쪽으로 떠나라. 나는 태위(太尉)와 함께 죽기로 싸워 적을 물리치고 너희를 뒤쫓을 것이다."

그러고는 싸움 수레를 돌진하여 초나라 군사들 속으로 뛰어들었다. 노관과 하후영이 그렇게 마주쳐 나가자 그때까지 한왕을 호위하며 따르던 갑사와 기병들도 기운을 차렸다. 한왕을 호위하고 달아나기로 되어 있는 백여 기를 뺀 나머지는 함성과 함께 노관과 하후영을 뒤따랐다.

하지만 그 기개에 비해 머릿수가 너무도 모자랐다. 대사마 조구가 이끄는 초군(楚軍) 추격대는 5천 명이 넘었으나, 되돌아서 덤벼든 한군은 1천도 채우지 못했다. 한군이 죽을힘을 다해 치고 들었으나, 돌진이라기보다는 스며들듯 초군 속으로 사라지고 말았다.

호위를 맡기로 한 기장이 그 기막힌 광경을 아연하게 바라보고 있는 한왕의 말고삐를 잡으며 말했다.

"대왕, 서두르십시오. 어서 이곳을 빠져나가셔야 합니다."

"저들을 저대로 죽게 내버려 두고 가야 하는가?"

한왕이 눈짓으로 싸움터를 가리키며 침통하게 물었다. 자신의 말 배를 박찬 기장이 한왕의 말고삐를 앞으로 끌어당기며 말했다.

"노(盧) 태위나 하후(夏侯) 태복 모두 제 한 몸은 지킬 수 있는 이들입니다. 대왕께서 무사히 몸을 빼시면 곧 빠져나와 뒤쫓아 올 것입니다."

하지만 한참을 정신없이 달아나던 한왕이 겨우 추격을 따돌렸다 싶어 돌아보니 적진을 벗어나 뒤쫓아 온 것은 피투성이가 된 노관과 기마 수십 기뿐이었다…….

"영(嬰)은 어찌 되었는가? 그예 죽고 말았는가?"

이윽고 한왕이 미루어 왔던 물음을 노관에게 던졌다. 노관이 무표정한 얼굴로 받았다.

"하후영이나 이 노 아무개나 대왕을 두고 먼저 죽지는 못할 놈들입니다. 반드시 살아 돌아올 것입니다."

"그럼 어찌 되었기에 이렇게 늦느냐?"

"대왕께서 넉넉히 피하셨으리라 싶어 저희도 몸을 빼 보니 성한 것은 하후영의 싸움 수레와 저희 백여 기에 지나지 않았습니다. 한참을 쉬어 겨우 다친 몸을 추스르고 대왕을 찾아 나서려는데 다시 적이 이르렀습니다. 그러자 하후영이 남은 기병 반을 갈라 뒤딸리고 싸움 수레를 몰아 적진으로 돌진했습니다. 자신이 추격을 막는 동안 저라도 대왕을 찾아 잘 지키라는 당부와 함께였습니다."

"그랬던가……."

"또 적을 만나면 이번에는 지겠지요. 하지만 대왕이 살아 계신다면 저희도 반드시 살아 있을 것입니다."

그런데 그때였다. 노관의 말이 씨가 된 듯 갑자기 앞길에서 함성이 일며 다시 한 떼의 초나라 군사가 길을 막았다. 낙담한 한왕의 눈에는 조금 전 조구가 거느렸던 적병보다 훨씬 많은 듯 보였다. 거기다가 더욱 한왕을 낙담하게 한 것은 앞선 적장이었다. 옹치가 소공 각과 나란히 서서 자신을 손가락질하고 있는 게 아닌가.

"이놈 유계야, 잘 만났다. 너는 패현 저잣거리를 떠돌던 허풍쟁이 건달에 지나지 않았다. 지금까지는 운이 좋아 왕 노릇까지 하였지만, 이젠 네놈의 악운도 다했다. 여기서 나를 만났으니 아예 살아서 갈 생각을 말아라!"

옹치가 그렇게 소리쳐 꾸짖어 놓고 다시 저희 편을 돌아보며 한층 목소리를 높였다.

"잘 보아 두어라. 저기 저 구렁말 위에 앉은 수염 길고 허우대 멀쑥한 자가 바로 한왕 유방이다. 우리 패왕께서 저자의 목에 천금의 재물과 만호후(萬戶侯) 벼슬을 거셨으니 모든 장졸들은 절로 굴러든 복을 놓치지 말라!"

그 말에 마주 선 초나라 장졸들의 눈길이 일시에 한왕에게 쏠렸다. 옹치가 다시 무언가 그들을 충동질하며 스스로 창을 꼬나 잡고 말을 박차 달려 나왔다. 노관이 그런 옹치를 맞으러 말을 달려 나가며 소리쳤다.

"대왕, 이곳은 저희에게 맡기고 어서 피하십시오!"

그 말에 쫓기듯 한왕은 사방을 둘러보았다. 적이 앞을 가로막고 있으니 달리 달아날 길을 찾아야 했다. 그러나 한 군데 비어 있던 북쪽으로 달아나다 그쪽이 가로막힌 터라 사방 어디에도 빠져나갈 데가 없었다. 서쪽은 수수로 막혀 있고, 남쪽은 방금 어렵게 빠져나온 영벽의 싸움터였으며, 동쪽에는 팽성과 서초의 염통 같은 땅이 펼쳐져 있었다.

거기다가 더욱 한왕을 아뜩하게 한 것은 동남 양쪽에서 자우룩하게 먼지가 일며 또 다른 초나라 군사들이 그리로 몰려들고 있는 일이었다. 한군 10여 만을 수수에 몰아넣어 죽이고도 성에 안 찼는지, 패왕이 전군을 풀어 겨우 달아난 한군 몇 만 명을 끝까지 뒤쫓게 한 때문이었다. 이번에는 아예 뿌리를 뽑아 버릴 작정인 듯했다.

다급해진 한왕은 당장 눈앞의 비어 있는 서쪽으로 달아났다. 그러나 얼마 가지 못해 수수의 시퍼런 물결이 가로막아 더 나아갈 수가 없었다. 엉거주춤 돌아서는데 어느새 따라온 초나라 대군이 세 겹, 네 겹으로 에워쌌다.

"여기서 이 유(劉) 아무개도 끝인가. 교룡(蛟龍)의 씨, 적제(赤帝)의 아들이란 것도 지어 내 퍼뜨린 한날 허황된 거짓말로만 세상을 떠돌다가 잊혀지고 말 것인가. 아득한 푸른 하늘[悠悠蒼天]아, 나를 지어 이 땅에 보낸 뜻이 겨우 이거였더란 말이냐?"

한왕이 문득 그렇게 탄식하며 하늘을 우러러보았다. 그런데 그때 실로 괴이쩍고 놀라운 일이 벌어졌다. 갑작스럽게 서북쪽으로부터 크게 바람이 일더니 나무를 꺾고 돌과 모래를 날렸다. 그바람이 어찌나 거센지, 바위와 통나무를 굴리고 멀리 보이는 농가도 지붕째 들어 올렸다가 이웃 마당에 내동댕이칠 정도였다.

괴이쩍고 놀라운 일은 그걸로 그치지 않았다. 그때까지도 멀쩡하던 하늘이 문득 어두컴컴해지더니 대낮인데도 그믐밤처럼 앞을 분간하지 못할 정도가 되었다. 거기다가 바람은 서북쪽에서 불어온 것이라, 나는 돌과 먼지뿐만 아니라 구르는 바위와 통나무가 모두 초나라 군사들 쪽으로만 쏟아졌다.

그러자 한왕을 에워싸고 있던 초나라 사졸들은 겁먹고 놀란 나머지 넋은 빠져 하늘을 날고 얼은 사방으로 흩어진 듯했다. 한군은 화살 한 대 날리지 않았는데도 크게 어지러워졌다.

"놀라지 말라. 철 이른 구풍(颶風, 태풍 같은 열대성 저기압의 총칭)에 지나지 않는다."

"물러나지 말라. 물러나는 자는 목을 벤다!"

초나라 장수들이 칼을 빼 들고 달아나는 군사들을 을러댔으나 아무 소용이 없었다. 이윽고 하늘까지 칠흑처럼 새까매지자 두려움을 견뎌 내지 못한 사졸들은 하나둘 바람을 등지고 달아나기 시작했다.

처음 놀라고 겁먹기는 한군도 마찬가지였다. 장졸을 가릴 것 없이 달아나던 발길을 멈추고 부들부들 떨었다. 하지만 한왕 유방은 달랐다. 설령 그게 우연한 자연현상일지라도, 한왕은 하늘의 도움으로 해석하고 싶었다. 큰바람이 불고 하늘이 어두워진 것이 그의 마지막 탄식이 있은 바로 다음에 일어난 일이라 더욱 그랬다.

"적이 바람을 등지고 동남쪽으로 물러가 서북쪽이 비어 있다. 그러나 서쪽은 수수가 막고 있으니, 모두 북쪽으로 길을 잡아라. 그러면 뒤쫓는 적이 없을 것이다."

어둠 속에서나마 적의 움직임을 알아차린 한왕이 그렇게 영을 내리고 스스로 앞장섰다. 짐작대로 길을 막아서는 초나라 군사는 없었다. 하지만 아직 덜 빠져나간 부대가 있어 그들과 부딪치게 되면 한군은 어쩔 수 없이 한바탕 싸움을 치러야 했다.

그렇게 한참을 북쪽으로 달리니 차차 바람은 걷히고 날도 밝아졌다. 초나라 군사들도 더는 보이지 않았다. 한왕이 말고삐를 당기며 뒤따라오는 기사 하나를 돌아보며 물었다.

"여기가 어디냐?"

"소성 북쪽인 듯한데 고을 이름은 잘 모르겠습니다."

그렇다면 다급한 불구덩이는 빠져나온 셈이었다. 한왕은 거기서 닫기를 멈추고 뒤따라오는 장졸을 모아 보았다. 겨우 서른 기남짓 되는데, 이번에는 노관마저 보이지 않았다.

"노관은 어디 갔느냐? 누구 노관을 보지 못했느냐?"

한왕이 새삼 그들을 돌아보며 물었다. 좀 전의 기사가 머뭇거리다가 다시 대답했다.

"태위께서는 옹치를 맞아 싸우러 나간 뒤로 돌아오지 않았습니다. 하지만 곧 큰바람이 불고 어둠이 덮여 제대로 싸울 틈은 없었을 것입니다. 적과 뒤섞여 있다가 저희와 길이 엇갈린 듯합니다."

하지만 마지막으로 곁에 남아 있던 노관까지 보이지 않자 어지간한 한왕도 더는 배겨 내지 못했다. 떨어지듯 말에서 내리더니 굵게 흐르는 눈물을 주먹으로 훔치며 탄식했다.

"과인이 달포 전 팽성에 들 때는 거느린 제후만 해도 다섯에, 왕이 일곱이었다. 장수는 대장이 스물이요, 부장(副將), 아장(亞將), 비장(裨將)을 아우르면 부장(部將)만도 백을 넘었다. 군사 또한 우리 한군 20만에 병기와 대오를 갖춘 제후군도 30만이 넘어 많게는 60만 대군을 일컬었다. 그런데 어리석고 못난 과인을 만나 그 모든 제후왕과 장수들은 생사를 알 수 없게 되고 군사는 너희 수십 기만 남았다. 그들은 거의가 장수나 사졸이기 전에 과

50

인의 오랜 벗들이었고, 같은 땅에서 나고 자라 서로 손발처럼 돕고 의지해 살던 이웃이었다. 천하가 무엇이기에 그들과 바꿀 수 있다는 것이냐. 그들의 목숨과 바쳐야만 얻을 수 있는 천하라면 내 바꾸지 않으리라. 바꾸지 않으리라!"

그러고는 한참이나 때 아닌 감회에 젖었다.

여름 4월도 다해 가는 무렵이라 낮은 길 대로 길었다. 미시 무렵에 싸움이 벌어지고, 신시부터 쫓기기 시작해 두 시진 가까이 지났는데도 아직 날은 저물지 않고 있었다. 그 기나긴 여름 낮과 한왕의 때 아닌 감회가 다시 일을 냈다.

한왕과 서른 기 남짓의 패잔군이 아직도 소성 북쪽의 작은 구릉 사이에 넋을 놓고 늘어져 있을 때였다. 갑자기 동남쪽에 있는 작은 언덕을 돌아 한 떼의 인마가 나타났다. 얼마 전의 서북풍이 다 가라앉지 않아 반대편에서 오는 그들의 말발굽 소리를 미리 듣지 못한 듯했다.

한왕은 놀라 말 등 위에 오르며 다가오는 군사들을 살펴보았다. 1여(一旅, 5백 명)쯤 되는 기마대였는데, 멀리서도 초나라의 기치와 복색을 알아볼 수 있었다. 이미 한왕이 멀리 달아났을 것으로 여겨 보졸은 두고 기마만으로 추격대를 편성한 듯했다.

"적이다! 모두 달아나라."

한왕이 그렇게 외치며 앞서 말머리를 북쪽으로 돌렸다. 그런데 고약하게도 북쪽으로 빠지는 길은 지세가 험해 한왕 일행은 금세 따라잡히고 말았다. 앞서 달아나는 한왕의 귀에도 그새 다가온 적의 함성과 말발굽 소리가 바로 등 뒤에서 나는 것처럼 가깝게 들렸다.

"적장은 달아나지 말라. 어서 항복하여 우리 대왕께 목숨을 빌라."

앞장서 달려오던 초나라 장수가 그렇게 외치며 한왕에게 바짝 따라붙었다. 한왕이 펄쩍 뛰듯 돌아보니 적장이 어느새 긴 창을 쳐들어 힘차게 내지르고 있었다. 얼결에 몸을 비틀어 그 창날을 피한 한왕은 마지못해 검을 뽑아 들었다. 그때 빗나간 창을 거둬 들인 적장이 두 번째로 세차게 한왕을 찔러 왔다. 그 창날을 다시 칼로 튕겨 내고 보니 비로소 한왕의 눈에 적장의 얼굴이 들어왔다.

적장은 통상 정공(丁公)이라 불리는 설현 사람 정고(丁固)였다. 패왕이 손발처럼 부리는 계포의 외삼촌[母弟]으로, 진작부터 패왕 밑에서 장수 노릇을 하고 있었다. 한왕은 사상에서 정장(亭長) 노릇을 할 때 이미 정공을 알았다. 죽피관(竹皮冠)을 만들 대나무를 구하기 위해 구도(求盜, 포졸)를 자주 설현으로 보내게 되면서 그 이름을 전해 들은 터였다. 그러다가 항량(項梁) 밑에서 패왕과 나란히 싸울 때 패왕의 부장이 된 그와 다시 만나게 되었는데, 사람됨이 너그럽고 어진 데가 있어 한왕은 그를 남달리 좋게 보았다.

"정공, 정공. 잠깐만 멈추시오!"

한왕이 갑자기 칼을 거둬 물러나며 소리쳤다. 정공이 다시 한 번 내지르려던 창을 멈추고 한왕을 바라보았다. 그제야 비로소 한왕을 알아본 눈치였다. 한왕이 그런 정공을 금세 눈물이라도 쏟을 듯한 눈으로 마주 보며 탄식하듯 말했다.

"우리 모두 어진 사람들인데, 어찌하여 이렇게 서로를 고단하게 하는 거요[兩賢豈相厄哉]!"

그 말에 정고가 잠시 무언가를 생각하더니 저만치 둘러서서 보고 있는 초나라 군사들에게는 들리지 않을 만큼 나직하게 말했다.

"뒷날 오늘 일을 잊으셔서는 아니 됩니다. 어서 가십시오."

한왕은 그 말을 듣기 바쁘게 말머리를 돌려 달아났다. 정고가 그런 한왕의 등 뒤로 길게 헛창질을 하다 기우뚱하는가 싶더니 그대로 스르르 말에서 굴러 떨어졌다.

정공과 함께 앞서 달려왔던 초나라 기병 몇 명이 급히 말에서 뛰어내려 정공을 부축했다. 잠깐 정신을 잃은 척하던 정공은 한참 만에야 깨어난 얼굴로 부축을 받아 일어났다. 그리고 되도록 느릿느릿 몸을 움직여 다시 말에 올랐다. 그사이 한왕과 그를 에워싼 여남은 기의 뒷모습은 자꾸 멀어지고 있었다.

"저것들을 어떻게 할까요? 뒤쫓아 가 사로잡아야 하지 않겠습니까?"

뒤따라온 부장이 그 뒷모습을 바라보며 정공에게 재촉하듯 물었다. 정공이 아직도 제대로 정신을 못 차린 듯 어정쩡한 얼굴로 말했다.

"내버려 두어라. 적장은 이름 없는 졸개[無名小卒]였다. 한 줌도 안 되는 이름 없는 졸개들을 잡자고 저물어 가는 골짜기로 대군을 몰아넣을 수는 없다."

그러고는 군사를 물려 초나라 진채로 되돌아가고 말았다.

한편 범 아가리를 벗어나듯 초나라 군사들의 추격에서 벗어난 한왕은 그 골짜기를 밤이 깊도록 내처 달리다가 삼경을 넘기고서야 인근 풀숲에서 잤다.

"수수를 건너 관중으로 돌아가기 어려우면 차라리 패현으로 가자. 아버님, 어머님과 가솔들이 모두 그곳에 있으니 어차피 데려와야 한다. 또 그들에게 딸려 보낸 심이기(審食其)가 약간의 군사를 거느리고 있으니 우리에게 힘이 될 수도 있을 것이다."

날이 밝자 밤새 궁리를 짜낸 한왕이 그렇게 말했다. 그리고 들판으로 나가 패현으로 가는 관도를 찾았다.

"언제나 가장 빠른 길은 관도가 된다. 다행히 우리 모두 말이 있으니 관도로 달리면 저물기 전에 패현에 이를 수 있다."

그러면서 앞서 골짜기를 나가는 한왕을 지치고 주린 여남은 기가 뒤따랐다. 오래잖아 한 줄기 북쪽으로 곧게 닦아진 길이 나왔다. 한왕 일행이 반가워하며 그 길로 들어서려는데, 갑자기 한 사졸이 손가락을 들어 남쪽을 가리켰다.

"저기, 저게…… 무엇인지요?"

그 소리에 모두 보니 관도 남쪽에서 수레 한 대가 보얗게 먼지를 날리며 달려오고 있었다. 어찌나 빠른지 잠시 보고 있는 사이에 크기가 배로 늘어날 지경이었다.

"누군지 몹시 급한 모양이구나. 수레 모는 솜씨가 대단하다. 하후영에게도 지지 않겠다."

달려오고 있는 수레를 군사들과 함께 바라보고 있던 한왕이 불쑥 그렇게 말했다. 그래 놓고 다시 하후영이 떠올랐던지 눈시울이 불그레해져 중얼거렸다.

"싸움 수레[戰車]를 몰고 적진으로 돌진했다더니 그 몸이라도 성한지……."

그런데 실로 이상한 일이 벌어졌다. 바람처럼 관도를 달려오던 수레가 갑자기 한왕 일행 앞에 와서 멈춰 섰다. 그리고 어자(御者) 자리에서 하얗게 먼지를 뒤집어쓴 작달막한 사내가 뛰어내려 한왕에게로 달려왔다. 바로 하후영이었다.

"신 하후영이 문후 드립니다. 대왕께서는 그간 무양하셨습니까?"

하후영이 한왕 앞에 엎드리며 그렇게 울먹였다. 한왕도 말에서 뛰어내려 하후영의 손을 잡으며 목멘 소리로 받았다.

"살아 있었구나. 나를 두고 죽었으면 내 결코 너를 용서하지 않으려 했더니라!"

"어제 뒤쫓는 적을 향해 돌진하였다가 싸움 수레 바퀴가 부서져 하마터면 사로잡힐 뻔하였습니다. 겨우 몸을 빼내 부근 농가에 숨어 있었는데, 마침 그 앞 관도를 지나는 수레 한 대가 있기에 그걸 뺏어 타고 패현으로 가는 길이었습니다."

하후영이 눈물을 씻고 전날 헤어진 뒤로 있었던 일을 말하였다. 한왕이 조금 진정된 어조로 그 말을 받았다.

"패현으로 가려 하였다?"

"그곳에는 태공 내외분과 대왕의 가솔들, 특히 영(盈) 태자가 계십니다. 대왕께 변고가 생기면 태자라도 모시고 서쪽으로 가서 뒷날을 기약하려 했습니다."

"실은 과인도 그들을 데리러 패현으로 가는 길이었다. 허나 과인은 적제(赤帝)의 아들이니라. 어찌 감히 과인을 두고 변고를 말하느냐?"

한왕이 그새 되살아난 호기로 그렇게 말하고는 전날 저녁 무렵에 있었던 기이한 일을 한바탕 부풀려 떠들었다. 하지만 길에서 쓸데없이 머뭇거리다 몇 차례 낭패를 본 그들이었다. 거기서는 더 오래 시간을 끌지 않고 바로 길을 떠났다. 한왕은 타고 있던 말을 참마(驂馬, 수레 끄는 말 곁에 묶어 함께 몰고 가는 말. 교대하기 위한 여유 말)로 붙이고 하후영이 모는 수레에 올랐다.

쫓기는 중에도 하후영을 만난 기쁨으로 기세가 약간 살아난 한왕 일행은 말을 채찍질해 패현으로 달려갔다. 그런데 반나절을 달린 그들이 패현 경계로 막 접어들었을 무렵이었다. 상상조차 못한 일이 다시 그들을 기다리고 있었다.

"저게 누구냐?"

지붕도 없는 수레에 앉아 있던 한왕이 길 한편을 가리키며 하후영에게 물었다. 큰 나무 아래 남매인 듯한 열 살 안팎의 소년, 소녀가 겁에 질린 얼굴로 서로 부둥켜안고 서 있었다. 무심코 한왕이 가리킨 곳을 살피던 하후영이 놀라 고삐를 당기며 소리쳤다.

"영 공자와 맏공녀(公女) 아닙니까?"

그래도 아비라고 한왕이 그 둘을 먼저 알아본 것이었다. 하후영이 급히 수레를 세워 둘을 태웠다. 한왕이 둘에게 물었다.

"어찌 된 일이냐? 어찌하여 너희들이 여기에 있느냐?"

훌쩍이는 공자 유영(劉盈)을 대신해 세 살 위인 공녀가 덜덜 떨며 말했다.

"초나라 군사들이 왔어요. 사람들을 마구 죽이고 할아버지, 할머니와 어머니를 잡아갔어요."

"그런데 너희들은 어떻게 여기까지 왔느냐? 너희들은 할아버지, 할머니와 풍읍 중앙리에 있지 않았느냐?"

"아침에 심이기 아저씨가 우리 모두를 수레에 태우고 중앙리를 떠났어요. 군사들과 함께 우리를 에워싸고 오다가 저기 저 언덕 너머에서 초나라 군사들과 만났어요. 거기서 싸움이 벌어져…… 우리 군사는 모두 죽고 달아나고, 할아버지, 할머니와 어머니, 그리고 심이기 아저씨는 잡혀갔어요."

말하다 보니 다시 끔찍한 그때 일이 떠오르는지 공녀가 오들오들 떨었다. 공자 영은 거기서 아예 소리 내어 울었다. 한왕이 벌겋게 핏발 선 눈길로 다시 물었다.

"너희들은 어떻게 이렇게 빠져나올 수 있었느냐?"

"초나라 군사들이 고함을 지르며 몰려들 때 어머니가 갑자기 저희들 둘을 수레에서 끌어내리시더니 등짝을 두드려 가까운 밀밭으로 쫓으시며 당부했어요. 무슨 소리가 나도 저 밭고랑에 꼼짝 말고 엎드려 있으라고요. 그러다가 사방이 조용해지거든 밀밭에서 나와 서쪽으로 아버지를 찾아가라고 하셨어요."

공녀의 그 같은 말에 한왕은 한참이나 말이 없었다. 곁에서 듣고 있던 하후영이 불쑥 한마디 했다.

"역시 대단한 분이십니다. 우리 여후(呂后)님의 깊은 헤아림을 누가 따르겠습니까?"

"그런데…… 심이기는 왜 중양리에 있지 않고 모두 이리로 데리고 왔을까?"

한왕이 하후영의 말을 받는 대신 혼잣말처럼 중얼거렸다.

"아마도 무슨 헛소문을 들었겠지요. 대왕께서 아직 팽성에 계신 줄 알고 그리로 가려 한 듯합니다."

"그럼 여기까지 온 초나라 군사는 어찌 된 것일까?"

"범증의 짓일 겝니다. 대왕께서 추격을 벗어났다는 말을 듣자 태공(太公) 내외분과 가솔들이라도 인질로 쓰려고 발 빠른 기병들을 보냈을 겁니다."

"그렇지만 그들이 패현으로 돌아온 걸 모를 텐데……."

"그 귀신같은 영감이 어떻게 들었겠지요. 남은 초나라 군사를 이끌고 성양에서 돌아올 때 누가 일러바쳤을 수도 있고……."

큰 쪽박이 깨지면 작은 쪽박이 큰 쪽박 노릇을 한다던가, 머리 써 줄 사람이 아무도 한왕 곁에 남지 않게 되자 하후영이 제법 분별 있게 일의 앞뒤를 헤아렸다. 그런 하후영을 대단한 막빈이라도 만난 듯 한왕이 다시 물었다.

"그럼 이제 우리는 어디로 가야 하나?"

그런데 이번에도 하후영은 한왕을 실망시키지 않았다.

"하읍에 있는 주여후(周呂侯)를 찾아가 보는 게 어떻겠습니까? 그에게 군사 1만여 명이 있으니 우선 대왕을 호위할 만합니다."

주여후는 여후의 오라비 여택(呂澤)을 가리킨다. 한왕이 팽성에 들어갈 때 군사 1만여 명을 갈라 주며 하읍을 지키게 한 적이 있었는데 아직까지 초나라 군사에게 성이 떨어졌다는 소문은 없었다. 한왕이 보아도 그때로서는 주여후를 찾아가는 길 밖에 없었다.

"하읍에만 가면 망산과 탕산이 멀지 않아 과인의 생각에도 무슨 수가 날 듯하다. 하지만 여기서 서남쪽으로 가야 하니 혹시라도 초나라의 대군을 만날까 걱정이다."

"패왕은 태공 내외분과 대왕의 가솔을 인질로 잡아 조금 느긋해져 있을 것입니다. 거기다가 하읍까지는 수레로 달려가면 한나절 길도 되지 않습니다. 먼저 날랜 말을 보내 주여후로 하여금 대왕을 마중 나오게 한다면 탈 없이 하읍에 이를 수 있을 것입니다."

이에 한왕은 그대로 따랐다. 가장 빠른 말을 탄 군사 하나를 뽑아 먼저 하읍으로 보내고 남은 사람들도 그리로 길을 잡았다.

하지만 범증은 하후영이 헤아린 것처럼 그리 어수룩한 사람이 아니었다. 태공 내외와 여후를 사로잡았다는 기별을 받고도 마음을 놓지 않았다

"이번에는 반드시 유방을 잡아 죽여야 합니다. 저 홍문에서처럼 또다시 유방을 달아나게 해서는 안 됩니다."

거듭된 승리에 취해 가는 패왕을 그렇게 다그쳐 사방으로 추격대를 풀었다. 그 추격대 중의 한 갈래가 다시 한왕 일행을 따라잡았다.

"대왕, 적입니다. 남쪽에서 나타난 적군이 우리를 뒤따라오고 있습니다."

한왕의 수레가 하읍과 유성 가운데쯤 왔을 때 뒤에서 호위하며

따라오던 기마 한 기가 급하게 달려와 알렸다. 한왕이 수레에 서서 돌아보니 동쪽 멀지 않은 곳에서 먼지와 함성이 일고 있었다.

"아직 남은 길이 먼데 벌써 적을 만났으니 이 일을 어찌하면 좋으냐? 이는 먼지나 함성으로 미루어 보건대 적은 군사 같지도 않구나."

한왕이 놀란 얼굴로 사방을 둘러보며 말했다. 미처 그 말이 끝나기도 전에 한 무리의 기마대가 작은 숲속에서 뛰어나왔다. 어림으로도 3백 기는 넘어 보였다.

"나타난 것이 기마대니 지친 우리 말과 수레로는 달아날 수조차 없게 되었구나. 아득한 푸른 하늘아, 이렇게 끝을 보려고 나를 여기까지 데려왔는가!"

한왕이 속으로 또 한 번의 이적(異蹟)을 바라며 그렇게 외쳤다. 그때 거기까지 따라온 군사들 중에서 패현 출신의 기사 하나가 수레 앞으로 나서며 비장한 얼굴로 말했다.

"대왕께서는 어서 수레를 몰아 서쪽으로 몸을 피하십시오. 신이 모두를 데리고 저들을 막아 보겠습니다. 비록 여남은 기밖에 안 되지만 저기 좁은 길목에서 죽기로 막으면 얼마간은 적을 붙들어 둘 수 있을 것입니다."

그 말에 하후영이 바로 채찍을 휘둘러 수레를 몰았다. 그 수레에 실려 떠나면서 한왕이 감격에 떨리는 소리로 말했다.

"내 너희를 기억하마. 꼭 살아서 뒤쫓아 오너라."

그사이에도 수레는 달려 그들에게서 멀어졌다. 그러나 수레 위의 한왕은 그들에게서 눈을 뗄 수가 없었다. 되돌아선 그들 여남은 기는 그대로 한 줄기 돌풍같이 온 길을 되돌아가 산부리와 작은 언덕 때문에 길이 좁아진 곳을 막아섰다. 오래잖아 초나라 기병대의 선두가 그리로 들어서고……. 그때 하후영이 모는 수레가 산굽이를 돌아 한왕은 그들을 더 볼 수가 없었다.

하후영은 평생의 솜씨를 다 부려 수레를 몰았다. 패현 현청 마구간에서 자라다시피 한 어린 날로부터 현령의 어자로서 현청의 모든 말과 수레를 다스릴 때까지 익힌 기술뿐만이 아니었다. 한왕의 태복이 되어 싸움 수레를 몰고 크고 작은 싸움터를 휘저으며 빠르게 내달려 온 서너 해도 하후영에게 남다른 기술을 익히게 했다.

그런데 정신없이 수레를 몰고 있는 하후영의 등 뒤에서 갑자기 이상한 기척이 느껴졌다. 한 몸같이 느끼는 수레에도 알 수 없는 흔들림이 있었다. 하후영이 돌아보니 한왕이 놀라 뻗대는 공자와 공녀의 팔을 움켜잡고 수레 뒤쪽으로 끌어가고 있었다.

"대왕, 무얼 하시는 겁니까?"

"아무래도 안 되겠다. 이것들 때문에 수레가 늦어진다. 이렇게 달려서야 어떻게 뒤쫓는 적을 떨쳐 버릴 수가 있겠느냐?"

그런 한왕 유방에게서는 아비로서의 자정(慈情)을 전혀 느낄 수 없었다. 살기까지 번들거리는 한왕의 두 눈에서는 오직 살아남기 위한 비정한 계산만이 비쳐질 뿐이었다. 그걸 보고 놀란 하후영은 급하게 수레를 세우고 뒤쪽으로 달려갔다.

하후영이 수레 모퉁이를 돌아 뒤쪽에 이르러 보니 한왕이 공자 영(盈)을 발로 차서 수레에서 떨어뜨리고 있었다. 하후영은 급히 팔을 뻗어 공자를 받고, 이어 한왕이 내던지는 공녀까지 받아 수레에 앞자리에 다시 얹으며 소리쳤다.

"대왕, 이 무슨 일이십니까? 아무리 달아나는 일이 급하고, 공자와 공녀 때문에 수레를 빨리 몰 수 없다고 하지만, 어찌 이렇게 버릴 수가 있겠습니까?"

그러나 한왕은 성난 눈으로 하후영을 무섭게 노려만 볼 뿐 말이 없었다.

마부 자리로 돌아간 하후영은 채찍을 휘둘러 다시 말을 몰았다. 한왕의 급한 마음을 달래기 위해 매섭게 채찍질했지만 전과 마찬가지로 수레는 빨라지지 않았다.

오래잖아 다시 하후영의 등 뒤에서 이상한 기척이 났다. 하후영이 돌아보니 어느새 한왕이 공자와 공녀를 수레 밖으로 내던지려 하고 있었다. 하후영은 급하게 고삐를 당겨 수레를 세우고 수레 아래로 뛰어가 한 번 더 내던져진 공자와 공녀를 받았다. 그리고 앞서처럼 둘을 수레 앞자리에 옮겨 놓자 이번에는 한왕이 칼을 빼 들고 소리쳤다.

"하후영, 이놈. 내 칼에 죽고 싶으냐? 다시 한번 방자하게 내 뜻을 거역하면 목을 베겠다!"

하후영은 아무 대꾸 없이 수레만 몰았다. 그러나 한왕의 말은 결코 그냥 해 본 소리가 아니었다. 칼을 칼집에 꽂은 한왕은 또다시 두 자식을 수레 앞자리에서 뒤쪽으로 데려갔다. 하후영이 세 번째로 수레를 세우고 뒤쪽으로 달려가 내던져진 아이들을 받았다.

한왕이 다시 칼을 뽑아 들고 시뻘겋게 핏발 선 눈으로 하후영을 노려보며 꾸짖었다.

"어제 하루만 해도 과인의 한 목숨을 지키기 위해 얼마나 많은 장졸들이 죽을 구덩이로 뛰어들었느냐? 그렇게 건져 놓은 과인의 목숨을 저 못난 것들 때문에 잃어도 되겠느냐? 어서 그것들을 수레 아래로 내려놓아라. 그러지 않으면 네 목을 베겠다!"

그러나 다시 말을 채찍질한 하후영은 앞만 바라보며 수레를 몰았다. 한왕은 칼을 쳐들었으나 차마 내리치지 못했다. 혀를 차며 칼을 내리더니 칼집에 도로 꽂았다. 뒤처져 적의 길목을 막은 군사들이 죽기로 싸워 준 덕분인지 그때까지도 적의 추격은 없었다. 그게 한왕을 다소 진정시켜 한동안은 수레가 느려도 잘 참아 냈다.

하지만 말이 지쳐 수레가 더욱 느려지고, 희미하게나마 뒤쫓아 오는 적군의 말발굽 소리가 들리는 듯하자 한왕은 다시 다급해졌다. 이번에는 칼로 수레 채를 찍으며 하후영에게 바로 을러댔다.

"수레를 세워라. 저것들을 내려놓고 가자! 이번에도 과인의 뜻을 어기면 정말로 용서하지 않겠다!"

그러면서 칼끝을 하후영의 목에 들이대다가 다시 좋은 말로 달래기도 했다.

"저것들 이마에 내 자식이라고 씌어 있는 것도 아니고, 저희들만 입을 열지 않으면 적군에게 사로잡히는 일은 없을 것이다. 또 사로잡힌다 하여도 이미 아버님, 어머님에 여후까지 끌려가 있는데 무슨 상관이냐? 과인이 무사히 관중으로 돌아가면 자연 저들을 구해 낼 방도가 나올 것이다."

하지만 하후영은 여전히 앞을 보고 수레만 몰았다. 그 뒤로도 한왕은 대여섯 번이나 더 하후영의 목에 칼을 대고 을러댔지만 마찬가지였다.

그러는 사이에 한왕이 탄 수레는 수수 물가에 이르렀다. 추격을 피하느라 남쪽으로 길을 약간 돈 바람에 하읍을 끼고 도는 수수에서 30리쯤 하류 되는 곳에 이르게 된 것이었다.

물가의 갈대와 버드나무 숲으로 가려진 샛길로 접어들면서 한왕은 겨우 한숨을 돌렸다. 하늘을 보니 어느새 해는 지고 붉은 노을이 비껴 있었다. 이제 적을 따돌렸다 싶어 가만히 가슴을 쓸고 있는데 갑자기 길옆에서 한 무리의 군사들이 쏟아져 나와 길을 막았다.

한왕이 놀라 바라보니 다행히도 초나라 추격대가 아니라 한군 패잔병들이었다. 한 3백 명이나 될까? 영벽에서 중군으로 싸우다 쫓기던 그들은 한왕을 알아보고 환성과 함께 따라붙었다. 머릿수는 많지 않아도 다시 호위하는 군사가 생기자 한왕도 조금 마음을 놓았다.

그런데 그들과 함께 다시 길을 재촉한 지 얼마 되지 않아 정말로 감격스러운 일이 생겼다. 죽은 줄 알았던 노관이 50여 기를 모아 한왕을 찾아온 일이었다. 그 또한 여택에게 의지하려고 하읍으로 달아나던 노관은 한 군데 풀숲에 숨어 쉬다가 한왕의 수레를 만나자 구르듯 달려 나와 한왕 앞에 엎드렸다.

하지만 한왕이 온전히 마음을 놓은 것은 그날 저물 무렵 장량과 진평의 마중을 받고 나서였다. 전날 싸움터에서 용케 몸을 뺀 장량과 진평도 하읍으로 달아나 여택에게 의지하고 있었다. 그러다가 하후영이 보낸 군사로부터 한왕이 그리로 오고 있다는 말을 듣자 여택의 부장과 더불어 3천 군사를 이끌고 마중 나온 길이었다.

몇 천 명의 장졸이 에워싸고 지켜 주는 데다 하읍도 멀지 않은 곳이라 한왕도 이제는 적의 추격이 두렵지 않았다. 그 자신감 때문일까, 수레를 버린 한왕이 말 한 필을 끌어오게 했다. 그리고 그 말에 오르면서 아직도 수레에 앉아 멍해 있는 공자 영과 공녀를 가리키며 성난 목소리로 하후영에게 소리쳤다.

"어서 저 못난 것들을 끌어내 과인의 눈에 띄지 않는 곳으로 치워 버려라! 하마터면 숱한 우리 한군 장졸들의 죽음을 헛되게 할 뻔하지 않았느냐?"

뒷날『삼국지연의』는 그보다 4백 년 뒤의 일을 이야기로 꾸미면서, 당양(當陽) 벌판에서 주군 유비의 아들을 갑주 안에 품은 채 조조의 백만 대군 사이를 뚫고 나오는 조자룡의 화려하기 짝이 없는 무용담을 들려준다. 그리고 조자룡이 그렇게 구해 온 아두(阿斗)를 유비가 땅바닥에 내던지며 '너 때문에 하마터면 아까운 장수를 죽일 뻔하였다.'고 했다는 이야기까지 덧붙인다. 하지만 그 두 이야기는 모두 정사에는 없는, 이른 바 '서 푼의 허구'에 속한다. 아마도 그 허구의 원형은 4백 년 전 그날의 등공(滕公) 하후영과 한왕 유방에게서 찾아야 할 것이다.

하지만 뒷날 태자로 책봉되어 전한(前漢) 효혜제(孝惠帝)가 된 공자 영과, 노(魯) 땅을 봉지로 받아 노원공주(魯元公主)로 불리게 되는 공녀의 감정은 한왕과 아주 달랐다. 공자는 황제가 된 뒤에도 하후영이 목숨을 걸고 자기를 지켜 준 그날의 은덕을 잊지 않고 각별히 대했다. 그리고 노원공주도 살벌한 여씨(呂氏) 치세에서 여러 가지로 어려웠던 하후영을 알게 모르게 돌보아 줌으로써 그날의 은공을 갚았다.

되받아치기

팽성을 사이에 둔 공방은 서초 패왕 항우와 한왕 유방에게 여러 가지로 충격과 변화를 주었다. 그 변화 가운데서도 뒷날 천하 형세를 결정짓는 데 가장 크게 작용한 것은 두 사람의 자기 인식에 가져다준 변화였다.

팽성이 실함될 무렵의 패왕은 제(齊)나라라는 뜻밖의 수렁에서 그동안 키워 온 자신의 군사적 재능에 대한 자부심을 거의 탕진해 가고 있었다. 그런데 정병 3만으로 천 리를 내달아 56만의 한군(漢軍)과 그 동조 세력을 질그릇 부수듯 하고, 그중의 20여만을 사수와 수수 가에서 몰살하면서 모든 게 달라졌다. 그때부터 패왕은 이전의 군사적 재능에 대한 자부심을 넘어 무적불패(無敵不敗)의 환상까지 품게 되었다.

하지만 먼저 웃고 나중에 울게 된 꼴이 난 한왕 유방은 달랐다. 수십만의 장졸을 잃고 비참하게 쫓기는 신세가 되면서, 그동안의 자신을 돌아보니 모든 것이 후회스럽고 부끄럽기 짝이 없었다. 대군의 터무니없는 전개와 방만한 통제 같은 군사적 오류로부터 함양에 들 때보다 더 민심의 향배에 소홀했던 정치적 방심에 이르기까지 스스로 돌이켜 보아도 용서하기 어려운 무능과 실책들이었다. 따라서 그런 것들로 새로워진 한왕의 자기 인식은, 거만하고 변덕스러운 것으로 널리 알려진 한왕의 개성에 거친 대로 겸손과 신중함을 더하였다.

무사히 하읍에 있는 여택(呂澤)의 진채에 이른 한왕이 말에서 내리기 바쁘게 장량에게 묻기부터 먼저 한 것도 그런 신중함과 겸손에서 비롯된 일로 보인다.

"이번 팽성 일로 과인은 참으로 많은 걸 배웠소. 무엇보다 뼈저리게 느낀 것은 혼자 힘으로는 천하대사를 이룰 수 없다는 점이었소. 이제 과인은 함곡관 동쪽의 땅을 떼어 주고 과인을 도울 인재를 사려 하오. 자방 선생이 보기에 누가 나를 도와 일통천하(一統天下)의 큰 공을 이룰 수 있겠소?"

도중 내내 그 일만 생각해 와 더 미룰 수 없다는 듯, 말에서 내린 한왕은 안장에 기댄 채 장량에게 그렇게 물었다. 장량도 미리 생각해 둔 것이 있었던지 오래 끌지 않고 대답했다.

"먼저 대왕께 권해 드릴 사람은 구강왕 경포(黥布)입니다. 경포는 항왕(項王)의 뛰어난 장수로서 지금껏 그 손발이 되어 일했으나, 지금은 그들 사이가 전만 같지 않습니다. 지난 봄 항왕이 제나라로 치러 갈 때 군사를 내어 따르지 않았을 뿐만 아니라, 팽성이 우리에게 떨어질 때도 멀지 않은 육(六) 땅에 있으면서 그냥 보고만 있었습니다. 따라서 이미 항왕에게서 멀어진 만큼, 굳이 대왕을 돕지 못할 까닭은 없을 것입니다. 누구보다도 시급히 달래 대왕의 한 팔로 쓰셔야 할 사람입니다.

다음은 팽월(彭越)입니다. 팽월은 제왕(齊王) 전영에게서 장수인(將帥印)을 받고 양(梁) 땅에서 군사를 일으켜 항왕에게 맞선 적이 있습니다. 항왕이 보낸 장수 소공 각(角)을 크게 무찌르고 적지 않은 초병(楚兵)을 죽였으니, 전영마저 항왕에게 죽은 지금 대왕에게가 아니면 돌아갈 곳이 없습니다. 다행히 지난번 외황에서 이미 대왕 아래로 들었고, 대왕께서는 위나라 상국(相國)으로 세우셨으나, 그리 가볍게 대할 사람이 아닙니다. 보다 높게 쓰시어 진심으로 대왕을 돕게 해야 합니다."

장량이 그렇게 말해 놓고 다시 한 사람 뜻밖의 이름을 댔다.

"대왕께서 이미 거느리고 있는 장수들 가운데는 대장군 한신이 있습니다. 한신에게 따로 큰일을 맡기면 천하 한 모퉁이를 넉넉히 감당해 낼 것입니다."

"대장군까지?"

한왕이 얼른 받아들일 수 없다는 듯 그렇게 장량에게 되물었다. 장량이 흔들림 없는 어조로 받았습니다.

"그렇습니다. 만약 대왕께서 땅을 떼어 주고 도움을 받고자 한다면 그 세 사람뿐입니다. 경포와 팽월과 한신, 셋을 얻어야만 강성한 항왕(項王)을 쳐부술 수 있습니다."

뒷날로 보면 놀랍도록 밝은 장량의 눈이었다. 한왕도 그런 장량의 말을 이내 알아들었다. 머릿속에 그 말을 새겨 두려는 듯 무겁게 고개를 끄덕이다가 문득 탄식처럼 말했다.

"그런데 그 셋 중에 아무도 과인 곁에 남아 있지 않으니……
더욱이 대장군은 몸이라도 무사히 빼냈는지…….'

그 말에 장량도 숙연해져 얼른 대꾸하지 못했다. 그때 주여후 여택이 달려 나와 한왕에게 군례를 올렸다. 여택은 여후의 오라비로 사사롭게는 한왕에게 처남이 되었으나 그때는 이미 군신의 예가 자리 잡혀 신하로서 한왕을 공손하게 모셨다.

원래 여택이 하읍에 거느리고 있던 군사는 1만 명을 크게 넘지 않았다. 하지만 군세가 작기 때문에 함부로 움직이지 않아 오히려 그때까지 온전히 보존될 수 있었다. 거기다가 그 며칠 여기저기서 수십 명, 수백 명씩 몰려든 한군(漢軍)과 제후군 패잔병이 더해져 한왕이 하읍에 이르렀을 때는 벌써 2만 명 가까이로 불어났다.

영벽의 싸움 뒤 내리 이틀을 몇 십 기만 거느리고 쫓겨 다니던 한왕은 비로소 한시름을 놓았다. 여택의 진채에 들어 지치고 고단한 몸을 쉬게 하면서, 따라온 장졸들을 인근에 풀어 패군을 수습하는 한편 흩어진 장수들의 소식을 알아보게 하였다. 하룻밤이 지나자 다시 만여 명의 군사가 붙고, 흩어져 달아난 장수들의 소식도 차례로 들어왔다.

"추(鄒), 노(魯) 땅에서 물러나다 호릉에서 항왕의 정병에게 패한 번쾌 장군은 외황에 이르러서야 약간의 패군을 수습하였다 합니다. 지금은 군사 몇 천과 더불어 양(梁) 땅에 머물러 항왕의 승리에 흔들리는 민심을 다독이며 세력을 키우고 있다는 소문입니다."

먼저 그런 번쾌의 소식을 들은 한왕이 다시 물었다.

"소성을 지키던 관영과 조참은 어찌 되었다더냐?"

"두 분 모두 각기 한 갈래 군사를 이끌고 서쪽으로 몸을 빼신 것은 틀림없으나 그 뒤의 소식은 더 듣지 못했습니다. 아마도 멀지 않은 곳에서 팽성을 지켜보며 자신들이 장차 해야 할 바를 가늠하고 있을 것입니다."

정탐을 나갔던 군사들로부터 소식을 모아 온 장수가 한왕의 물음에 그렇게 대답했다.

"주발은 어찌 되었다던가?"

"곡우를 소란케 하던 초나라 잔병들은 모두 쓸어버렸으나 그 뒷소식은 역시 알 수가 없습니다. 어쩌면 팽성의 실함을 듣고 대왕을 도우러 이리로 달려오고 있을지도 모르겠습니다."

그제야 한왕은 영벽 싸움에서 흩어진 장수들을 물었다.

"대장군은 어찌 되었는지 알아보았는가?"

"대장군께서는 수수 가에 내몰린 한 갈래 우리 군사를 북돋워 초나라 군사들을 매섭게 받아치셨다 합니다. 이에 주춤한 초나라 군사들이 달아나자 떼를 얽어 수수를 건넜다고 하는데, 그때 함께 묻어 간 우리 군사가 1만 명은 넘을 거라는 소문입니다."

"다른 제후와 왕들은 어떻게 되었는가?"

"살아남아 영벽에서 함께 싸웠던 왕들 중에 위왕 표와 한왕 신은 각기 몇 백 명씩 거느리고 수수를 건넜다는 소문입니다. 그러나 새왕 사마흔, 적왕 동예와 상산왕 장이는 모두 그 간 곳을 모릅니다."

하지만 상산왕 장이가 어찌 되었는지는 더 궁금해할 필요가 없었다. 한 시진도 안 돼 백여 기를 이끌고 여택의 진채로 찾아든 까닭이었다.

그사이 다른 장졸들도 소문을 듣고 몰려와 어느새 한왕이 거느린 군사는 3만 가깝게 늘어났다. 비록 싸움에 져 쫓겨 온 군사들이지만, 한왕이 살아 있고 적잖은 장수들이 남아 있어 그런지 제법 사기도 살아났다. 그러나 한번 활에 다쳐 본 새는 굽은 나뭇가지만 보아도 겁을 먹는다던가, 한왕은 해가 높이 솟을수록 하읍에 그대로 머물러 있는 게 불안해졌다.

"어서 배를 모으고 뗏목을 엮어 수수를 건너도록 하라. 탕현으로 건너가면 그곳 망산과 탕산 사이에 작은 군사로 큰 적을 맞기 좋은 땅이 있다."

그렇게 군사들을 재촉해 탕현으로 갔다. 탕현은 하읍과 수수를 사이에 두고 마주 보고 있는 형국이지만 한왕이 밝게 아는 땅이었다. 여러 해 전 진나라에 죄를 짓고 무리 백여 명과 더불어 몇 년 숨어 산 적이 있기 때문이었다.

하지만 망산과 탕산도 그때 한왕이 숨어 살던 때와는 달랐다. 몇 백 명 거느리고 초적(草賊)질할 만한 땅은 되어도 3만 가까운 대군이 머물기에는 마땅치 못했다. 거기다가 위왕 표가 패군 5백 명을 이끌고 찾아와 급한 소식을 전했다.

"신이 한 군데 여울목을 골라 수수를 건너다 보니 멀리 동쪽 언덕에 초나라 군사들이 크게 배를 모아 두고 있었습니다. 곧 항왕이 대군을 이끌고 수수를 건널 작정인 듯했습니다."

수수만 건너면 탕현까지는 한나절 길도 되지 않는다. 한왕은 그 말을 듣자 벌써 오추마에 높이 앉은 패왕이 두 눈을 번들거리며 자신을 뒤쫓고 있는 것 같아 등줄기에 식은땀이 흘렀다. 그런데 다시 날아든 제후들의 소식이 한왕을 더욱 겁먹게 했다.

"새왕 사마흔과 적왕 동예가 스스로 패왕을 찾아가 항복하고 죄를 빌었다 합니다. 어찌 된 셈인지 이번에는 패왕도 그들을 죽이지 않고 이전처럼 왕으로 삼으며 다른 제후들의 항복을 권하고 있습니다. 이에 대왕을 따라왔던 제후와 왕들 중에 아직까지 살아남은 이들은 한결같이 마음이 흔들려 대왕과 우리 한나라를 바라보는 눈길이 전과 같지 않습니다."

그 소식에 한왕은 더 견뎌 내지 못했다. 탕군에 이른 지 하루도 안 돼 다시 군사를 서쪽으로 물렸다.

"서쪽으로 백여 리 더 군사를 물려라. 우현에서 다시 한번 잔군(殘軍)을 수습하여 세력을 키운 뒤에 적을 되받아치자!"

한왕의 명을 받은 한군은 밤길을 재촉해 우현으로 옮겼다. 날이 훤할 무렵에야 우현에 이른 한군은 비로소 한숨을 돌리며 현성(縣城) 서쪽 벌판에 진채를 내렸다. 그러나 한왕은 허겁지겁 서쪽으로 물러나면서도 그런 자신의 처지가 한심했다. 군막에서 고단한 몸을 쉬려다가 마침 곁에서 시중을 들던 몇 사람을 둘러보며 푸념처럼 말했다.

"참으로 답답하구나! 쓸모없는 무리들이다. 너희와는 천하의 일을 의논할 수 없으니……."

자신의 처지가 한심하게 여겨질수록 하읍에서 장량에게 들은 말이 더 생생하게 떠올라 해 본 소리였다. 천하를 위해 꼭 얻어야 할 세 사람은 아무도 한왕 곁에 없었다. 애초부터 남의 사람이었던 경포나 위나라 상국으로 삼아 따로 보낸 팽월은 말할 것도 없고, 며칠 전까지도 대장군으로 부리던 한신마저 그 종적을 알 수 없었다. 그래도 한신이나 팽월은 이미 품 안에 든 사람들이라 이번 고비만 넘기면 어떻게 찾아 다시 쓸 수나 있지만, 경포를 끌어들일 일은 막막하기만 했다.

그런데 뜻밖에도 군막을 드나들며 손님을 응대하는 일을 맡아 오던 알자(謁者) 수하(隨何)가 나서 정색을 하고 한왕의 말을 받았다.

"대왕께서는 어인 말씀이신지요? 신은 도무지 대왕께서 그리 말씀하신 뜻을 모르겠습니다."

역이기나 주가와 기신 같은 유가의 무리로 언제나 소심하고 예절 바른 수하였지만 그날 한왕을 바라보는 눈길은 평소의 그답지 않게 강렬했다. 그래도 한왕은 별 기대 없이 수하의 말을 받았다.

"누가 능히 나를 위해 구강(九江)에 사자로 갈 수 있겠는가. 가서 그 왕 영포(英布)를 달래 그로 하여금 군대를 일으켜 초나라를 배신케 할 수 있겠는가! 항왕을 몇 달 동안만 그 땅에 잡아 둔다면 내가 천하를 얻는 것은 이미 정해진 일이나 다름없다."

그런데 뜻밖에도 수하가 결연한 목소리로 받았다.

"삼가 신이 대왕의 뜻을 받들어 보겠습니다. 신을 그리로 보내 주십시오."

"그대가? 이것은 손님을 예절 바르게 맞아들이고 규모 있게 접대하는 일과는 다른 일이다. 그런데 어찌 그대가 해낼 수 있겠는가?"

"대왕께서는 잊으셨습니까? 신은 영포와 같이 육(六) 땅 사람입니다."

"같은 땅에서 나고 자랐다고 해서 모두 한편으로 달랠 수 있는 것은 아니다. 그대는 영포를 알고 있는가?"

그래도 미덥지 않은지 한왕이 다시 수하에게 이죽거리듯 물었다. 수하가 여전히 정색을 풀지 않고 대답했다.

"압니다. 신은 젊었을 적부터 그의 얘기를 들어 왔습니다."

"육은 순(舜) 임금의 대신으로 형률(刑律)을 맡았던 고요(皐陶)의 땅이다. 그런데 영포는 그 형률에 걸려 얼굴에 자자(刺字)를 받은 것을 자랑삼으며 이름마저 경포(黥布)로 바꾼 흉측한 무리다. 또 항왕의 말 한마디에 의제(義帝)가 이웃에서 시해되어 강물에 던져져도 보고만 있었던 자다. 그런 자를 그대 같은 유자가 어떻게 달랠 수 있는가?"

"그런데도 대왕께서는 천하의 일로 그런 영포를 불러 쓰시려 하십니다. 그렇다면 신도 천하의 일을 들어 그를 한번 달래 보겠습니다."

"좋다. 경의 뜻이 정히 그러하다면 구강으로 가서 경포를 달래

보도록 하라."

수하가 그저 해 보는 소리가 아니라는 것을 마침내 알아들은 한왕 유방이 그렇게 말하고는 덧붙여 물었다.

"그런데 경의 사행(使行) 길에 과인이 특히 뒷받침해 줄 일은 없겠는가?"

그 말에 수하가 미리 준비하고 있었던 듯이나 또박또박 대답했다.

"먼저 관원 스무 명을 저에게 딸려[二十人俱] 대왕과 우리 대한(大漢)의 위엄을 돋보이게 하여 주십시오. 복색과 기치를 정연히 하고 폐백도 제대로 갖춰 주셔야 합니다."

사신에 딸린 관원이 스물이라면 다시 그들을 따르며 호위와 물자 운송을 맡을 이졸(吏卒)이 또 그 몇 배는 있어야 했다. 그들이 사자의 위엄을 드러내는 기치와 화려한 복색으로 찾아가면 도둑 떼의 우두머리에서 몸을 일으켜 왕이 된 경포에게는 달리 보일 수도 있었다. 한왕이 그 생각으로 빙그레 웃으며 받았다.

"알겠다. 키 크고 잘생긴 관원 스물과 날랜 보기(步騎) 백 명을 딸려 주겠다. 또 진평에게 일러 둘 터이니 그들이 앞세울 기치와 걸칠 복색은 경이 직접 고르라. 그 밖에 과인이 더 해 줄 일은 없는가?"

"구강으로 떠날 날은 신이 결정하게 해 주십시오. 신이 언제 구강왕 경포를 만나게 되는가가 일의 성패를 가름할 수도 있습니다."

그 말도 한왕은 알아들을 수 있을 것 같았다.

"과인도 당장에는 경이 경포를 만나도 소용이 없을 것이라는 짐작은 간다. 그러나 너무 늦지는 않도록 하라."

그렇게 말하면서 역시 수하의 뜻을 따라 주었다.

뜻대로 될지 아니 될지는 알 수 없었으나, 그래도 수하가 나서서 가슴을 짓누르던 걱정거리를 맡고 나서니 한왕의 마음은 한결 밝아졌다. 아침도 거르고 잠자리에 들어 간밤 내 말 위에서 지낸 피로를 씻었다. 그런데 한왕이 한낮이 되어 잠에서 깨어났을 때 다시 반가운 소식이 들어왔다.

"선보(單父)까지 쫓겨 갔던 관영과 조참이 간밤 수수를 건너 서쪽으로 가다가 대왕이 이곳에 계신다는 소문을 듣고 이리로 오고 있다는 전갈이 왔습니다. 두 장군이 수습한 우리 군사도 그럭저럭 1만은 넘어선다고 합니다."

진평으로부터 그와 같은 말을 들은 한왕은 펄쩍 뛰듯 기뻐했다.

"내 그럴 줄 알았다. 어떤 관영이고 어떤 조참이냐? 5년 전 과인과 함께 고향 패현을 떠난 이래 창칼의 수풀을 헤치고 화살 비를 맞으면서도 끄떡없이 견뎌 낸 이들이다. 비록 예기가 꺾여 적에게 일시 쫓기게는 되었으나 반드시 살아서 과인을 찾아올 줄 알았다."

하지만 먼저 우현의 진채에 이른 것은 한왕(韓王) 신(信)의 패군 천여 명이었다. 여지없이 무너져 쫓기면서도 자신을 저버리지 않고 거기까지 찾아와 준 것이 고마워 한왕 유방은 신의 손을 잡고 눈물까지 글썽였다.

이어 관영과 조참이 이끈 1만 군사가 우현에 이르렀다. 죽을 구덩이를 빠져나온 안도였을까? 한왕은 그들의 손을 잡고 다시 한번 목메어 했다.

주가와 기신이 수백 패잔병을 이끌고 한왕을 찾아온 것도 우현에서였다. 유가의 부류라고 은근히 얕보고 놀리기는 했어도 그 며칠 한왕은 은근히 애태우며 그들을 찾아 왔다. 예절과 법도에 밝은 그들이라 언제나 가까이 두고 부리는 동안에 정이 든 데다, 무엇보다도 고향 패현에서부터 따라와 몇 년째 고락을 함께해 온 사람들이었다.

하지만 주가와 기신이 무사히 자신에게로 찾아들자 한왕은 반가운 나머지 그날도 슬며시 장난기가 발동했다. 전에 그러했듯 또 유가의 가르침을 놀림감으로 삼았다.

"과인이 듣기로 유자들의 가르침에는, 임금의 위태로움을 보면 목숨을 바친다[見危致命]고 하였는데 어사대부와 중위(中尉)는 어찌 된 거요? 유가 경전에는 위태로운 임금을 수수 물가에 팽개치고 홀로 달아나도 좋다는 가르침이 달리 있소?"

그러면서 놀리다가 주가와 기신이 얼굴이 시뻘게져 고개를 수그리는 것을 보고서야 비로소 우스갯소리를 거두었다.

그사이 우현에 자리 잡은 한왕이 거느린 군사는 그럭저럭 5만을 넘어서고 팽성 인근의 싸움에서 흩어진 패현의 맹장들도 태반이 다시 모여들었다. 번쾌와 주발이 아직 한왕 곁으로 돌아오지 않았으나 그들도 각기 양 땅과 곡우 근처에 건재하다는 소문은 이미 들어와 있었다. 그 바람에 한군의 사기는 크게 살아났다. 하지만 그렇다고 반드시 좋은 일만 있지는 않았다.

"항왕이 크게 추격군을 일으켜 소성에서 수수를 건넜다고 합니다. 제나라에서 돌아온 군사를 보태 10만 대군으로 출발했는데, 벌써 율현으로 접어들고 있다는 풍문입니다. 이번에는 대왕을 끝까지 뒤쫓아 아예 뿌리를 뽑을 작정인 듯합니다."

해 질 무렵 갑자기 우현의 한군 진채로 그런 급보가 날아들었다. 율현이라면 우현에서는 아직도 백 리 길이 넘었으나 그런 소식을 듣자 한군은 아래위가 한가지로 벌벌 떨었다. 초나라 군사가 배나 되고, 그것도 항왕이 몸소 거느리고 온다 하니 그럴 수밖에 없었다. 3만 군으로 열흘에 천 리를 달려와 56만 한군을 짓뭉개 버린 항왕이 아닌가. 더구나 한군으로서는 끔찍할 수밖에 없는 그 경험은 모두가 열흘 안쪽의 일이었다.

놀란 한왕이 얼른 진채를 뽑게 해 다시 밤길을 재촉해 서쪽으로 내달았다. 그런데 날이 훤히 밝아 올 무렵까지 달아난 한군이 우현과 외황 중간쯤 되는 곳에서 잠시 진채를 내리고 쉬려는데 또다시 놀라운 소식이 전해져 왔다. 먼저 달아나 외황 부근을 헤매던 위왕 표의 군사 여남은 명이 한군 진채를 찾아와 보고 들은 대로 알렸다.

"지난번 한나라에 항복했던 초나라 장수 왕무(王武)가 다시 한나라를 배반하였습니다. 힘으로 외황을 차지하고 항왕이 오기만을 기다리고 있습니다. 또 항복한 장수 정거(程遽)도 연(燕) 땅에서 반란을 일으켰으며, 연지의 주천후(柱天侯)도 한나라의 다스림에 항거하여 일어났다 합니다."

바람이 불면 풀은 절로 눕는다던가, 한군의 위세가 좋을 때는 싸움 한번 제대로 해보지 않고 항복해 오던 적장과 토호들이 팽성의 참패를 듣고는 저마다 무기를 들고 맞서 오고 있었다. 특히 외황의 왕무는 서쪽으로 물러나는 한군의 앞길을 정면으로 막고 있는 격이라 걱정거리가 아닐 수 없었다.

"뒤로는 항왕의 대군이 쫓아오고 앞에는 반적(叛賊)들이 길을 막고 있으니 이를 어찌했으면 좋겠소?"

장량과 진평을 비롯해 장수들을 불러 모은 한왕이 어두운 얼굴로 물었다. 그때 조참이 일어나 씩씩하게 말했다.

"이번에는 제가 번쾌를 대신해 왕무와 정거를 잡아 보지요. 제게 군사 1만 명만 갈라 주시면 먼저 달려가 대왕의 길을 열겠습니다."

장량과 진평도 달리 떠오르는 계책이 없는지 아무 말이 없었다. 이에 한왕은 조참에게 군사 1만을 갈라 주며 먼저 외황으로 가게 했다. 그런데 오래잖아 조참으로부터 또 다른 급보가 날아들었다.

"전에 항복했던 위공(魏公) 신도(信徒)가 왕무와 호응하여 옹구에서 반란을 일으켰습니다. 외황의 왕무를 이긴다 해도 북쪽에 정거를 두고 옹구로 가기는 어렵습니다. 달리 신도를 쳐부수고 서쪽으로 가는 길을 열 장졸들이 있어야겠습니다."

그러자 이번에는 관영이 나섰다.

"위공 신도는 제가 맡겠습니다. 제게 1만 군사만 주시면 옹구를 되찾고 신도의 목을 바치겠습니다."

이번에도 달리 방도가 없었다. 관영에게 다시 1만 군사를 나눠 주고 남은 군사를 재촉하며 한왕이 탄식처럼 나무랐다.

"이래저래 군사를 떼어 내고 나니 상하고 지친 3만 명만 남았구나. 대장군 한신은 도대체 어디로 간 것이냐? 수수를 건널 때 거느리고 있던 장졸만도 만 명이 넘었다면 지금쯤은 더 많은 패군을 수습했을 터, 어서 과인의 어가를 호위하지 않고 어디를 헤매고 있다는 말이냐?"

그때 마치 한왕의 나무람을 듣고 온 듯 서쪽에서 대장군 한신의 사자가 달려왔다. 영벽에서 헤어진 종공(樅公)이 여남은 기를 거느리고 나는 듯 달려와 한신의 뜻을 전했다.

"대장군께서는 군사 3만을 모아 먼저 형양으로 가셨습니다. 대왕께서도 하루빨리 홍구(鴻溝)를 건너 형양으로 본진을 옮기시라고 여쭈라 하셨습니다."

"수습한 군사가 3만이라면 장수들은 어찌 되었는가? 누가 대장군과 함께 있는가?"

한왕이 먼저 궁금한 것부터 물었다. 종공이 아는 대로 대답했다.

"역(酈) 선생 이기와 역상 형제, 장군 근흡과 부관 등입니다. 신을 비롯해 모두 수수를 건넌 뒤에 대장군을 만나게 되었습니다."

"그런데 형양이라 하였던가? 대장군은 하필이면 왜 그 먼 형양으로 모이라 하는가?"

이어 한왕은 아무래도 알 수 없다는 듯 고개를 기웃거리며 다시 그렇게 물었다. 이번에는 종공을 대신해 곁에 있던 장량이 차분히 말했다.

"대장군은 형양에 자리 잡고, 가까이 있는 오창(敖倉)의 곡식을 먹으며, 광무산(廣武山)의 천험(天險)을 빌리고, 성고(成皐)와 의지하는 형세로 항왕의 대군을 막아 볼 작정인 듯합니다. 소(蕭) 승상이 관중에서 장정과 물자를 보내기에도 멀지 않은 곳이니, 신이 보기에도 우리 패군을 수습해 항왕의 기세를 되받아칠 만한 곳은 거기밖에 없습니다."

"하지만 여기서 형양까지는 다시 천 리 가까운 길이다. 당장 등 뒤로 항왕의 대군이 다가오고 앞길에는 곳곳에 반적들이 버티고 있는데, 무슨 수로 이렇듯 상하고 지친 군사를 이끌고 천 리 길을 헤쳐 형양까지 간단 말인가?"

한왕이 멀리 있는 대장군 한신을 나무라듯 장량에게 반문했다. 그러자 종공이 다시 나서 한신의 뜻을 전했다.

"대장군께서 이르시기를, 왕무나 정거의 무리는 크게 걱정할 만한 세력이 못 된다고 하셨습니다. 항복한 초나라 장수들이 반짝 들고일어나, 대왕께서 팽성에서 크게 낭패를 당하셨다는 소문에 놀란 한나라 군사들을 일시 내쫓고 외황이나 옹구에 들어앉았을 뿐이라는 것입니다. 용맹한 장수에 군사 한 갈래만 딸려 보내도 쉽게 흩어 버릴 수 있을 것이라 하셨습니다. 오는 길에 들은 대로 조참 장군과 관영 장군이 각기 1만 군사를 이끌고 갔다면 그곳 일은 반드시 대장군의 헤아림대로 될 것입니다. 대왕께서는 오히려 그들에게 뒤를 막게 하시고, 지름길로 홍구를 건너 형양으로 드시도록 하십시오."

져서 쫓기면서도 싸움의 큰 형세를 훤히 꿰고 있는 듯한 한신의 말이었다. 이에 한왕도 조금 마음이 풀렸다.

"여기서 형양으로 가는 지름길이 어찌 따로 있겠느냐? 외황과 옹구를 지나는 길이 곧 지름길인 것을."

그렇게 빈정거리기는 했으나 더는 한신을 나무라지 않았다. 실제로도 그 뒷일은 한신의 헤아림대로 되었다. 한왕이 남은 군사를 이끌고 하룻길을 더 달려 외황에 이르니, 조참은 벌써 왕무를 쳐부수고 북쪽으로 정거를 쫓고 있었다.

"조참 장군은 정거를 이긴 뒤에도 홍구 동쪽에 남아 반적들을 소탕하라. 그러다가 항왕의 대군이 이르거든 형양으로 와서 과인의 본진에 들도록 하라."

한왕은 대장군 한신의 말에 따라 그런 전갈을 조참에게 보낸 뒤에 외황에서 하룻밤을 쉬었다. 이튿날 다시 서쪽으로 길을 재촉하여 저물녘에 옹구에 이르니 그곳도 사정은 외황과 비슷했다. 관영은 위공 신도를 한 싸움으로 이긴 뒤에 달아난 그를 따라 하황(下黃) 쪽으로 가고 없었다. 한왕은 관영에게도 조참에게와 비슷한 명을 내렸다.

"관영 장군은 신도를 사로잡은 뒤에도 옹구에 머물러 반적들이 더는 일지 못하게 하라. 항왕의 대군이 홍구를 넘어서기 전에는 형양으로 돌아오지 않아도 된다."

그리고 옹구에서 하룻밤을 쉬는 둥 마는 둥 서쪽으로 길을 재촉했다. 우현에서 다시 내리 사흘을 내달려 와서 그런지 다음 날 한왕이 진류에 이르렀을 때는 벌써 날이 어두워 오고 있었다.

"인마가 아울러 지쳐 하루 백 리 길을 가지 못하는구나. 어쩔 수 없다. 진류에서 하룻밤을 더 쉬고 내일 새벽 일찍 길을 떠나도록 하자. 내일은 1백50리를 달려 어둡기 전에 곡우에 이르도록 해야 한다."

한왕이 그렇게 말하며 진류에 하룻밤을 머물렀다. 다음 날 한왕은 새벽같이 군사들을 재촉하여 길을 떠났다. 그런데 정오 무렵 대량(大梁) 북쪽을 지날 무렵이었다. 갑자기 남쪽에서 부옇게 먼지가 일며 한 떼의 인마가 달려왔다.

"저게 어디 군사냐? 설마 초나라 군사가 벌써 따라붙은 것은 아니겠지?"

한왕 유방이 은근히 걱정스러운 눈길로 달려오는 인마를 가리키며 말했다.

"제가 알아보겠습니다."

주가가 몇 기를 이끌고 말 배를 박차 달려 나가며 소리쳤다. 그런데 알 수 없는 것은 다가오는 인마를 향해 달려가는 주가의 움직임이었다. 금방이라도 적의 선봉을 찔러 넘길 것처럼 창을 꼬나들고 달리던 그가 움찔하더니 곧 창끝을 늘어뜨리고 다가오는 적장을 얼싸안았다. 이어 주가와 말머리를 나란히 하고 한왕 쪽으로 달려오는 적장은 멀리서 보기에도 눈에 익은 모습이었다.

"번쾌로구나. 번쾌가 왔다!"

이윽고 다가오는 장수를 알아본 한왕이 그렇게 소리치며 기뻐 어쩔 줄 몰라했다. 오래잖아 번쾌도 한왕 앞으로 달려와 말 위에서 뛰어내렸다.

"형님! 대왕⋯⋯."

번쾌가 땅바닥에 몸을 내던지듯 엎드려 한왕을 올려다보며 그렇게 울먹였다. 그런 번쾌의 길게 고리 진 두 눈에는 정말로 눈물이 번쩍였다. 한왕도 눈물을 글썽였다. 그러나 슬픔이나 괴로움을 과장되게 펼쳐 보이는 재주는 한왕의 몫이 아니었다. 한왕이 곧 얼굴에서 어둡고 무거운 기색을 걷어 내며 웃음기 섞어 말했다.

"이놈, 만약 네놈이 죽었다면 나는 무덤을 파헤쳐서라도 네놈에게 나보다 먼저 죽은 죄를 물으려 했다. 네놈이 잘못되면 내무슨 낯으로 처제를 본단 말이냐? 남은 평생 저 억센 여치(呂雉, 여후)의 구박은 또 어찌 견딘단 말이냐?"

그러다가 문득 여후와 태공 내외가 항왕에게 잡혀간 일을 떠올렸는지 잠깐 멈칫했다. 하지만 걱정이나 절망의 표정도 역시 한왕에게 어울리는 것은 아니었다. 이내 태평스러운 표정을 되살린 한왕이 아직도 감격에 겨워 제대로 대꾸하지 못하고 있는 번쾌에게 물었다.

"호릉의 낭패는 과인도 전해 들었다만, 그 뒤 보름은 어찌 된 것이냐? 어찌하여 호릉에서 1천5백 리도 넘는 여기까지 오게 되었느냐?"

그제야 번쾌가 감정을 가다듬어 양 땅으로 흘러 들어오게 된 경위를 말했다.

"호릉에서 갑작스러운 항왕의 야습을 받고 밤새 쫓기다가 날이 밝은 뒤 선보에서 패군을 수습해 보니 3만 대군이 겨우 3천을 채우기 어렵게 줄어 있었습니다. 신은 그 군사로도 팽성으로 달려가는 항왕을 뒤쫓으려 하였으나, 워낙 군사가 적은 데다 다시 제나라에서 돌아오는 초나라 대군이 뒤따르고 있어 그럴 수가 없었습니다. 그저 황급히 서쪽으로 빠져나오는데, 벌써 외황과 고양 옹구가 모두 우리에게 항복했다 변심한 제후들이나 초나라 장수들에게 떨어져 작은 군사로는 지나가기도 어려웠습니다. 하지만 신은 그동안에도 흩어진 우리 한군들을 모으며 군세를 키우다가 양 땅에 이르러 팽월의 패군을 수습하고 나서야 겨우 1만 군을 거느릴 수 있게 되었습니다.”

번쾌가 거기까지 얘기하자 팽월의 이름을 들은 한왕이 갑자기 얼굴에서 웃음기를 거두며 물었다.

“팽월의 패군이라니?”

“원래 대왕께서는 팽월을 위나라 상국으로 삼고 대왕을 따라 팽성으로 가는 위왕 표를 대신해 위나라 땅을 평정하게 하지 않으셨습니까? 이에 팽월은 양 땅에 자리 잡고 위나라를 우리 한나라의 군현처럼 다스리려 하였으나, 위왕을 뺀 위나라 장상들이 모두 항왕에게 부림을 받던 자들이라 팽월의 뜻을 따라 주지 않았습니다. 그러다가 항왕이 다시 팽성으로 돌아온다는 말을 듣자 서로 힘을 합쳐 팽월에게 덤비니, 마침내 그들을 당해 내지 못한 팽월은 멀리 하수 가로 쫓겨 가고 말았습니다.”

“실로 반복 무쌍한 것들이로구나. 항왕을 물리친 다음에는 무엇보다 먼저 위왕에게 대군을 갈라 주어 그것들을 벌하리라!”

한왕이 분한 듯 그렇게 번쾌의 말을 받고, 눈길로 다음 얘기를 재촉했다.

“신은 군사가 모이는 대로 대왕께 달려가 어가를 지켜야 마땅

하나, 곰곰이 헤아려 보니 반드시 그 일만이 능사는 아니었습니다. 어리석은 신이 헤아리기에는 여기서 반적들을 쓸어버린 뒤에 대왕께서 서쪽으로 돌아가실 길을 터놓고 형세를 살피는 일도 또한 충성스러운 장수가 할 만한 일로 보였습니다. 팽성의 일이 잘못된다 해도 거기에는 대장군과 자방 선생이 있고, 또 풍, 패의 맹장들과 50만이 넘는 대군이 있어 대왕의 어가가 위태롭게 되지는 않을 것이기 때문입니다. 그래서 반적들을 물리치고도 그대로 대량(大梁)에 눌러앉아 있는데, 이 아침 대장군께서 사람을 보내 신에게 대왕을 맞으러 가라 일러 주었습니다."

그렇게 말을 마친 번쾌는 새삼 한왕에게 진작 서초 땅으로 구원을 가지 못한 죄를 빌었다.

한왕은 번쾌를 다시 만난 반가움과 기쁨에 허물을 따질 겨를이 없었다.

"장하다. 수십만 우리 대군을 수수에 쓸어 넣은 패왕의 정병과 맞붙어 제 한 몸을 지켜 냈을 뿐만 아니라, 패군을 수습해 반적들까지 쓸어버렸으니 실로 대한(大漢)의 효장(梟將)이라 할 만하다. 홍문의 잔치에서 얻은 이름이 결코 헛된 것이 아니구나."

오히려 그렇게 번쾌를 치켜세워 다시 만난 반가움과 기쁨이 주는 감격을 나타냈다. 한왕의 그런 감격은 그날이 저물기 전 곡우에서 한 번 더 있었다. 번쾌와 말머리를 나란히 하고 곡우로 달려간 한왕을 현성 밖 20리나 나와 맞은 것은 스무날 전에 떠난 주발이었다. 패왕 항우가 팽성으로 돌아오기 전 곡우에서 소란을 일으킨 도적 떼를 치러 왔던 주발이 그대로 눌러앉아 쫓겨 오는 한왕을 기다리게 된 경위도 번쾌와 비슷했다.

번쾌와 주발이 거느린 2만이 더해지자 한왕의 군세는 다시 5만으로 늘어났다. 거기다가 높고 든든한 현성에 의지해 밤을 나게 되니 한군은 오랜만에 패군(敗軍)의 다급한 심경에서 놓여났다. 팽성에서 쫓겨난 뒤 처음으로 술과 고기로 잔치를 벌이고 아래위가 함께 즐기다가 밤이 깊어서야 잠자리에 들었다.

하지만 한왕이 감격할 일은 아직 더 있었다. 다음 날 곡우를 떠난 한군이 광무산 서편 기슭에 이르러 다시 하룻밤을 묵고 형양으로 떠난 지 한 시진쯤 됐을 무렵이었다. 형양성에서 50리나 되는 그곳까지 한신의 명을 받은 부관과 근흡이 각기 3천 군사를 이끌고 한왕을 마중 나왔다. 그리고 그때부터 한왕이 형양성 안에 들 때까지 한신의 빈틈없는 안배가 이어졌다.

남은 50리 길 한신은 이(里)마다 마실 것과 병과(餠菓)를 베풀고, 정(亭)마다 밥과 고기를 차려 냈다 할 만큼 먼 길에 지치고 주린 한왕의 장졸들을 잘 대접했다. 특히 수많은 군민을 풀어 형양으로 드는 마지막 정에 차린 점심은 그대로 호화로운 잔치나 다름없었다. 또 한왕에게는 따로 왕이 타는 수레와 위엄 있는 전포를 갖춰 보내 궁색하게 쫓겨 온 행색을 감출 수 있게 했다.

한왕이 형양성 동쪽 벌판에 이르렀을 때는 여름 5월의 해가 제법 뉘엿할 무렵이었다. 한신은 그동안 모은 5만 대군을 벌판에 늘어세워 진세를 벌여 놓고 한왕을 맞아들였다. 어떻게 장졸들을 몰아대고 다그쳤는지 그 진세의 삼엄함이 열흘 전만 해도 초나라 군사들에게 짐승 몰리듯 하며 죽어 가던 그 한군(漢軍) 같지 않았다. 대장군의 기치를 앞세우고 백마에 높이 앉아 진문 앞에 나와 선 한신도 팽성 싸움에서 수십만 대군을 잃고 수수 강변을 이리저리 쫓기던 그 한신이 아니었다.

"알 수 없구나. 대장군이 이 군사 56만을 거느리고 항왕의 3만 군사를 막아 내지 못하였다니. 실로 무엇에 홀린 듯하다."

한왕이 군사들을 둘러보다 탄식처럼 말했다. 한신이 별로 무안한 기색 없이 받았다.

"이기고 지는 것은 싸움하는 이에게는 늘 있는 일입니다. 더구나 대장군으로서 싸움터에 나와서도 위로 임금의 눈치를 보고 아래로 장졸들의 비위를 맞추느라 군령조차 제대로 세우지 못했으니, 그같이 용렬한 장수가 어찌 싸움에 이기기를 바랄 수 있겠습니까?"

"제후들과 그 군사들을 제대로 다스리지 못한 것은 과인의 허물이었소."

"군자는 지난 일을 허물하지 않는다[往者不咎] 하였습니다. 더군다나 신하 되어 어찌 감히 군왕을 허물하겠습니까? 다만 스스로 다짐하는 바는 일후에는 두 번 다시 어리석고 못난 장수 노릇을 하지 않으리라는 것입니다. 참으로 어리석고 못난 장수는 싸움에 지고도 아무것도 배우지 못해 같은 적에게 두 번 지는 장수일 것입니다. 하오나 신이 이제 항왕과 초나라 군사에게 다시 지는 일은 결코 없을 것입니다."

그런 한신의 다짐은 결코 입에 발린 소리가 아니었다. 그 뒤 정말로 한신은 초나라와의 싸움에서 두 번 다시 진 적이 없었다.

한왕과 한군은 그 뒤로도 되풀이하여 항왕과 초나라 군사에게 험한 꼴을 보게 되지만, 그때는 모두가 한신이 없을 때였다.

그와 같이 자신에 찬 한신의 다짐에 한왕은 문득 하읍에서, 장량에게 들은 말이 떠올랐다. 지난 일을 툭툭 털어 버리고 달래듯 한신에게 말했다.

"이번 팽성의 낭패는 모두 과인의 허물 때문이었소. 대장군은 천하를 떠받들 기둥이요, 대들보외다. 다시는 싸움터에 나와 대장군을 간섭하지 않을 터이니, 부디 과인을 도와 강성한 반적들을 무찔러 주시오. 천하 한 모퉁이의 주인이 되어 나와 함께 길이 복덕을 누리도록 합시다."

"과분한 말씀입니다. 대장부는 자기를 알아주는 사람을 위해 죽는다 하였습니다. 신은 대왕께서 알아주신 은혜만으로도 그저 감읍할 따름입니다. 삼가 대왕을 위해서라면 개나 말의 수고로움 [犬馬之勞]도 마다하지 않겠습니다."

한신도 감격한 목소리로 그렇게 받았다.

소문과 달리 초나라 대군의 추격은 그리 급하지 않았다. 한왕 유방이 한신과 함께 형양성에 들고도 이틀이나 지난 뒤에야 겨우 옹구에 머물던 조참의 부대가 초군 선두와 접촉했다는 전갈이 왔다. 추격하는 군세도 소문과는 달랐다. 패왕이 직접 10만 대군을 이끌고 뒤쫓아 온 것이 아니라, 그 장수 용저와 종리매가 먼 길을 걸어와서 싸울 준비도 안 된 7만 군사를 이끌고 왔을 뿐이었다.

패왕 항우는 아직도 유방과의 쟁패전을 전체로서 아울러 보는 눈이 없었다. 길고 복잡한 전쟁의 과정을 그저 하나하나의 전투가 합쳐진 걸로만 보고, 그 하나하나의 승패로 그 전투는 그때그때 완결되는 것으로 알았다. 그런 패왕에게는 전투 능력이 바로 군사적 재능과 같은 말이 되었다. 따라서 팽성 인근의 전투에서 거둔 잇따른 승리로 품게 된 무적불패의 환상은 유방과의 천하를 다투는 전쟁에서 이미 이겼다는 착각까지 일으켰다.

"대왕께서는 지금 한판 싸움을 하고 계신 것이 아니라, 유방과 천하를 다투는 전쟁을 하고 계시는 것입니다. 백만의 적군을 죽여도 온전히 이긴 것은 아니며, 천하의 땅을 다 아울렀다고 해도 이 전쟁은 끝나지 않습니다. 오직 유방이 죽어야 대왕은 참으로 이긴 게 되고, 이 전쟁도 마침내 끝나게 됩니다."

수수의 싸움에서 이긴 뒤에도 범증은 그렇게 패왕을 다그쳤으나 패왕은 그 말을 귀담아듣지 않았다.

"유방의 목은 이미 내 주머니에 들어 있는 것[囊中之物]이나 다름없소. 언제든 잡아다 베어 버릴 수 있으니 아부께서는 너무 서두르지 마시오."

그러면서 군사를 갈라 한왕을 추격하는 것이나 허락할 뿐, 자신이 팔을 걷고 나서지는 않았다. 그러다가 패현으로 뒤쫓아 간 군사들이 한왕의 부모인 태공 내외에다 여후까지 잡아오자 더욱 느긋해졌다.

"유방이 오죽 급했으면 부모처자까지 내팽개치고 달아났겠소? 제 놈이 용케 싸움터에서 빠져나갔다 해도 아비, 어미와 계집을 볼모로 잡고 부르면 과인에게 아니 오고 배겨 내지는 못할 것이오. 저들이나 군중에 잘 가둬 두시오."

걸걸 웃으면서 그렇게 말하고는 군사를 물려 팽성으로 돌아가려 했다. 범증이 놀라 그런 패왕의 옷깃을 잡듯 하며 말렸다.

"대왕, 아니 됩니다. 이번에는 반드시 유방을 뒤쫓아 그 숨통을 거두어 놓아야 합니다. 저 홍문에서처럼 다시 유방을 놓쳐 관중으로 돌아가게 한다면, 다음에는 우리가 유방에게 사로잡히는 신세가 될 것입니다."

범증이 그렇게까지 나오자 패왕도 웃음기를 거두었다.

"알았소. 그럼 용저와 종리매에게 각기 3만 군사를 주어 유방을 뒤쫓게 하고 따로 환초에게도 1만 군사를 주어 있을지 모를 변화에 대응하게 하겠소."

"아니 됩니다. 대왕께서 직접 대군을 몰고 가시어 이번에는 끝을 보셔야 합니다. 앞으로 두 번 다시 올까 싶은 호기이니 결코 놓쳐서는 아니 됩니다. 하늘이 대왕께 내리시는 것을 거두지 않으시면 하늘의 노여움에 앙화를 입을 것입니다."

그래도 범증은 패왕이 직접 가기를 거듭 재촉했다. 하지만 패왕은 들어주지 않았다.

"이번에 우리는 3만 군사로 저들 56만을 쳐부수었소. 과인이 나서지 않는다 해도 저들 7만이면 풍비박산하여 쫓기는 유방을 잡기는 어렵지 않을 것이오. 거기다가 지난 한 달 우리 서초는 저 것들의 분탕질에 큰 고초를 겪었소. 어서 팽성으로 돌아가 놀란 민심을 달래고 황폐해진 성안을 돌보아야 할 것이오. 하루빨리 도둑맞은 곳간을 채우고 허물어진 성벽을 고치지 않으면 근거까지 위태롭게 되오. 천하를 노리는 자가 유방뿐만은 아니잖소?"

오히려 그렇게 범증을 달래 팽성으로 돌아갔다. 그런 패왕의 헤아림도 틀린 것은 아니었으나 결국은 그 느슨한 추격이 한왕의 신속한 재기를 도운 셈이 되고 말았다.

한왕은 패왕이 직접 오지 않은 데다 군사도 소문보다 적다는 말을 듣자 한시름 놓았다. 팽성에서와는 달리 이제는 풍, 패의 맹장들이 모두 곁에 와 있었다. 뿐만 아니라 군사들의 머릿수로도 옹구와 하황 쪽에 나가 있는 조참과 관영이 형양으로 돌아오면 초군에게 별로 밀릴 게 없었다.

거기다가 한군의 기세를 더욱 높여 준 것은 승상 소하가 관중에서 보낸 장정과 군량이었다. 소하는 한왕이 팽성에서 크게 지고 내쫓겼다는 소문을 듣자 평소 같으면 징병 장부에서 빠졌을 늙은이와 어린아이까지 군졸로 뽑아 우선 3만 명을 보내왔다. 군량도 오창의 곡식을 용도로 날라 올 때까지 먹을 수 있을 만큼 넉넉히 보내 주었다.

한왕은 곧 소하에게 사자를 보내 그 공을 치하했다. 나중 일이지만, 소하는 그 뒤로도 여러 번 한왕이 잃은 군사와 필요한 곡식을 관중에서 넉넉히 거둬 보냈다. 한왕은 그때마다 사자를 보내 소하의 공을 치하했는데, 어느 날 포씨(鮑氏) 성을 쓰는 어진 선비 하나가 소하에게 넌지시 일러 주었다.

"한왕이 햇볕에 그을리고 들판에서 지붕도 없이 자야 하는 고된 전쟁터에서도 여러 번 사자를 보내 그대를 치하하는 것은 오히려 그대를 의심하기 때문이오. 내가 헤아리기로는 그대의 자제들과 형제들 중에서도 싸울 수 있는 자는 모두 싸움터로 보내는 것이 좋을 듯하오. 그렇게 하면 한왕은 더욱 그대를 믿고 귀하게 여길 것이오."

소하가 가만히 듣고 있다가 고개를 끄덕이더니 그 선비가 시키는 대로 했다. 그러자 정말로 한왕은 그 전보다 소하를 더욱 믿고 귀하게 여겼다.

어쨌든 관중에서까지 장정을 보내오고 뒤이어 조참과 관영이 돌아오자 형양성의 한군 진영은 전에 없이 사기가 치솟았다. 한왕도 평소의 태평스러움과 여유를 되찾아 느긋하게 한신이 하는 대로 지켜보기만 했다. 그런데 어찌 된 셈인지 한신은 초나라 군사가 2백 리도 안 되는 곡우에 이르렀다는 말을 듣고도 형양성 안에 틀어박혀 꼼짝도 하지 않았다. 그저 가만히 사람을 풀어 적의 움직임만 살피고 있을 뿐이었다.

"대장군은 다시 한번 성벽에 의지하여 초군과 싸워 볼 작정이시오?"

마침내 적이 50리 밖에 왔다는 전갈을 들은 한왕이 마침 군막으로 찾아든 한신에게 궁금함을 참지 못해 물었다. 한신이 잘 물어 주었다는 듯 차분하게 대답했다.

"언젠가는 이 형양성에 의지해야 할지 모릅니다만 아직은 아닙니다. 항왕도 오지 않고 군사도 우리가 많은데 농성(籠城)으로 궁색함을 자초할 까닭이 어디 있겠습니까? 성 밖으로 출격하여 우리만의 지리(地利)로 적의 예기를 꺾어 놓겠습니다."

"우리 군사는 거의가 모진 싸움에 지고 여러 날 쫓겨 온 터라 아직 제대로 기력을 되찾지 못했소. 머릿수가 적보다 다소 많다 해도 승세를 타고 덤비는 초군의 사나움을 견뎌 낼지 걱정이오. 거기다가 적은 벌써 50리 밖에 와 있다는데, 이제 갑자기 뛰어나가 어디서 지리를 구한단 말이오?"

한왕이 한신을 믿지만 그래도 알 수 없다는 듯 물었다. 한신이 자신 있게 받았다.

"방금 대왕께서 물으신 바가 바로 우리만의 지리가 됩니다. 적도 틀림없이 대왕처럼 헤아리고 우리가 형양성 안에서 농성하리라고 여길 것입니다. 또 적장도 간세를 풀어 우리가 성안에 꼼짝 않고 틀어박혀 있음을 알아 갔을 것입니다. 그런데 우리가 갑자기 그 뜻하지 아니한 곳으로 뛰쳐나가[出其不意] 무섭게 들이치면 그 어떤 지리가 그보다 더 우리에게 이로울 수 있겠습니까?"

그러고는 급히 장수들을 불러 모으게 했다.

"들어라. 초나라 군사는 우리가 성안에서 농성전을 벌일 것으로 알고 무턱대고 달려오고 있다. 그러나 우리는 지금 성을 나가 불시에 그들을 들이치려 한다. 여러 장수들은 일각(一刻, 15분) 이내에 각기 이끄는 군사를 모아 나를 따르도록 하라. 병참도 장비도 군량도 필요치 않다. 갑주와 단병(短兵)이면 넉넉하니 무슨 일이 있어도 군사를 모으는 데 일각을 넘기지 말라!"

말뿐이 아니었다. 한신 자신도 칼 한 자루에 걸친 갑주 그대로 말 위에 뛰어올라 본부 인마를 재촉했다. 그리고 일각도 안 돼 3천 인마를 끌고 형양성을 나가면서 뒤따르는 장수들에게 소리쳤다.

"우리가 적과 맞부딪칠 곳은 경현(京縣)과 삭정(索亭) 가운데의
들판이 될 것이다. 이번에는 우리가 속도와 기세로 적을 친다. 단
번에 적을 쳐부수어 수수의 수모를 씻자!"

그런 한신의 부대에 이어 급하게 군사들을 모은 여러 장수들
이 저마다 인마를 휘몰아 달려 나갔다. 그렇게 되자 반격에 나선
한군의 총수는 금세 5만을 넘어섰다.

경현은 형양현 동남 20리에 있던 현이고, 삭정은 성고 동쪽의
대삭성(大索城)을 가리킨다. 따라서 한신이 정한 싸움터는 대략
형양성 동남 20리 남짓 되는 벌판이었다.

그때 용저와 종리매가 이끄는 초나라 군사들은 천 리가 넘는
길을 싸움다운 싸움 한번 없이 달려온 터라 한껏 마음이 풀어져
있었다. 옹구에서 한 갈래 한군이 기다린다고 들었으나 그들이
이르기도 전에 서쪽으로 달아나 버렸고, 곡우에서도 그랬다. 모
두 겁을 먹고 관중으로 달아났거나, 형양에 남았다 해도 성안에
깊이 틀어박혀 관중에서 구원이 오기만을 기다릴 줄 알았다.

떠날 때 범증이 한 당부도 용저와 종리매를 억눌러 장수로서
의 헤아림을 어둡게 했다.

"무슨 일이 있더라도 유방이 함곡관으로 들기 전에 따라잡아
야 할 것이오. 이번에는 반드시 그 목을 얻어 천하의 형세를 결
정지어야 하오!"

범증은 그렇게 서둘기만을 당부했을 뿐 그동안 유방이 끌어
모을 수 있는 군사적 잠재력은 전혀 경계하지 않았다. 용저와 종

리매가 원래 그리 용렬한 장수가 아니었으나, 그런 범증에게 내몰려 그들은 비탈을 구르는 바위처럼 참담한 패배 속으로 굴러떨어졌다. 천 리 길을 열흘이나 밤낮 없이 내달려 지친 군사를, 며칠이나 쉬며 기다리고 있는 적의 대군 앞으로 사정없이 몰아댄 결과였다.

초나라와 한나라 양쪽 군사가 모두 힘대로 내달아 경현과 삭정 사이의 벌판에서 부딪친 것은 한군(漢軍)의 선두가 형양성을 나온 지 한 시진도 안 됐을 때였다. 처음 한군을 본 초군(楚軍) 선두는 다가오는 그들을 대수롭지 않게 여겼다.

"적의 척후다. 우리를 알아보면 바로 꼬리를 사리고 달아나 형양성 안에 처박힐 것이다."

그러면서 싸울 채비조차 제대로 하지 않았다. 하지만 곧 초군 선두가 놀랄 일이 벌어졌다. 앞장서 달려오는 기마대에 이어 한 부대 한 부대 달려오는 한군은 결코 적정만 살피고 되돌아가려는 척후대의 규모가 아니었다. 그제야 놀란 초군 선두가 급하게 싸울 채비를 갖추는데 다시 함성과 함께 기마대를 앞세운 한군의 두 번째 물결이 밀려들었다.

한군은 한번 멈칫하는 법도 없이 곧바로 초군 선두를 덮쳐 왔다. 하지만 아직도 초나라 군사들은 사태의 엄중함을 깨닫지 못했다.

"한군이 정면에서 치고 든다고? 저것들이 무얼 잘못 먹어 간이 배 밖으로 나온 거냐? 죽으려고 환장을 했나?"

그렇게 이죽거리기까지 했다.

초나라 군사들에게 한군은 그 이름을 듣는 순간 코웃음부터 나는 군대였다. 먼저 그들이 한군을 얕보는 까닭은 홍문에서 패왕에게 비루한 목숨을 빌어 겨우 파촉(巴蜀) 한중(漢中)으로 쫓겨 들어간 한왕 유방의 군사들이라는 점이었다. 거기다가 팽성 싸움에서 그들이 겪은 한군은 또 얼마나 힘없고 겁 많은 잡동사니 군대였던가.

하지만 적을 가볍게 여기면 반드시 싸움에 진다[輕敵必敗]고 했던가. 그런 초군의 얕봄과 방심이 패배를 더욱 걷잡을 수 없게 했다. 뒤따르는 우군에게 알려 앞뒤가 어우러진 대응을 하는 대신 행군하는 차례로 적과 맞서 간 때문이었다. 한신이 처음부터 바랐던 대로였다.

패왕과 초나라 군대가 즐겨 썼던 그 속도와 집중에 거꾸로 당해, 용저가 이끄는 초나라의 전군 3만이 한 줄로 나아가며 차례로 무너지는 동안에도 뒤따라오던 종리매의 후군은 행군을 멈추지 않았다. 그러다가 황망히 쫓겨 오는 초군이 늘어나자 종리매가 전령을 풀어 알아보게 했다. 하지만 전령이 돌아오기도 전에 넋 빠진 듯 깃발도 잃고 단기(單騎)로 쫓겨 온 용저가 종리매의 장군 기를 알아보고 달려와 말했다.

"장군, 아무래도 적의 계략에 걸려든 것 같소. 적은 처음부터 농성전이 아니라 복격전(伏擊戰)을 채비하고 있었던 듯하오. 어서 군사를 물려 적의 매복지에서 빠져나가야겠소!"

용저는 한군의 공격이 난데없고 또 매서워 대군이 매복하고 있다가 일시에 들이친 걸로 잘못 알고 있었다. 하지만 용저가 바로 알았건 잘못 알았건 때는 이미 늦은 뒤였다. 그사이에 용저의 전군을 모두 흩어 버린 한군이 다시 종리매의 후군을 덮쳐 오고 있었다.

"겁내지 말라. 적은 수수 가에 수십만 시체를 버려두고 쫓겨 갔던 잡동사니 한군이다. 모두 돌아서 적을 쳐라! 유방을 사로잡아 천하를 우리 대왕과 서초의 것으로 하자!"

하지만 씩씩한 것은 종리매의 외침뿐이었다. 그날 경현과 삭정 사이의 싸움에서 한군에게 무참하게 무너진 용저와 종리매의 군사들은 30리나 정신없이 쫓기다가, 그곳에서 1만 군사로 뒤를 받치고 있던 환초의 구원을 받아서야 겨우 한군의 추격을 뿌리칠 수 있었다. 그리고 다시 하룻밤, 하루 낮을 달아나 곡우에 이르러 보니 남은 군사는 3만에도 차지 않았다.

소강(小康)

한여름 5월의 팽성은 더웠다. 중순 들어 연일 혹혹 찌는 더위를 피해 고목나무 그늘진 누각으로 옮겨 앉은 패왕 항우는 오랜만에 한가로운 마음으로 우 미인과 마주 앉았다.

돌이켜 보면 고달프면서도 분통 터지던 지난 몇 달이었다. 정월에 제나라로 군사를 낼 때만 해도 패왕은 그렇게도 수렁 같은 싸움판이 자기를 기다릴 줄은 꿈에도 생각하지 못했다. 성양 한 싸움에서 전영(田榮)을 쳐부수고, 평원 백성들이 그 목을 바쳐 왔을 때만 해도 제나라 정벌은 끝난 것으로 알았다. 그런데 난데없이 전횡(田横)이 들고일어나 패왕으로서는 전혀 겪어 보지 못한 고약한 싸움에 말려들고 말았다.

한왕 유방의 일도 그랬다. 3월에 한왕이 다시 움직인다는 소리를 들었을 때만 해도 패왕은 그리 대수롭지 않게 여겼다. 그때까지만 해도 패왕에게는 아직 한왕을 얕보는 마음이 남아 있던 터라, 한왕이 그저 한번 허세를 부려 보는 정도로만 알았다. 그런데 임진(臨晉) 나루를 건넌 한왕은 위왕 표의 항복을 받고 은왕 사마앙을 사로잡아 기세를 올리더니, 마침내는 제후들을 꼬드겨 팽성까지 넘보았다. 그리고 달포도 되기 전에 들려온 팽성 실함의 소식……. 패왕은 아직도 한왕이 팽성을 차지하고 있던 스무남은 날을 떠올리면 피가 거꾸로 치솟는 듯했다.

다행히도 제나라에서 회군한 뒤의 일은 패왕의 뜻대로 되었다. 많지 않은 정병으로 방심한 적의 대군을 급습하여 재빨리 승기(勝機)를 결정짓는다는 패왕의 전법은 잘 맞아떨어져, 성양을 떠난 지 열흘 만에 천 리 길을 달려 수십만의 한군을 죽이고 팽성을 되찾았다. 제나라에 남아 있던 초군 본진도 다급한 철군에 따르기 마련인 희생 없이 팽성으로 돌아올 수 있었다.

'이걸로 그 늙은 허풍선이에게 어이없이 당한 수모는 깨끗이 씻었다…….'

수수의 싸움에서 다시 10여 만의 한군을 물속에 몰아넣어 죽이고 나서 패왕은 자신의 군사적 재능에 스스로 감탄하며 그렇게 중얼거렸다. 하지만 범증은 패왕과 달랐다.

"대왕께서는 잃으신 것을 겨우 되찾았을 뿐입니다. 천하가 걸린 싸움은 이제부터 새로운 국면을 맞았을 뿐이니 방심하셔서는 아니 됩니다."

그러면서 오히려 분발을 부추겼지만 패왕에게는 지나친 서두름으로만 여겨졌다. 한왕을 추격하는 일보다 더 급한 것은 한왕에게 짓밟혔던 서초의 본거지를 보살피고 흔들리는 민심을 추스르는 일이었다. 거기다가 싸우다 버려두고 온 제나라의 움직임도 다시 서초를 비워 두고 멀리 친정(親征)을 나서기에는 불안한 데가 있었다. 그래서 용저와 종리매에게 각기 3만 군사를 주어 서쪽으로 한왕을 뒤쫓게 하고, 다시 환초에게 1만 군사를 주어 그 뒤를 받치게 한 뒤 자신은 팽성에 남았다.

패왕이 범증과 함께 도성에 남아 안팎을 보살피고 다독이자 팽성뿐만 아니라 흔들리던 서초 일대의 민심까지 빠르게 안정되었다. 한나라 쪽에 붙었던 제후들이 하나둘 서초로 되돌아왔고, 한왕과 서초 패왕 사이에 끼어 눈치만 보던 토호 세력들도 다시 패왕 쪽으로 기울었다. 그러자 패왕의 자신감은 다시 크게 부풀었다.

한왕에게 항복했다가 가장 먼저 돌아온 왕은 패왕이 세웠던 한왕(韓王) 정창(鄭昌)이었다. 이어 새왕 사마흔과 적왕 동예도 말머리를 나란히 하고 패왕을 찾아와 저희 나라를 지키지 못하고 한왕에게 항복한 죄를 빌었다.

패왕 항우는 한왕 유방에게 항복했다 되돌아온 왕들을 이전과 달리 너그럽게 받아들였다. 모두 지난 죄를 묻지 않고 봉지를 되찾을 때까지 자신을 따라 싸우는 것을 허락했다. 하지만 제나라에서 도망쳐 온 제왕(齊王) 전가(田假)에게만은 그렇지가 못했다.

"무어라? 전가가 살아왔다고? 그럼 지난달 성양성 문루에 걸려 있던 목은 누구의 것이란 말이냐?"

처음 전가가 찾아왔다는 말을 듣자 패왕은 알 수 없다는 듯 물었다. 기별을 전하러 온 근시가 전가에게 들은 대로 패왕에게 전했다.

"전횡이 대왕과 우리 초나라 군사들의 사기를 꺾으려고 못된 꾀를 쓴 것이라 합니다. 전가와 닮은 사람을 목 베어 대왕을 속인 것입니다."

그러자 전가를 들게 한 패왕은 성난 얼굴로 물었다.

"제왕은 그간 어디에 있었는가?"

"전횡의 무리에게 성양을 빼앗기고 대왕을 찾아 임치(臨淄)로 달려갔으나 도중에 길이 어긋나고 말았습니다. 다행히도 임치에 이르러 보니 그곳에는 아직 대왕의 위엄이 남아 있었습니다. 그 위엄에 의지해 얼마간은 제왕 노릇을 할 수 있었으나, 대왕께서 팽성으로 돌아가시자 전횡의 무리가 그리로 달려와 더 견뎌 낼 재간이 없었습니다."

전가가 부끄러운 듯 움츠러든 목소리로 말했다. 패왕이 더욱 목소리를 높였다.

"과인은 성문 높이 내걸린 네 목을 보고 그 원수를 갚아 주려고 보름이나 더 성양을 에워싸고 짓두들겼다. 그만한 날짜면 임치에도 소문은 갔을 터, 그런데도 명색 제나라 왕이라는 자가 임치에만 죽은 듯 엎드려 있었단 말이냐?"

"워낙 길은 천 리나 되고 거느린 세력은 미미한데, 사방에 깔린 게 전횡의 무리라 감히 움직여 볼 엄두를 내지 못했습니다. 오직 대왕께서 신위(神威)를 떨치시어 제나라를 평정하고 임치를 구원해 주시기만을 빌었습니다."

전가가 더욱 기어드는 목소리로 그렇게 대답했다. 패왕이 벌겋게 성난 얼굴로 소리쳤다.

"과인이 너를 세워 제왕으로 삼은 까닭은 제나라 왕손인 네가 동족을 잘 다스려 너희 제나라가 과인의 든든한 울타리가 되어 주기를 바라서였다. 그런데 과인의 울타리가 되기는커녕 쥐새끼처럼 달아나 숨어 우리 군사들의 사기만 떨어뜨렸으니 그 죄가 작지 않다. 더군다나 너는 우리 군사들에게는 이미 한 달 전 성양의 성문 밖에 목이 내걸렸던 자이다."

그러면서 전가를 끌어내 목 베게 했다.

"대왕께서는 항복하여 적을 따랐던 왕들까지 거두어 쓰시면서 끝까지 버틴 제왕에게는 어찌 그리 박하십니까? 그를 살려 다시 제나라를 거두어들일 때 앞장서도록 하신다면 적지 아니 보탬이 될 것입니다."

범증이 그렇게 말렸지만 아무 소용이 없었다. 제나라에서 겪은 어려움이 떠올라 모처럼 되살아난 자부심을 긁어 댄 탓인지, 패왕이 부드득 이까지 갈며 말했다.

"제나라의 쥐새끼들이야말로 과인이 직접 달려가 처결해야 할 것들이오. 이제 늙은 도적은 멀리 함곡관 밖으로 달아났으니 다시 제나라로 군사를 내는 게 어떻겠소?"

그러고는 금방이라도 제나라로 쳐들어갈 군사를 일으킬 듯 범증의 허파를 뒤집었다.

패왕이 엉뚱하게도 한왕을 뒤쫓는 대신 제나라를 다시 치겠다고 하자 범증은 애가 탔다. 귀담아 그 말을 들어줄 만한 사람은 모두 내세워 패왕의 뜻을 바꿔 보려고 애썼다. 그런데 그 사람들 중에는 방금 패왕과 마주 앉아 있는 우 미인도 있었다.

"대왕께서는 다시 제나라로 군사를 내시렵니까?"

향내 짙은 나무 살에 고운 깁을 바른 부채로 패왕을 부치던 우 미인이 조심스럽게 물었다. 패왕이 뜻밖이란 듯 빙글거리며 되물었다.

"그건 왜 묻느냐? 또다시 전포를 입고 나를 따라 싸움터를 돌아다니기가 두려우냐?"

"제 한 몸 고단함이 두려워서가 아니라, 또다시 팽성이 도적들에게 넘어갈까 걱정되어 그렇습니다."

"무엄하구나. 그 무슨 소리냐?"

"이번에 돌아와 보니 궁궐 안에서 저와 함께 대왕을 모시던 여인들은 모두가 적장의 노리개가 되어 끌려가거나 난군 중에 살았는지 죽었는지 알 수가 없었습니다. 대왕의 도성이라 믿고 옮겨 와 살았던 골육과 친지들도 태반이 죽거나 다치고, 재물은 빼앗겼습니다. 두 번 다시 그런 일은 없어야겠기에……."

패왕의 물음에 대답하던 우 미인이 문득 조심스럽게 말끝을 흐렸다. 패왕도 웃음기를 거두고 물었다.

"너는 어찌하여 과인이 제나라로 간다면 그런 일이 생긴다고 보느냐?"

"제나라의 반적들은 비유하자면 살갗에 난 부스럼이나 버짐같이 하찮은 병입니다. 그러나 한왕은 염통이 썩고 간과 쓸개가 짓무르는 것처럼 마땅히 서둘러 다스려야 할 중병입니다. 그런데 대왕께서 이제 또 제나라부터 치려 하심은 부스럼이나 버짐이 가렵다고 성을 내시어 가슴과 배의 중병을 돌보지 않으시는 것과 다름없기 때문입니다."

그 말을 듣자 패왕은 퍼뜩 머릿속에 잡혀 오는 것이 있었다.

'아부(亞父)의 수단이 너무 비루하구나. 아무리 일이 급하기로서니 한낱 궁궐 안의 여인네에게까지 손을 내민단 말이냐.'

속으로 그렇게 헤아리자 범증에게 울컥 화가 치밀었지만, 그 말을 한 사람은 눈에 넣어도 아프지 않을 우 미인이었다. 겨우 화를 억누르고 무거운 목소리로 받았다.

"그 말이 어째 네 말 같지 않구나. 군사를 움직이는 것은 천하를 다스리는 일 중에서도 가장 크고 무거운 일이다. 군왕인 내가 알아서 할 터인즉 아녀자인 네가 걱정할 바 아니다. 오늘 네 얘기는 안 들은 것으로 하겠다."

패왕이 그렇게 잘라 말하자 우 미인은 낯빛이 발그레해져 입을 다물었다. 그런데 그때 근시 하나가 급히 달려와 알렸다.

"범(范) 아부께서 대왕을 급히 찾으십니다. 용저와 종리매 장군에게서 급한 전갈이 왔다는 소문에 여러 장수들과 함께 입궐해 기다리고 계십니다."

그러지 않아도 우 미인과 즐길 흥이 식어 있던 참에 다시 급한 소식이 들어오자 패왕은 바로 대전으로 돌아갔다. 가 보니 범증과 계포를 비롯하여 팽성에 남아 있던 장수들이 모두 모여 있는 가운데 먼 길을 달려온 듯한 전령(傳令)이 풀 죽은 얼굴로 서 있었다.

"말하라. 용저와 종리매가 과인에게 무슨 말을 전하라고 하더냐?"

패왕이 자리에 앉으며 전갈을 가지고 달려온 이졸에게 물었다. 이졸이 죄지은 사람마냥 지레 움츠러들며 말했다.

"경현과 삭정 사이에서 우리 전후군(前後軍)이 크게 무너졌습니다. 지금은 외황으로 물러나 패군을 수습하며 대왕의 구원을 기다리고 있습니다."

"경현과 삭정이라면 형양 부근이 아니냐? 그렇다면 유방이 벌써 천 리가 넘는 그곳까지 달아나 우리 대군을 되받아쳤단 말이냐? 또 외황이라면 형양에서 5백 리가 넘는 곳이다. 우리 군사가 어찌 되었기에 한 싸움으로 거기까지 쫓겨났다는 것이냐?"

패왕이 치솟는 화를 억누르며 물었다. 이졸이 더욱 기어드는 목소리로 싸움의 자세한 경과를 말했다.

"한왕이 많지 않은 군사로 형양성 안에서 농성한다는 말을 듣고 급하게 밀고 들다 대군의 매복에 걸려 낭패를 당했습니다. 앞서 간 용저 장군의 3만은 성한 군사가 얼마 되지 않고, 뒤따르던 종리매 장군의 3만 군사도 태반이 돌아오지 못했습니다. 뒤를 받치던 환초 장군의 군사만이 온전하였으나, 그 군사로는 이미 기울어진 전세를 돌이킬 수 없었습니다. 백 리를 쫓겨 곡우에서야 겨우 흩어진 군사를 모아 보니 3만이 차지 못했습니다. 이에 외황으로 물러나 대왕의 원병을 기다리고 있습니다."

"과인은 3만으로 50만을 쳐부수었다. 도대체 적이 얼마나 되기에 3만이나 되는 군사를 이끌고도 5백 리나 도망쳐 과인의 구원을 기다린다는 것이냐?"

"쫓기며 들은 말에 따르면 한왕은 벌써 10만의 대군을 거느렸다고 합니다. 얼마가 형양성 안에 남고 얼마가 성을 나왔는지 모르오나, 그날 매복에 걸렸던 우리 군사들의 말로는 성을 나와 매복한 적군만도 우리 전군(全軍)보다 결코 적지는 않았다고 합니다."

"헛소문이거나 놀라고 겁먹어 잘못 보았을 것이다. 수수를 건넌 한군이 만 명도 안 된다면서 그새 10만이라니, 유방이 무슨 요술이라도 부린단 말이냐?"

패왕이 그래도 믿지 못하겠다는 듯 연신 묻기를 계속했다. 패왕의 성난 목소리에 놀란 이졸이 덜덜 떨며 아는 대로 대답했다.

"산동이나 위나라 땅에 먼저 나가 있던 한나라 장수들이 이끈 군사가 적지 않았던 데다, 관중(關中)에서 뽑아 보낸 장정이 벌써 형양에 당도한 것 같습니다. 거기다가 한왕이 형양까지 쫓겨 오는 동안 여기저기서 찾아든 패군이 또 몇 만은 되었다고 합니다."

"뭐? 관중에서 뽑아 보낸 군사들이 벌써 왔다고? 그리고 홀몸이나 다를 바 없이 쫓기는 유방을 좇아 모여든 패군이 또 몇 만이나 된다고?"

패왕이 그렇게 소리치고 있는데 범증이 나서서 무거운 목소리로 말했다.

"대왕, 그게 바로 한왕 유방입니다. 유방이 그와 같은 자이기 때문에 신은 대왕께 그자를 어서 잡아 죽이라고 재촉하는 것입니다.”

전 같으면 밉살맞게 들릴 소리였다. 더군다나 조금 전에 우 미인에게 들은 말이 있어 더욱 범증을 못마땅하게 여겨 오던 패왕이었다. 그런데 어찌 된 셈인지 패왕은 그런 범증의 말에 가슴부터 섬뜩했다.

‘내가 유방처럼 여지없이 싸움에 져서 홀로 쫓겨도 사방에서 절로 알고 찾아오는 우리 군사들이 그만큼 될까? 멀리 관중에 남아 있다가 내가 돌이킬 수 없을 만큼 패망했다는 소문을 듣고도 보름이 안 돼 몇 만 군사를 뽑아 보낼 상국(相國)이 내게도 있는가?’

아마도 그때 패왕의 가슴을 섬뜩하게 한 것은 문득 머릿속을 스쳐 간 그런 자문 때문이었을 것이다. 만만치 않은 맞수로서 유방의 실체를 패왕이 처음으로 절감한 순간이었다.

“알았다. 그럼 관동의 요해를 지키라고 남겨 둔 우리 장수들은 모두 어찌 되었다더냐?”

이윽고 부글거리는 속을 어렵게 다스린 패왕이 외황에서 온 이졸에게 그렇게 물었다. 이졸이 그제야 체면을 세울 수 있게 되었다는 듯 목소리를 가다듬어 말했다.

“한군에게 항복했던 왕무 장군과 정거 장군은 다시 대왕께 돌아오려다가 한나라 장수들과 싸우는 중이고, 위공(魏公) 신도와 주천후 등도 한군에게 맞서 싸우고 있다 합니다.”

“그렇다면 용저와 종리매도 그들과 연결해 유방을 치면 되지 않느냐?”

그러자 다시 그 이졸의 목소리가 풀이 죽었다.

"두 분 장군께서 그곳에 이르기 전에 이미 모두가 한군에게 지고 쫓겨난 터라 그들과 연결할 수가 없었습니다. 멀리 남북으로 흩어졌다고 하는데, 그들 중에 한둘은 이미 죽었고 나머지도 군세가 보잘것없다는 소문입니다."

그때 다시 범증이 나섰다.

"대왕, 더 늦춰서는 아니 됩니다. 오늘이라도 크게 군사를 일으켜 형양으로 달려가야 합니다. 끈질기기가 잡초보다 더한 유방이 관중으로 돌아가 다시 기운을 차리기 전에 사로잡아 그 세력을 뿌리째 뽑아 버려야 합니다."

그때는 패왕도 그런 범증이 옳음을 인정하고 있었다. 하지만 오랜 고집 때문에 바로 그의 말을 받아들일 수가 없었다.

"모든 것은 때가 있는 법이오. 유방이 이미 적지 않은 군사로 형양성에 들어 굳게 지키기로 했다면 서두르는 것만으로 될 일은 아닌 듯싶소. 아부의 말대로 깊이 박은 뿌리를 캐내자면 맨손으로는 아니 되잖소?"

난데없이 침착해져 대답은 그렇게 해 놓고도 얼른 군사를 내려 하지 않았다.

범증의 재촉에도 불구하고 패왕이 몸소 대군을 일으켜 한왕 유방을 뒤쫓기를 머뭇거리는 사이에 다시 서쪽에서 패왕의 출정을 재촉하는 일이 생겼다. 용저와 종리매의 패보가 팽성으로 들어온 지 며칠 뒤였다. 패왕이 왕으로 세웠으나 싸움 한번 하지

110

않고 한왕 유방에게 항복해 버렸던 위왕 표가 사자를 보내와 글을 올렸다.

위표(魏豹)가 삼가 대왕께 문후 드립니다.

저는 대왕의 은의를 입어 서위왕(西魏王)에 올랐으나, 세부득(勢不得)하여 한왕에게 항복한 뒤 팽성까지 따라가서 대왕께 씻을 수 없는 죄를 지었습니다. 지난번 소성 밖에서 대왕을 뵙고도 바로 대왕께 돌아가지 못한 것은 실로 그 때문이었습니다. 하오나 싸움터를 벗어나 봉지(封地)에 돌아와 보니 한왕의 거짓말과 속임수에 가려진 눈과 막힌 귀가 뚫린 듯 천하의 형세가 새로 훤히 보였습니다. 엉킨 삼 타래 같은 세상일을 한칼로 잘라 풀어 버리고 천하를 바로잡으실 분은 대왕밖에 없습니다. 이에 위표는 길게 목을 늘이고 죄를 빌며, 다시 한번 대왕을 위해 일할 수 있기를 비오니 부디 거두어 주옵소서.

위왕 표가 보낸 글은 대강 그랬다. 읽기를 마친 패왕이 물었다.
"과인이 듣기로 위표는 한왕을 따라 하수를 건넜다고 하였다. 아직 군사 한 명이라도 아쉬운 한왕과 작별하고 홀로 위나라로 돌아가기가 쉽지 않았을 것이다. 혹시 위표가 한왕과 짜고 과인을 다시 속이려는 것은 아닌가?"
그러자 위왕 표의 사자가 펄쩍 뛰듯 두 손을 저어 대며 말했다.
"아니옵니다. 우리 위왕께서 속이신 것은 대왕이 아니라 한왕 유방입니다. 한왕이 형양성 안에 들어가 한시름 놓는 것을 보고 거짓 소문을 핑계 대어 위나라로 돌아갈 허락을 얻어 냈습니다.”

“거짓 소문이라?”

“위왕께서는 믿을 만한 군졸들을 시켜 위나라에 계신 어버이가 모두 깊이 병들어 오늘내일한다는 말을 퍼뜨리게 했습니다. 그리고 그 말이 형양성 안에 어지간히 퍼졌을 때, 한왕을 찾아가 울며 어버이의 병구완을 구실로 돌아가기를 빌자 한왕도 허락해 주지 않을 수 없었습니다. 그러나 위나라로 돌아간 위왕은 곧 하수 나루를 끊고 크게 군사를 모아 한왕의 세력이 위나라로 밀고 드는 것을 막게 했습니다.”

그런 사자의 말에 패왕도 조금씩 위왕 표를 믿는 마음이 생겼다. 그러나 전에 싸움 한번 않고 한왕에게 항복한 일이 워낙 괘씸했던 터라 마음 한구석에는 아직 의심이 남아 있었다.

“그런데 어째서 한왕은 가만히 있는가?”

그런 물음으로 남은 의심을 드러냈다. 위왕의 사자가 다시 그 의심을 풀어 주었다.

“비록 용저 장군과 종리매 장군을 물리치기는 하였으나, 한왕에게는 아직 위나라를 치러 올 만한 힘이 없습니다. 거기다가 대왕께서 언제 대군을 이끌고 들이닥칠지 몰라 함부로 움직이지 못하는 걸로 알고 있습니다.”

그러자 패왕은 곁에서 말없이 듣고 있는 범증을 보며 물었다.

“아부께서는 어떻게 보시오? 위표를 다시 한번 믿어 봐도 좋겠소?”

“서위왕(西魏王)은 세상 보는 눈이 밝은 사람입니다. 지난번에

112

싸우지 않고 한왕 유방에게 항복한 것도 그렇습니다. 대왕께서도 도읍인 팽성까지 뺏기셨는데, 그가 작은 서위(西魏)를 들어 맞서 보았자 어떻게 한창 일어나는 유방의 기세를 당해 낼 수 있었겠습니까? 그와 같이 이번에도 그는 남달리 밝게 세상 돌아가는 이치를 꿰뚫어 보고 있는 듯합니다. 이제 바람은 대왕 편에 섰습니다. 부디 이 좋은 기회를 놓치지 마십시오. 하루빨리 대군을 일으켜 형양으로 가서 유방을 사로잡고 천하 형세를 결정지으십시오!"

범증이 마침 좋은 기회를 얻었다는 듯 다시 한번 패왕을 부추겼다. 그러자 패왕도 더는 뻗대지 않았다.

"알았다. 가서 네 주인에게 전하라. 지난 허물은 묻지 않을 터이니, 앞으로 두 번 다시 과인의 믿음을 저버리지는 말라 이르라. 과인이 천하를 온전히 얻게 되는 날에는 세운 대로 그 공에 보답하리라."

먼저 그렇게 위왕의 사자를 구슬러 보낸 뒤에 여러 장수들을 불러 놓고 명을 내렸다.

"계포와 장(壯, 항장)만 남고 모두 서쪽으로 유방을 잡으러 간다. 닷새 뒤에 대군이 팽성을 떠날 것이니 그 채비에 기일을 넘기는 일이 없도록 하라!"

그때 한왕 유방은 형양성 안에 머물면서 지치고 상처받은 몸과 마음을 새롭게 가다듬고 있었다. 경현과 삭정의 싸움에서 추격하는 초나라 대군을 물리쳐 한시름 놓기는 하였지만, 아직 안심하기는 일렀다. 쫓겨 간 용저와 종리매의 군사들이 그리 멀지 않은 곳에서 반격할 틈을 노리고 있을 뿐만 아니라, 팽성에 머무르고 있다는 패왕이 언제 대군을 이끌고 서쪽으로 몰려올지 모르는 일이었다. 하지만 그사이 세상을 보는 한왕의 눈은 이전과 많이 달라져 있었다.

'겁내고 피해서는 아무것도 되지 않는다. 남에게 떠넘기거나 잔꾀만으로는 온전히 이겨 낼 수 없다. 이 싸움은 바람잡이를 내세우고 어물쩍 속여 판돈을 후려 낼 수 있는 저잣거리 노름판이 아니다. 결국 천하 형세를 결정짓는 것은 정면 승부이다. 그런데 다행히도 이번 경(京), 삭(索)의 싸움은 우리도 패왕의 대군을 정면으로 맞받아쳐 이길 수 있다는 좋은 선례를 남겨 주었다. 모처럼 반격의 발판을 마련한 셈이니, 이제부터는 무턱대고 피하지만 말고 당당히 맞서 보자.'

그러면서 매사에 느긋한 자신을 다그치고 새롭게 전의를 다졌다. 용저와 종리매의 대군을 곡우까지 내쫓고 형양으로 돌아온 대장군 한신을 그날로 불러들여 앞일을 의논한 것도 그런 한왕의 변화와 무관하지 않았을 것이다.

"과인이 듣기로 장군은 광무산(廣武山)의 천험을 두르고 오창(敖倉)의 곡식을 먹으며 성고(成皐)와 연결하여 형양을 지키려 한다 하였소. 허나 가까운 성고가 50리요, 광무산이나 오창은 백 리가 되니, 그 넓은 땅을 어떻게 하나로 묶을 수 있을지 실로 궁금하구려."

한왕이 그렇게 묻자 한신이 거침없이 대답했다.

"오창은 하수(河水, 황하)와 사수(泗水), 수수(睢水)가 이어지는 포구를 끼고 있어 각처의 곡식을 모아들이기 좋은 곳입니다. 거기다가 그곳 날씨가 건조하고 황토 언덕이 단단해 구덩이를 파고 곡식을 갈무리하기 좋은 까닭에 옛날부터 관동의 곡창 노릇을 해 왔습니다. 시황제도 그곳에 쌓아 둔 곡식으로 함곡관 밖의 군사들을 먹일 수 있었기에 일통천하를 이룩할 수 있었습니다. 신은 먼저 군사들을 풀어 오창에서 이곳까지 용도를 쌓고 그리로 식량과 병사를 옮겨 형양을 지키는 데 어려움이 없게 할 것입니다.

또 광무산은 천하의 동쪽과 서쪽을 가르는 천험으로 예부터 그 이름처럼 용무(用武)의 땅으로 여겨졌습니다. 범 같은 장수에게 한 갈래 군사를 주어 광무산 산성을 막게 한다면, 동쪽에서 오는 적은 아무리 대군이라도 되돌아가거나 먼 길을 구차하게 돌아갈 수밖에 없을 것입니다. 어느 쪽이든 멀리서 온 적에게는 헛되이 기력을 소모하는 꼴이 되니, 오창과 형양을 지키는 데는 그보다 더 큰 보탬도 없을 것입니다."

"성고와 형양은 어떻게 연결하려 하시오?"

"성고는 그 성을 쌓을 때부터 이곳 형양과는 이와 입술 같은 사이[脣齒之間]였습니다. 봉수대의 연기와 불빛으로 언제든 닿아 있고, 일이 급해 내달으면 반나절에 원병이 이를 수 있으니 달리 힘들이지 않고도 두 성은 서로 의지하는 형세[掎角之勢]를 이룰 수 있습니다."

그 말을 듣자 한왕은 비로소 낯빛이 환해졌다. 성고와 오창과 형양을 삼각으로 묶어 반격의 발판이자 관동의 전진기지로 쓰는 일은 장량에게도 대강 들은 바 있지만, 한신에게 직접 들으니 훨씬 뚜렷하고 믿음이 갔다. 모든 일을 두말없이 한신에게 맡겼다.

대장군 한신도 팽성의 참패에서 받은 충격 때문인지 사람이 달라진 듯 변해 있었다. 한왕을 따라 팽성에 들 때까지만 해도 남아 있던 서생 티는 이제 깨끗이 벗겨지고, 일군의 총수(總帥)다운 과단성과 위엄을 갖추었다. 정령(政令)과 군령(軍令)을 엄히 구분하여 싸움터에서는 군령을 우선할 줄 알았으며, 병가로서도 한결 성숙하여 실전에서의 경험과 책으로 읽은 병법을 한가지로 조화시켜 쓸 수 있었다.

한신은 먼저 군사 3만을 풀어 형양에서 하수에 이르기까지 백리 길에 용도를 쌓게 했다. 그렇게 하여 오창의 곡식을 차지한 덕분에 나중에 한군은 멀리 관중에서 힘들여 군량을 날라 오지 않아도 배를 곯지 않을 수 있었다. 한신은 또 번쾌에게 군사 1만을 주며 광무산을 지키게 했다. 그리고 성고와 형양 사이의 봉수대와 급한 말이 오갈 길을 잘 손보아 그들 두 성이 나란히 붙어 있는 것이나 다름없게 만들었다.

겉으로 보아서는 형양과 성고, 오창을 잇는 삼각 지역을 중심으로 한군은 빠르게 안정되어 갔다. 하지만 팽성에서 수십만 군사를 잃고 쫓겨 온 후유증이 없을 리 없었다. 그 첫 번째가 제후와 왕들의 배신이었다. 진작에 초나라로 돌아간 한왕(韓王) 정창과 새왕 사마흔, 적왕 동예에 이어 위왕 표가 다시 한나라를 배신했다. 어버이의 병구완을 핑계 삼아 봉지로 돌아가더니 갑자기 하수 나루를 끊고 한왕에게 등을 돌렸다.

"위표 이 아비 둘 가진 종자를 어찌했으면 좋겠소? 당장 군사를 보내 잡아다 본때를 보여 줘야 하지 않겠소?"

성난 한왕이 그렇게 저잣거리 쌍욕까지 해 대며 씨근댔으나 한신은 말리는 수밖에 없었다.

"그것이 세상인심입니다. 앞으로 또 싸움에 져서 두 번 다시 이런 꼴을 당해서는 아니 됩니다. 위표를 사로잡는 일은 따로 알맞은 때가 있을 것이니, 대왕께서는 일시의 노여움으로 너무 서두르지 마십시오."

패전의 또 다른 후유증으로는 한나라 장수들의 내분도 있었다. 두어 달 전에 초나라에서 도망쳐 온 도위 진평과, 관영이나 주발처럼 패현에서부터 따라온 오래된 장수들 사이의 알력이 그랬다. 첫눈에 한왕의 신임을 얻은 진평은 호군(護軍)을 맡고 참승(驂乘)으로 한왕과 같은 수레를 탔는데, 먼저 그게 내분의 발단이 되었다. 자신들보다 훨씬 늦게 한왕을 따르게 된 진평이 호군이 되어 자신들을 감독하는 자리에 앉은 것만 해도 오래된 장수들로서는 욕스럽기 짝이 없었다. 거기다가 진평이 늘 한왕 곁에 붙어서 갈수록 두터운 총애를 입으니 더욱 참기 어려웠다.

진평의 행실도 마뜩지 못한 데가 있었다. 처음 승세를 타고 팽성을 빼앗았을 때 한나라 장수들은 전리품으로 많은 금은을 거두었는데, 장수들 가운데 몇몇은 그 금은으로 진평에게 뇌물을 썼다. 진평이 맡은 호군이란 직책과 한왕에게서 받는 총애를 빌어 자신의 벼슬을 올리거나 좋은 자리를 따 내기 위함이었다. 그런데 진평은 망설임 없이 그 금은을 받고 그들이 바라는 대로 해 주었다.

하지만 곧 팽성을 되뺏기고, 한군이 걷잡을 수 없는 궤란(潰亂)에 빠지자 진평을 벼르던 풍, 패 출신의 오래된 장수들도 그 죄를 물을 겨를이 없었다. 저마다 한목숨 건져 서초 땅을 빠져나오기 바빴다. 그러나 하읍에서 다시 한왕을 만난 진평이 전처럼 한왕의 신임과 총애를 독차지하면서 그의 묵은 허물도 되살아났다.

한왕이 진평을 아장(亞將)으로 올리고 번쾌와 함께 광무산으로 보내려 하자 드디어 참지 못한 장수들이 들고일어났다. 주발과 관영을 앞세우고 한왕을 찾아가 말했다.

"진평이 비록 잘생겨 겉은 관옥(冠玉) 같으나 그 속은 틀림없이 텅 비어 있을 것입니다. 저희가 듣기에 진평은 포의(布衣)로 있을 때 행실이 좋지 않아 그 형수와 정을 통했다[盜其嫂]고 합니다. 또 처음에는 위나라를 섬겼으나 잘 받아들여지지 않자 도망쳐 초나라를 섬기러 갔고, 초나라에서 바란 대로 되지 않자 다시 달아나 이번에는 우리 한나라를 찾아왔습니다. 그런데도 대왕께서는 그를 높여 벼슬을 내리시고 저희 모든 장수들을 감독하는 호군의 자리에 앉혔습니다.

하지만 진평은 그와 같은 대왕의 두터운 믿음과 아낌에 보답하지는 못하고 사사로운 욕심으로 오히려 우리 장수들의 사기를 해치고 있습니다. 듣기에 그동안 진평은 여러 장수들로부터 금을 받아들였는데, 금을 많이 준 사람에게는 좋은 자리를 내주고, 금을 적게 준 장수에게는 나쁜 일거리를 맡겼다고 합니다. 변덕스러워 섬기던 임금을 자주 저버릴뿐더러, 신하가 되어서는 그 나

118

라를 어지럽게 하는 자이니, 대왕께서는 부디 밝게 살펴 쓰시옵
소서."

그 말을 듣자 진평에게 빠져 있던 한왕도 퍼뜩 정신이 들었다.
처음 진평이 관중으로 찾아왔을 때도 좋지 않은 말을 하는 장수
들이 있었으나, 한왕은 그저 오래된 사람들이 하는 텃세 정도로
여겼다. 그런데 강직하고 과묵한 주발과 관영이 앞장서서 그렇
게 조목조목 진평의 잘못을 짚어 나가니 그냥 넘길 일이 아닌 듯
했다.

이에 한왕은 진평을 끌어와 벌주기 전에 먼저 그를 천거한 위
무지(魏無知)부터 불러 꾸짖었다.

"진평이 비록 스스로 우리 한나라를 찾아왔으나 그를 과인에
게로 데려온 것은 그대였다. 그리고 내가 진평을 가까이 두고 높
이 쓴 것은 그대가 그 재주와 지모를 치켜세우며 과인에게 힘써
천거한 때문이었다. 그런데 이제 보니 진평은 쉽게 주인을 저버
릴 뿐만 아니라, 음란하고 탐욕스럽기 짝이 없는 무리였다. 그대
는 그와 같은 진평의 행실을 알고 있었는가, 몰랐는가?"

그러자 위무지가 조금도 두려워하는 기색 없이 대답했다.

"신이 대왕께 진평을 천거할 때 말씀드린 바는 그의 능력이요,
이제 대왕께서 신에게 물으시는 바는 그 행실입니다. 지금 만약
진평에게 미생(尾生, 다리 밑에서 사람과 만나기로 약속했다가 홍수가 졌
는데도 그 약속을 지키느라 다리 밑에 있다가 끝내 물에 빠져 죽은 신의의
사람)이나 효기(孝己, 은나라의 왕자로 부왕(父王)이 후궁의 말만 듣고 그
를 내쫓아도 끝내 원망하지 않았다고 한다.) 같은 행실이 있다고 하더

라도 천하를 다투는 불같은 싸움터에서는 아무런 도움이 되지 못할 것입니다. 그리고 더불어 다스릴 천하가 없다면 미생이나 효기 같은 사람들을 불러 어디다 쓰시겠습니까?

지금 한나라와 초나라는 바야흐로 천하를 얻고자 생사를 걸고 맞서 있는 형국입니다. 신은 그런 때를 만나 다만 남다른 꾀[奇謀]가 있는 선비를 대왕께 천거했을 뿐입니다. 생각건대, 지금 대왕께서 따지고 살피셔야 할 일은 그가 낸 계책이 나라에 이로울까 아닐까가 될 것입니다. 그런데 대왕께서는 어찌 진평이 그 형수를 훔친 것이나 장수들에게서 금은 받은 일을 의심하여 따지고 계십니까?"

위무지의 말을 듣자 한왕은 벌써 속이 반나마 풀렸다. 그러나 아무래도 그냥 넘어갈 수는 없다 싶어 이번에는 진평을 불러 꾸짖었다.

"그대는 처음 위나라를 섬기다가 마음이 맞지 않아 초나라로 갔고, 지금은 또 한나라로 와서 과인을 돕고 있다. 원래 신의 있는 선비는 이렇게 여러 가지 마음을 품는 것인가? 또 그대는 장수들의 금은을 받고 그 많고 적음에 따라 대우를 달리했다는 말을 들었다. 재주 있는 이의 사람 쓰는 법은 원래 그러한가?"

군왕에게서 듣는 꾸짖음으로서는 엄중하기 짝이 없는 것이었으나, 진평은 태연스럽기가 산악 같았다. 정색을 하고 한왕을 우러르며 말하는데, 빌붙는 구차함이 전혀 없었다.

"신은 일찍이 위왕(魏王)을 섬겼으나 위왕이 신의 말을 들어주지 않았으므로 그를 떠나 항왕(項王)에게로 갔습니다. 하지만 항왕은 다른 사람을 믿지 못하여, 그가 무겁게 쓰고 총애하는 것은 언제나 항씨(項氏) 일가가 아니면 가까운 처족(妻族)이었습니다. 그리하여 뛰어난 책사가 있어도 제대로 쓰이지 않으니 이에 신은 다시 초나라를 떠나 대왕을 찾아왔습니다. 듣기로 대왕께서는 사람을 잘 가려 쓰신다고 하였기 때문입니다.

또 신은 초나라를 떠나올 때 그곳에서 받은 것을 모두 두고 와서 대왕의 장하(帳下)에 들 때에는 맨몸뿐이었습니다. 따라서 장수들이 갈라 보내 준 황금을 받지 않고서는 쓸 수 있는 재물이 전혀 없기에 보낸 것을 받아들이다 보니 일이 그렇게 된 것입니다. 그러나 나라의 기강을 헤쳐 가며 장수들로부터 황금을 거둔 적은 없습니다.

바라건대 대왕께서는 신의 계책 중에 쓸 만한 것이 있다 여기시면 받아들여 써 주시고, 쓸 만한 계책이 없다면 행실을 따질 것 없이 신을 내쳐 주십시오. 신에게는 장수들로부터 받은 황금이 아직 그대로 있사오니, 잘 봉하여 관고(官庫)로 돌려보내고 이 길로 물러나도록 하겠습니다."

그런 진평의 말을 듣자 한왕은 비로소 일의 앞뒤가 보이는 듯했다. 오히려 진평에게 귀 얇은 허물을 빌고 많은 상을 내린 뒤 그대로 호군중위(護軍中尉)에 머물러 다른 장수들을 감독하게 했다. 그러자 진평을 못마땅히 여기던 장수들도 감히 더는 그를 헐뜯지 못했다.

한나라의 병제(兵制)에 새로운 변화가 온 것도 그 무렵이었다.

세력이 크고 먼저 나라의 기틀을 잡은 초나라는 진작부터 기마대를 따로 두어 싸움을 이끌었다. 그러나 한나라는 왕의 중군을 지키는 위사(衛士)들과 장수들만 말을 탔을 뿐 따로 기마대가 없었다. 그 바람에 자주 적의 기마대에 짓밟혀 낭패를 본 적이 있었는데, 그때에 와서 한나라도 기마대를 따로 두게 되었다.

"그렇다면 기장(騎將)으로는 누구를 세웠으면 좋겠는가?"

몰려오는 초나라 기병을 막기 위해 5천의 기마대를 따로 뽑은 뒤 한왕이 여럿에게 물었다. 장수들이 입을 모아 대답했다.

"중천 사람 이필(李必)과 낙갑(駱甲)이 좋겠습니다. 둘은 모두 옛 진나라 때부터 기사(騎士)로서 말 타고 싸우기를 익혀 왔을 뿐만 아니라, 지금도 교위로 있어 기장으로 세워도 모자랄 게 없습니다."

이에 한왕이 이필과 낙갑을 기장으로 세우려 하자 두 사람이 모두 사양하며 말했다.

"신들은 옛 진나라의 백성들이라, 대왕께서 신들을 장수로 세워도 군사들이 믿어 주지 않을 것입니다. 대왕께서 가까이 두고 부리는 장수들 중에서 말을 잘 타는 이를 골라 기장으로 세우시면 신들은 그분을 도와 싸우도록 하겠습니다."

이에 한왕은 관영을 세워 기장으로 삼았다. 관영은 기사로 오래 싸워 온 경험도 없고 나이도 이필이나 낙갑보다 적었지만, 한왕 곁에 있는 장수들 중에는 가장 말을 잘 탔고 또 치열한 전투를 치른 적이 많았다.

관영이 중대부로서 대장이 되고 이필과 낙갑이 좌우 교위로서 부장(副將)이 되자 기장의 진용이 대략 갖추어졌다. 한왕이 그들에게 낭중기병 5천을 딸려 주자 그때부터 한나라도 따로 기마대를 가지게 되었다. 그 기마대가 새로 항오(行伍)를 짓고 진채를 세울 무렵 동쪽에서 급한 전갈이 왔다.

"항왕이 보낸 기마대가 동쪽에서 달려오고 있습니다. 어제 곡우를 지났다 하니 그대로 두면 내일은 형양을 덮칠 수 있을 것입니다."

그 말을 듣자 관영이 투구 끈을 여미며 나섰다.

"제게 맡겨 주십시오. 그들을 크게 무찔러 다시는 형양을 넘보지 못하게 만들겠습니다."

한왕도 방금 꾸민 기마대의 전투력을 한번 가늠해 보고 싶었다. 입으로는 걱정을 하면서도 못 이기는 척 출격을 허락했다.

5천 기병을 이끌고 형양을 떠난 관영은 동으로 50리쯤 되는 벌판에서 초나라의 기마대와 마주쳤다. 기장인 관영이 스스로 선봉이 되어 매서운 기세로 치고 나가자 한군에게는 기마대가 없는 줄 알고 마음 놓고 달려오던 초나라 기마대는 크게 어지러워졌다. 곱절에 가까운 머릿수로도 싸움다운 싸움 한번 해보지 못하고 그대로 뭉그러졌다.

관영은 그런 초나라 기병대에게 숨 돌릴 틈을 주지 않고 몰아쳐 철저하게 들부수었다. 이에 패왕이 믿고 먼저 보낸 초나라 기마대는 본대의 전군이 이르기도 전에 풍비박산이 나서 흩어졌다. 그리고 그렇게 예기가 꺾인 초나라 군사는 본대 전군이 이른 뒤에도 형양 서쪽으로 나아갈 엄두를 내지 못했다. 형양 동쪽에 멈추어 서서 패왕의 중군이 이르기를 기다렸다. 그사이 한왕은 하수에서 형양까지의 용도 공사를 끝내 오창에 쌓인 곡식을 고스란히 형양성의 군량으로 삼을 수 있었다.

소문과 달리 패왕이 이끈 초나라 중군의 도착은 더뎠다. 한번 쓴맛을 본 터라 그런지, 패왕은 팽성 방비를 위해 그답지 않게 세심한 배려를 했다. 또 제나라 정벌 때 겪은 어려움 탓인지 이번에는 병참과 치중에도 힘을 쏟았다. 그 바람에 처음에 대군을 내기로 기한한 닷새는 열흘로, 열흘은 스무날로 늘어졌다.

패왕이 형양에 이르리라고 미리 헤아려 온 날이 한참 지나도 패왕이 오지 않자 한왕은 그 까닭이 궁금해졌다. 가만히 사람을 서초에 풀어 알아보게 했다. 오래잖아 팽성까지 다녀온 간세가 패왕이 늦어지는 까닭을 자세히 알려 왔다.

모처럼의 전의를 불태우며 패왕 항우를 기다리던 한왕 유방은 그 간세가 보내온 전갈을 듣자 슬며시 마음이 달라졌다.

'군사를 내는 데 어울리지 않게 신중한 걸 보니 이번에는 항우도 끝장을 보려는 심사 같다. 서초의 전력을 쥐어짜 형양으로 몰고 오려 함에 틀림이 없다. 그렇다면 나도 전력으로 맞서지 않으면 안 된다. 그가 근거지인 팽성을 지키기 위해 저토록 세심하게 배려하는 것처럼 나도 관중을 먼저 정비한 뒤에 형양으로 돌아와 결판을 내야겠다.'

그렇게 헤아린 한왕 유방은 그해 6월 형양을 한신에게 맡기고 홀연 역양으로 돌아갔다. 그때 한왕이 거느리고 간 것은 호위할 군사 몇 천 명에 장량과 번쾌, 조참, 하후영 등 오래된 장수들뿐이었다.

역양은 지난해 파촉을 나온 한왕이 삼진(三秦)에 자리 잡으면서 남정을 대신해 도읍으로 삼은 곳이었다. 그해 봄 함곡관을 나설 때 한왕은 승상 소하를 그곳에 남겨 관중을 지키고 다스리게 했다. 소하는 그런 한왕의 뜻을 받들어 관중을 잘 보존했을 뿐만 아니라, 멀리 관동으로 나가 싸우는 한나라 군사들에게 든든한 근거지가 되게 했다.

역양에 이른 한왕은 먼저 공자 영(盈)을 태자로 세워 후사로 삼았다. 그리고 자신을 따르는 제후의 아들로서 관동에 있는 자들을 모두 역양으로 불러들여 태자를 호위하게 하였다. 팽성에서 참담한 꼴로 쫓기면서 받은 충격이 비로소 한왕에게 한 군왕으로서의 자신과 국가로서의 한(漢)에 대해 자각하게 한 듯했다.

이어 한왕은 다시 한번 크게 사면령을 내려 관중의 민심을 거둬들였다. 백성들은 옛 진나라 시절의 엄한 법뿐만 아니라 가혹한 전란의 시대를 살면서 어쩔 수 없이 저지르게 된 크고 작은 죄에 아직도 시달리고 있었다. 그런 백성들의 짐을 덜어 준 한왕은 또 사관(祀官)에게 명을 내려 하늘과 땅, 동서남북과 상제(上帝)와 산천에 제사 지내게 하고, 이후에도 때에 맞춰 제사를 이어 가도록 했다. 그 역시 겁먹고 혼란된 관중의 민심을 달래는 일이었다.

그렇게 하여 팽성의 패전으로 뒤숭숭하던 관중의 민심을 어느 정도 가라앉힌 한왕은 그동안 목에 걸린 가시와도 같았던 폐구성(廢丘城)으로 눈길을 돌렸다. 폐구성은 옹왕(雍王)이 된 장함이 도읍을 삼을 때 마음먹고 성벽을 높이고 허술한 곳을 고쳐 옹 땅에서 가장 높고 튼튼한 성이 되어 있었다. 옹왕 장함은 벌써 아홉 달째나 그 성벽에 의지해 버티고 있었는데, 그를 도와 농성하는 군사들도 대개는 오래 장함을 따라다니며 많은 싸움을 겪는 동안에 사납고 날래진 자들이었다. 그런데도 지난해 처음 삼진을 평정할 때의 기세로 밀어붙여 장함을 죽이거나 항복을 받아 내지 못한 게 탈이 되었다.

그때 한왕은 적지 않은 군사를 남겨 폐구성을 에워싸고 장함의 항복을 기다리게 하였으나 뒷일이 뜻대로 되지 않았다. 한왕이 대군을 이끌고 함곡관을 나가 팽성을 차지하는 사이 성문을 열고 뛰쳐나온 장함은 에워싸고 있던 한군을 무찔러 내쫓았다. 그리고 인근의 땅을 휩쓸며 곡식과 장정들을 성안으로 거둬들여 다시 돌아올 한군과 싸울 밑천을 든든히 했다. 한왕이 팽성을 친답시고 역상과 근흡의 군사들을 관외로 빼냈을 무렵의 일이었다.

변고를 들은 소하가 급히 군사를 모아 폐구성으로 보냈으나 그때는 이미 모든 게 늦은 뒤였다. 배로 늘어난 옹군(雍軍)이 배불리 먹고 높은 성벽에 의지해 버티니 관중에 남아 있는 장졸로는 어찌해 볼 수가 없었다. 오히려 장함과 폐구성은 배 속에서 자라 가는 종양처럼 안에서 한나라를 위협해 왔다.

관중에서 한나라의 기틀을 한 번 더 다진 뒤에 한왕 유방은 소하에게서 2만 군사를 얻어 폐구성으로 달려갔다. 원래 성을 에워싸고 있던 군사들과 합쳐 한군은 5만이 넘는 대군이었으나, 당장 폐구성을 어찌해 볼 수 없기는 아홉 달 전이나 별로 다를 게 없었다.

"이번에는 반드시 장함을 사로잡아야겠는데 성안의 적들이 저리 강성하니 이를 어찌하면 좋겠소?"

한군이 첫날 싸움에서 어림없이 내쫓기자 한왕이 걱정스러운 얼굴로 장량에게 물었다. 아무리 장량이라고 해도 당장에 신통한 계책이 있을 리 없었다.

"아무리 굳센 방패라도 뚫어 낼 창은 있는 법이니 대왕께서는 너무 심려 마십시오. 제게 며칠 살필 여유를 주시면 저 성을 깨뜨릴 방도를 찾아보겠습니다."

그렇게 한왕을 위로했으나 그리 자신 있어 보이지는 않았다.

다음 날 장량은 한왕에게 그날 하루 싸움을 쉬게 한 뒤 자신은 장졸 몇 명만 거느리고 진채를 나갔다. 그런데 그날 저물 무렵해서야 진채로 돌아온 장량이 그지없이 환한 얼굴로 한왕의 군막을 찾았다.

"선생의 낯빛을 보니 무슨 좋은 일이 있는 듯하구려. 그래 낮에 나가 무얼 하셨소?"

한왕이 장량의 낯빛을 살피며 그렇게 물었다. 장량이 밝고 자신에 찬 목소리로 대답했다.

"신은 낮에 폐구 주변 고을을 돌며 지세를 살피고 촌로에게 물어 지리(地利)로 이 성을 떨어뜨릴 방책을 알아냈습니다. 더는 무리하게 장졸을 상하지 않고 장함을 사로잡을 수 있을 듯합니다."

"그 방책이 무엇이오?"

한왕이 반가워하며 물었다.

"수공(水攻)입니다. 이곳 폐구는 위수 가에 자리 잡은 성으로 상류로 20리만 가면 두 갈래 물길이 합쳐지는 곳이 있습니다. 그 위 두 물줄기에는 좁은 계곡이 많아 큰 힘을 들이지 않고도 많은 물을 가둘 수 있는 데다, 마침 늦여름이라 강물까지 넉넉하니 수공을 한번 펼쳐 볼 만합니다. 먼저 군사들을 그리로 보내어 두 물줄기를 막고, 이곳의 위수 물길을 폐구성 안으로 돌리게 한 뒤에 한꺼번에 터뜨리면 폐구성은 함빡 물에 잠기고 말 것입니다. 그리되면 우리는 배와 뗏목을 풀어 물에 빠진 장함을 건져 올리기만 하면 됩니다."

장량의 그와 같은 대답에 한왕 유방도 고개를 끄덕였다. 그리고 잠깐 생각에 잠겼다가 장량을 보고 말했다.

"선생께서 그와 같이 폐구성을 우려뺄 방책을 알아 오셨으니, 마음속으로는 이미 그것을 실현할 세밀한 계략도 세우셨을 것이오. 그 계략도 과인에게 일러 주시오."

그러자 장량은 기다렸다는 듯 차근차근 일러 주었다.

"먼저 장군 번쾌에게 군사 3천을 이끌고 폐구 서쪽 30리 되는 곳으로 가서 위수 본류의 흐름을 막게 하십시오. 어귀 좁은 계곡을 골라 흙모래를 담은 가마니와 자루로 둑을 쌓으면 이틀 안으로 많은 물을 가둘 수 있을 것입니다. 그리고 장군 조참에게도 또 다른 군사 3천을 주어 폐구 서쪽 20리 되는 곳에서 위수로 흘러드는 지류를 막게 하십시오. 번 장군과 같이 둑을 쌓아 되도록 많은 물을 가두게 하되, 이틀 뒤 정오에는 양쪽이 한꺼번에 둑을 터뜨려 폐구를 쓸어버릴 수 있어야 합니다."

"다른 장수들은?"

"나머지 장수들에게는 대군을 풀어 폐구성 앞의 위수를 끊고, 크고 넓은 도랑을 파서 그 물길을 성안으로 끌어들일 수 있게 하십시오. 또 모든 사졸들에게 큰 모래주머니 하나씩을 만들어 지니게 했다가, 이틀 뒤 날이 새거든 그것들을 폐구성 안으로 돌려진 위수의 물길 동편에 쌓아 많은 물이 일시에 성을 휩쓸도록 하시면 될 것입니다. 그 밖에 오월(吳越)에서 와 물질에 능숙한 장졸들은 배와 뗏목을 마련하고 기다리게 하다가 때가 오면 물에 빠져 허우적대는 적병을 건져 올릴 수 있도록 하셔야 합니다."

장량은 그렇게 말하고 관영과 하후영, 주발에게는 따로 할 일을 주었다. 새로 만든 기마대와 전거(戰車), 그리고 가려 뽑은 날랜 군사들을 이끌고 성안에 있는 옹군의 발악적인 반격에 대비하는 일이었다.

한왕은 곧 장수들을 군막으로 불러 모아 장량에게 들은 대로 나누어 시켰다.

장수들이 각기 한왕의 명을 받고 떠난 지 이틀이 지났다. 번쾌와 조참이 서쪽으로 위수를 거슬러 올라간 뒤로 줄어들기 시작한 폐구성 밖의 물줄기는 그날 아침이 되자 원래의 절반도 안 되게 줄어들었다. 번쾌와 조참이 상류의 두 물줄기를 막아 많은 물을 가두어 두었다는 뜻이었다.

폐구를 에워싸고 있으면서 위수의 물줄기를 끊어 폐구성의 해자로 물길을 끌어대 놓고 있던 나머지 한군도 움직이기 시작했다.

그동안 마련해 둔 수만 개의 모래주머니로 위수의 흐름을 끊고 있는 둑을 높이면서, 아울러 해자로 이어지는 물길 동쪽도 높였다.

한편 폐구성 안에 갇혀 있던 옹왕 장함은 한군이 갑자기 공성을 멈추자 슬며시 의심이 났다. 하루를 기다렸다가 성루 높은 곳으로 올라가 세밀하게 한군의 진채 쪽을 살폈다. 놀랍게도 한군이 위수를 끊어 성 쪽으로 물길을 돌리고 있었다. 거기다가 다음 날부터 위수 물이 차츰 줄어들자 장함도 한군의 계책을 알아차렸다.

하지만 장함이 할 수 있는 일은 많지 않았다. 성을 나가서 싸워 봤자 곱절이 넘는 한나라 대군이 쳐 둔 그물 속으로 뛰어드는 격이요, 그렇다고 에움을 헤치고 달아날 길이 있는 것도 아니었다. 멀리 패왕 항우에게 올 것 같지도 않은 원병을 다시 재촉하는 한편 나름대로 수공에 대비했다. 성벽이 허술한 곳을 두텁게 쌓아 올리고, 군량을 성안 높은 곳으로 옮겨 놓아 물에 잠기는 것이나 면하게 하는 정도였다.

'강물을 끊어 성을 잠기게 하겠다는 한군의 계책이 무리한 것일 수도 있다. 지금은 유월도 다 돼 가는 늦여름이라 수공(水攻)을 펼치기에는 마땅하지 않은 때다. 늦장마라도 들면 둑을 쌓은 것도, 물길을 끊은 것도 모두 헛일이 된다.'

한군의 공격이 멈춘 지 사흘째 되는 날도 장함은 그렇게 스스로를 위로하며 성벽에 올라 바깥의 변화만 살폈다. 그런데 그날은 모든 게 심상치 않았다. 기다리는 늦장마는 없고 위수 물이 절반으로 줄어 있을 뿐만 아니라, 성벽 밖 해자로 이어지는 물길 동쪽으로는 모래주머니가 거의 성벽 높이로 쌓아 올려지고 있었다.

'아무리 위수를 끊어 막았다 하나 설마 폐구성같이 큰 성을 물에 잠기게 할 수야 있겠는가. 물이 들더라도 성안 낮은 곳이나 잠시 잠기게 할 정도일 것이다.'

장함은 그렇게 애써 자신을 달래며 성안 군민들을 다독여 싸움 채비를 하게 했다.

그럭저럭 정오가 좀 지났을 무렵이었다. 성벽 위에 나가 있던 장졸들의 외침이 잠시 성루 안에서 쉬고 있는 장함의 귀에 들려왔다.

"물이다! 큰 홍수가 났다!"

장함이 놀라 밖을 내다보니 정말로 버얼건 황토물이 발밑 해자로 몰려들고 있었다. 전날 한군들이 파 놓은 물길을 따라 해자로 휩쓸고 드는데 그 기세가 엄청났다.

물은 그날 한군들이 모래주머니로 높여 둔 둑 때문에 점점 높이 차올랐다. 한 식경도 안 돼 성벽이 낮거나 허술한 곳을 밀어붙이고 성안으로 쏟아져 들어가 낮은 곳부터 먼저 잠기게 했다. 하지만 그때까지도 장함은 한 가닥 기대를 가지고 있었다.

"늦장마가 없었으니 대단한 물은 아니다. 기껏해야 성안이나 한 번 적시고 빠져나갈 것이니 너무 겁먹거나 놀라지 말라!"

옹왕 장함이 그렇게 장졸들을 북돋고 다그쳤으나 시간이 흐를수록 성안의 처지는 나빠졌다. 오래잖아 홍수는 폐구 성벽을 넘어 성안을 온통 물바다로 만들어 놓았다. 물에 젖은 성안 군민들은 저마다 놀란 외침을 내지르며 조금이라도 높은 곳으로 기어오르느라 제정신이 아니었다.

그때 어디서 나왔는지 한군이 가득 탄 뗏목과 나룻배가 모래자루로 막은 강둑을 따라 줄줄이 성안으로 흘러들었다. 뗏목과 배에 나누어 탄 한군들은 물고기라도 건지듯 몇 군데 높은 성벽과 성루에 몰려 있는 옹군을 거둬들였다.

드디어 장함도 일이 글렀음을 알아차렸다. 한군들이 탄 여러 척의 배와 뗏목이 자신이 있는 성루로 몰려드는 걸 보고 가만히 칼을 빼 들었다.

'틀렸다. 하지만 이제는 저 은허(殷墟)에서처럼 항복해서 목숨을 빌 곳도 없구나. 내 남아 대장부로 태어나 어찌 일생에 두 번씩이나 항복으로 목숨을 구걸하겠는가. 그래도 명색 한 땅의 임금이었으니 임금답게 죽을 뿐이다.'

장함은 그렇게 자신을 다잡으며 빼 든 칼로 제 목을 찔러 스스로 목숨을 끊었다. 자신을 믿고 따르던 20만의 진나라 사졸들이 신안(新安)에서 산 채 흙구덩이에 묻힐 때조차도 모르는 척하며 아껴 살아남은 목숨이었다.

돌이켜 보면 허망하기 짝이 없는 장함의 최후였다. 이세황제 3년 문관인 소부(少府)에서 대장군이 되어 죄수와 노예로 이루어진 20만 군을 이끌고 함양을 출발할 때만 해도 장함은 진나라의 마지막 희망이었다. 승승장구해 관중으로 밀고 든 주문(周文)의 10만 군을 한 싸움으로 쳐부수고, 함곡관을 나간 지 두 달도 되기 전에 역도의 우두머리 진승을 죽였다. 그리고 정도(定陶)에서 무서운 기세로 밀고 드는 초나라 주력을 무찌르고 항량을 죽임으로써 군국(軍國)의 전통이 강한 진(秦) 제국의 장수로서도 누구 못지않은 성예를 얻었다.

그런데 거록 싸움에서 한 번 기세를 꺾이자 장함은 급속히 무너져 갔다. 조고(趙高)가 돌아갈 곳을 없게 만든 것이 원인라고는 하나, 대군을 거느리고도 무기력하게 항우에게 몰리다가 오수(汙水)에서 또 한 번의 참패를 겪게 된다. 그리고 은허에서 20만 장졸을 들어 항우에게 항복한 뒤 옹왕까지 되었으나 끝내는 스스로 목숨을 끊는 처지에 몰리고 말았다.

옹왕 장함이 죽고 폐구가 떨어지자 한왕은 새왕 사마흔과 적왕 동예를 사로잡았을 때와 마찬가지로 봉국(封國)을 폐지했다. 옹 땅에 중지(中地)와 북지(北地)와 농서(隴西) 세 군을 두고 관원을 보내 직접 다스리기로 했다. 그리고 폐구는 이름을 괴리(槐里)로 바꾼 뒤 성을 허물어 버렸다.

한왕은 어렵게 평정한 옹 땅을 잠시 돌아보고 어지러운 민심을 달랜 뒤 군사를 돌려 역양으로 돌아갔다. 그런데 뜻 아니한 어려움이 다시 한왕을 괴롭혔다. 그해 가뭄과 홍수가 번갈아 있어 관중에 크게 흉년이 든 일이 그랬다.

승상 소하가 어찌 변통해 보려 했으나, 그러잖아도 잇따른 전쟁으로 농사를 제대로 짓지 못한 데다 계절은 추수를 앞둔 초가을로 접어들 때라 남은 곡식이 없었다. 쌀값이 치솟아 1만 전을 내야 쌀 한 섬을 살 수 있을 지경이 되니, 여기저기 굶어 죽는 백성들이 생겼다. 이에 한왕은 어쩔 수 없이 관중의 백성들을 촉과 한중 땅으로 옮겨 그곳 곡식을 먹게 하였다.

가을걷이가 시작되어 많건 적건 들판의 곡식을 거두게 되면서야 기근이 조금 풀리었다. 그러나 10만이 넘는 대군과 조정 관원들을 먹이기에는 식량이 턱없이 모자랐다. 거기다가 한왕이 관중에 안주하는 것을 걱정하는 목소리도 있었다.

"대왕께서 정녕코 천하를 다투어 보시려는 뜻이 있다면 이대로 관중에 머물러 계셔서는 아니 됩니다. 관동으로 뻗어 나간 기세를 살리시어 형양을 근거로 삼으시고 패왕과 맞서셔야만 넓고 기름진 서초를 차지하고서도 동서남북으로 대군을 내어 천하를 호령하는 패왕과 쟁패(爭覇)의 형국을 이룰 수 있을 것입니다. 형양에 눌러앉아 오창의 곡식을 먹으며 광무산과 성고를 앞뒤 성벽 삼아 패왕의 서진(西進)을 막으십시오. 지금 대등한 기세로 항왕과 맞서지 않으시면, 힘에 눌린 제후들은 모두 항왕을 섬기게 되어 종당에는 대왕의 관중만 외롭게 남게 될 것입니다."

관중의 헤아림 깊은 선비로부터 그 같은 진언을 듣자 한왕은 다시 군사를 이끌고 함곡관을 나가 형양에 자리 잡기로 마음을 정하였다. 그러나 관중을 떠나는 한왕의 마음가짐은 여섯 달 전과 아주 달랐다.

한왕은 태자 영(盈)을 도읍인 역양에 남기고, 승상 소하로 하여금 태자를 보살피며 관중을 지키게 했다. 그리고 다시 조참에게 3만 군사를 주며 대리 좌승상으로서 소하의 뒤를 받쳐 주게

했다. 자신이 잘못되더라도 태자가 뒤를 이어 한나라는 지켜 나
갈 수 있게 하기 위함이었다.

지난날 약법삼장(約法三章)으로 관중의 민심을 샀던 한왕답지
않게 한나라의 법령과 규약도 한 번 더 정비했다. 자신이 관중을
비워도 나라의 기강이 흐트러지지 않게 하려 함이었다. 또 기근
으로 쪼들리는 나라 살림에도 종묘와 사직을 새로 고치고 궁궐
을 손보아 왕실의 위엄을 지키려 애썼다. 현읍을 명확히 가르고,
관중의 호구와 전조(轉漕), 조병(調兵), 급군(給軍)에 관한 것들을
면밀히 헤아려 관동에서의 쓰임에 모자람 없이 댈 수 있게 한 것
도 그때였다. 그리하여 그 모든 일이 대강 매듭지어지자 한왕은
5만 대군을 이끌고 다시 함곡관을 나갔다. 한(漢) 2년 가을 8월
하순의 일이었다.

동북으로 부는 바람

그사이 한신은 오창과 성고를 강화하고 광무산에도 대군을 보내 형양을 훨씬 더 안전한 곳으로 만들어 놓고 있었다. 오창 포구까지 높고 두텁게 쌓아 올린 용도는 관중에서 곡식이 오지 않아도 형양성 안의 군민을 굶주리지 않게 했다. 성고에서 형양까지 촘촘히 늘어세운 봉수대와 언덕을 깎고 다리를 놓아 거리를 줄인 지름길은 두 성이 한 몸에 붙은 손발처럼 호응할 수 있게 해 주었다. 거기다가 번쾌가 만 명 군사를 거느리고 지키는 광무산성은 함곡관보다 더 험한 관애(關隘) 몫을 했다.

하지만 그때까지 형양성이 평온한 것이 반드시 그와 같은 한신의 빈틈없는 대비 때문만은 아니었다. 그보다는 패왕 항우가 때 아닌 신중함으로 머뭇거려 준 덕분이라고 보는 편이 옳다.

패왕은 어렵게 마음을 굳히고 팽성을 떠났으나 며칠 안 돼 등 뒤가 불안해지기 시작했다. 이번에는 제나라가 한왕 유방이 그랬던 것처럼 반드시 등 뒤에서 무슨 일을 낼 것 같았다. 도읍인 임치를 되찾고 삼제(三齊)를 아우른 전횡(田橫)이 팽성이 비었다는 소리를 듣고 가만히 있을 리 없었다. 이에 패왕은 다시 항백에게 군사 2만을 떼어 주며 팽성으로 돌려보내 항장(項壯)과 함께 팽성을 굳게 지키도록 했다.

그런데 다시 하수 쪽에서 팽월의 무리가 움직인다는 소문이 들려왔다. 원래 팽월은 속한 데가 없었으나[無所屬] 몇 달 전 3만 군사를 이끌고 한왕 유방 밑으로 들었다는 말을 듣자 패왕은 그를 그냥 둘 수 없었다. 종리매에게 또다시 3만 군사를 떼어 주며 팽월을 멀리 쫓아 버리게 했다.

이래저래 5만 군사가 떨어져 나가자 패왕에게 남은 군사는 5만밖에 되지 않아 이번에는 형양을 들이칠 군사가 모자랐다. 한왕은 그사이 10만 군사를 긁어모아 형양성 안팎에 펼쳐 놓고 굳게 지킨다는 소문이 있었다. 거기다가 오창까지 용도를 쌓아 그곳의 곡식을 먹고, 등 뒤로는 성고성이 받쳐 주고 있으며, 광무산에도 맹장 번쾌가 한 갈래 군사를 이끌고 길목을 막고 있다는 말까지 들렸다.

바로 한 달 전에 3만 군사로 56만 한군을 쥐 잡듯 하였으나, 그 기적 같은 분발에 엄청난 기력을 소모한 탓인지 거기서 패왕은 갑자기 패기와 자신을 잃었다. 속도와 집중으로 무섭게 치고 드는 대신 때 아닌 신중함으로 대량 땅에 군사를 멈추었다.

"먼저 지리를 차지하고 굳게 지키는 적을 에워싸기 위해서는 적보다 다섯 곱절이 많은 군사가 필요하다 했다. 그와 같은 병가의 말을 다 믿는 것은 아니나, 또한 넉넉지 못한 군사로 서둘러 중지(重地)에 들 까닭은 없다."

패왕은 그렇게 말하면서 구강왕 경포에게 거듭 사람을 보내 재촉했다.

"이번에는 반드시 대군을 내어 과인을 돕도록 하라."

그러나 패왕의 성품을 잘 아는 경포는 얼른 마음을 정하지 못했다. 지난번 제나라 정벌 때도 병을 핑계로 군사를 내지 않았고 팽성이 떨어질 때도 구경만 하고 있었던 자신을 패왕이 용서할 것 같지 않았다. 바로 대답을 하지 못하고 하루하루 날만 끌었다.

한신으로부터 그와 같은 패왕의 형세를 들은 한왕은 곧 막빈과 장수들을 모두 자신의 처소로 불러 모으게 했다.

"항왕이 힘써 형양을 치지 않은 것은 하늘이 우리 한나라를 도와 시간을 벌어 주는 것이나 다름없소. 과인은 이 틈에 다시 동북으로 나가 우리 근거를 넓히고 등 뒤를 든든히 하고 싶소. 위표를 되부르고 조나라와 연나라, 제나라를 우리 편으로 만들 수 있다면, 우리가 항왕을 두려워할 까닭이 어디 있겠소? 항왕이 넓고 기름진 서초뿐만 아니라 구강과 임강, 형산을 다 끌어내 몰고 온다 해도 넉넉히 맞설 수 있을 것이오."

사람들이 모두 모여들자 한왕이 불쑥 그렇게 말했다. 관중을 나올 때 들은 말도 있고, 패왕이 선뜻 밀고 들어오지 못하고 있는 데 자신도 생겨 한번 큰소리쳐 본 셈이었다. 하지만 그때로는 천하를 양분하는 자못 웅대한 구상이었다. 그러자 역이기가 나서서 말했다.

"위왕 표는 원래 스스로 우리 한나라를 찾아와 항복하였고, 팽성에서도 대왕의 한 팔이 되어 싸웠습니다. 수수(睢水)의 사지를 벗어날 때도 우리와 함께였는데, 갑자기 마음이 변해 항왕에게로 돌아가 버렸으니 반드시 그렇게 된 까닭이 있을 것입니다. 대왕께서 군사를 내기 전에 먼저 신을 보내 주시면, 가서 그 까닭을 알아보고 위왕을 달래 다시 우리 편으로 되돌려 보겠습니다."

장량도 옆에서 역이기를 거들었다.

"만약 역 선생이 위왕을 달랠 수만 있으면 대왕께서는 화살 한 대 허비하지 않고 위나라를 되찾는 셈이 되니 이 얼마나 다행한 일이겠습니까?"

나서지는 않아도 한신 또한 말리는 눈치는 아니었다. 이에 한왕은 그 자리에서 역이기를 사신으로 삼아 위나라로 보냈다.

"그대가 위표를 잘 달래 다시 과인에게로 돌아오게 한다면 과인은 그대를 만호후로 봉하겠소!"

한왕의 그 같은 당부를 받은 역이기는 날을 끌지 않고 형양을 떠나 위왕 표가 도읍을 삼고 있는 안읍(安邑)으로 달려갔다.

이때 위왕 표는 언제 있을지 모르는 한나라의 공격에 대비해 하수 나루를 끊는 한편, 10만 군사를 긁어모아 싸울 채비를 갖추고 있었다. 한나라에서 역이기가 사신으로 왔다는 말을 듣자 차갑게 웃으며 말했다.

"역가 성 쓰는 늙은이가 왔다면 옛날 진류에서 그랬던 것처럼 세객으로 왔겠구나. 만나 줄 것도 없이 매질해 내쫓아야 하나, 그래도 한때 한솥밥을 먹은 인연이 있으니 무어라고 하는지 수작이나 들어 보자."

그런 다음 역이기를 불러들이게 했다. 역이기는 위왕 표에게 예를 올리기 바쁘게 돌아오기를 간곡히 바라는 한왕의 뜻을 전했다. 위표가 비웃으며 받았다.

"사람의 한살이는 내닫는 백마가 작은 틈 사이를 지나쳐 가는 것처럼이나 짧고 덧없는 것이오. 그런 한살이를 무엇 때문에 남에게 얽매여 종노릇하며 살겠소? 그런데 한왕은 사람됨이 거만할 뿐만 아니라 남을 자주 욕보이고, 제후와 신하들 꾸짖기를 마치 종 나무라듯 하고 있소. 윗사람의 품위도 갖추지 못하고 아랫사람을 대하는 예절도 없으니 어떻게 그를 섬길 수 있겠소? 선생께서 무슨 말로 달래든 나는 그 꼴을 다시 볼 수 없소!"

그러고는 역이기의 말을 더 들어 보려고도 하지 않고 방을 나가 버렸다.

위왕이 워낙 매몰차게 돌아서니 역이기도 더 말을 붙여 볼 엄두를 내지 못했다. 위왕을 달래기는커녕 무안만 당하고 쫓겨난 역이기는 하룻밤을 안읍에서 묵은 뒤 형양으로 돌아왔다. 하지만 역이기의 그 발길이 반드시 헛된 것은 아니었다. 사신이란 핑계로 들고 나면서 위나라의 속사정을 세밀하게 살피고 돌아온 까닭이었다.

위왕 표가 한 말을 역이기가 전하자 한왕 유방은 한동안 쓴 입맛을 다시다가 불쑥 물었다.

"위표는 누구를 대장으로 삼고 있었소?"

역이기가 알아 온 대로 대답했다.

"백직(柏直)입니다."

"백직이라면 아직 입에서 젖비린내도 가시지 못한 놈이다. 어찌 우리 대장군 한신을 당해 내겠는가!"

백직을 잘 알고 있는 한왕은 그렇게 받고 이어서 물었다.

"기장은 누구였소?"

"풍경(馮敬)이란 장수였습니다."

"그렇다면 옛 진나라 장수 풍무택(馮無擇)의 아들이다. 똑똑하지만 우리 기장 관영을 당해 내지는 못할 것이다."

한왕이 다시 한번 안심한 듯 그렇게 말해 놓고 또 물었다.

"그럼 보졸을 거느리는 장수는 누구였소?"

"항타(項它)였습니다."

"그도 과인이 잘 아오. 초나라 장수로서 위나라를 구하러 갔다가 위구(魏咎) 때부터 위나라의 장수 노릇을 해 왔으나, 우리 조참을 당해 낼 만한 그릇은 못 되오. 선생의 말을 듣고 보니 과인이 걱정할 일은 아무것도 없구려!"

그때 곁에 있던 한신이 아무래도 미덥지 않다는 듯 역이기를 바라보며 물었다.

"정말로 위나라가 주숙(周叔)을 대장으로 삼지 않았습니까?"

"백직입니다. 틀림없이 백직이 위나라 대장군이라 들었소!"

역이기가 한 번 더 확인해 주자 한신이 가만히 웃으면서 혼잣

말처럼 중얼거렸다.

"그 덜떨어진 더벅머리 놈[豎子]!"

그게 위나라 대장인 백직을 두고 하는 소린지, 그를 대장으로 삼은 위왕 표를 두고 하는 소린지는 잘 알 수가 없었다. 그때 한왕이 다시 여럿을 보고 말했다.

"아무래도 위표가 권하는 술은 받지 않고 벌주를 마시려는 듯하오. 이제 이 위나라를 어찌했으면 좋겠소?"

그 말이 떨어지기 바쁘게 한신이 나섰다.

"신에게 쓸 만한 장수 둘과 군사 3만만 주신다면 보름 안으로 위표를 사로잡아 오겠습니다. 대왕께서는 남은 대군을 거느리고 형양을 굳게 지키기만 하십시오."

"쓸 만한 장수 둘이라면 누구누구가 좋겠소?"

"방금 대왕께서 말씀하신 관영과 조참이면 됩니다. 관영은 기마대를 이끌고 동쪽을 휩쓸어 초나라의 이목을 어지럽히고 조참은 신과 더불어 위표를 급습할 것입니다."

"조참은 임시로 좌승상을 삼아 군사를 이끌고 관중을 지키게 하였소. 천 리가 훨씬 넘는 곳에 있는 사람이라 임박한 위나라 정벌에 쓸 수 있을지 모르겠소."

한왕 유방이 그렇게 말하며 걱정했다. 대장군 한신이 별일 아니란 듯 말했다.

"날랜 말을 탄 사자를 조참에게 보내 자신이 부릴 정병 3천만 이끌고 이리로 달려오라 이르십시오. 길이 멀다 해도 보름이면 넉넉히 이곳에 이를 것입니다. 잔뜩 겁을 먹고 있는 힘, 없는 힘을 다 긁어모아 임진 나루를 막고 있는 위표를 속이고 몰래 하수를 건너려면 신에게도 보름은 필요합니다."

"관영이 이끄는 기마대는 따로 꾸민 지 얼마 되지 않소. 저 홀로 떨어져 돌아다니며 전투를 벌일 만한 능력이 되는지 모르겠소."

한왕이 다시 그렇게 걱정했다. 그러나 한신은 이번에도 별로 걱정하는 눈치가 아니었다.

"관영의 불같은 전투력은 이미 세상에 널리 알려진 바입니다. 그에게 다시 수천의 기마대를 붙였으니, 관영은 반드시 그들을 자신에 못지않은 기사로 길러 낼 것입니다."

그러고는 그날로 위나라를 정벌할 채비에 들어갔다. 한왕은 그런 한신을 좌승상으로 올리고 조참과 관영을 대장으로 딸려 주었다.

그때 위왕 표는 한신의 말대로 포판에 대군을 끌어모아 임진 나루를 막고 있었다. 지난번에 한왕이 그곳에서 하수를 건넜으니 이번에도 그러리라 여긴 까닭이었다. 한신은 그런 위표의 근거 없는 헤아림을 거꾸로 이용했다.

한신은 포판 맞은편 하수 가에 거짓으로 한군 진채를 벌여 세우고 수많은 깃발을 꽂아 대군이 이른 것처럼 보이게 했다. 또 임진 나루 맞은편에는 수많은 배들을 끌어모아 당장이라도 대군이 하수를 건널 것처럼 수선을 떨었다. 이에 위표는 더 많은 군사를 포판으로 끌어모으고 대장군 백직과 기장 풍경, 보졸장(步卒將) 항타를 다잡아 한군을 맞을 채비를 했다.

그런데 알 수 없는 것은 한군의 움직임이었다. 대군이 하수 저 편에서 먼지만 일으키고 깃발만 휘날릴 뿐, 열흘이 넘도록 배를 띄우지 않았다. 잔뜩 모아 놓은 배만 임진 나루 저편에 줄지어 묶여 있을 뿐이었다.

"알 수 없는 일이로구나. 저것들이 왜 저렇게 머뭇거리고만 있는 것이냐?"

가까이서 몇 달 한신을 겪어 보아 그의 지모를 잘 아는 위왕 표가 장수들을 불러 모아 놓고 물었다. 백직을 비롯한 위나라 장 수들도 모두 의논만 분분할 뿐 한군이 왜 하수를 건너지 않는지 알지 못했다. 아래위가 은근히 불안해하며 강 건너편을 바라보고 만 있었다.

하지만 그때 이미 한신이 이끈 3만 한군은 하수를 건너 위나 라의 심장부를 깊숙이 찔러 들어가고 있었다. 먼저 기장 관영이 이끈 5천 기마대가 하수를 건너지 않고 동쪽으로 달려가 있을지 모르는 초나라 원병에 대비했다. 남다른 기동력으로 초군(楚軍) 후방을 누비며 보급로를 끊고 기습을 감행해 서쪽으로 밀고 드 는 대군의 발목을 잡았다.

그사이 한신은 관중에서 돌아온 조참과 3만 군사를 좌우로 갈 라 이끌고 하수를 따라 가만히 하양으로 올라갔다. 그리고 거기 서 군사들을 풀어 나무로 만든 앵(罌)과 부(瓿)를 수없이 거둬들 이게 했다. 앵과 부는 모두 술이나 물을 담는 통이다. 입구가 좁 고 배가 불룩한데 부가 앵보다 조금 작다. 그런데 나무로 만들었 으니 강물에 띄우고 끌어안거나 몸에 묶으면 물이 깊은 곳도 배

144

없이 건널 수가 있다.

군사들이 모두 나무로 된 앵과 부를 구해 오자 한신은 그걸 안 거나 몸에 묶고 밤중에 가만히 하수를 건너게 했다. 가을 9월 초 순이라 물이 차기는 했지만 그래도 아직은 견딜 만했다. 군량과 다른 물자는 여러 개의 나무 앵부로 엮은 뗏목에 실어 하수를 건 너게 했다.

아무도 모르게 3만 군사로 하수를 건넌 한신은 곧바로 위나라 의 도읍인 안읍으로 찔러 들어갔다. 포판에다 대군을 벌여 놓고 있던 위왕 표는 한나라 대군이 홀연 안읍으로 몰려든다는 전갈 을 받자 깜짝 놀랐다. 대군에게 얼른 진채를 뽑아 안읍으로 향하 게 하는 한편 장군 손속(孫遫)을 먼저 보내 도중에서 한군을 막게 하였다.

급히 가려 뽑은 위병 2만을 이끌고 달려간 손속이 한군과 만 난 것은 동장 부근이었다. 위왕의 엄명에 쫓겨 얼결에 달려오기 는 했으나 손속은 원래가 한신이나 조참의 적수가 못 되었다. 거 기다가 군사까지 머릿수가 적으니 싸움이 될 리 없었다. 손속의 부대는 한 번 싸움으로 바위를 친 계란 꼴이 났다. 손속은 조참 의 한칼에 목이 달아나고 그 군사들은 거의가 한군에게 죽거나 사로잡혀 버렸다.

안읍에 이르자 이번에는 도읍을 지키던 위나라 장수 왕양(王 襄)이 성안에서 잡병 3만을 긁어모아 허둥지둥 달려 나왔다. 성 안에서 지키면서 위왕의 대군이 돌아오기를 기다렸으면 될 일을 뭘 잘못 알고 달려 나온 듯했다. 조참의 군사들이 내달아 왕양이 성안으로 돌아갈 길을 끊고, 다시 한신의 본대가 정신없이 그 앞을 몰아치니 왕양은 제대로 싸워 보지도 못하고 한군에게 사로잡혀 버렸다.

이윽고 위왕 표가 7만이 넘는 대군을 이끌고 안읍에 이르렀다. 하지만 그때는 이미 때가 늦어도 한참 늦은 뒤였다. 잇따른 승리로 한군의 기세는 오를 대로 올라 있었다. 거기다가 한군은 하룻밤을 느긋이 쉬며 기다린 군사요, 위군(魏軍)은 밤낮을 급하게 달려와 지칠 대로 지친 군사였다.

"과인의 대군이 이르렀으니 한신은 어서 성을 나와 항복하고 목숨을 빌어라!"

위왕 표가 빼앗긴 제 도성 밖에서 성안에 대고 그렇게 소리치며 싸움을 걸었다. 그래도 군사들의 머릿수가 많은 것을 믿고 큰소리를 쳐 본 것이었으나, 싸움의 승패가 군사들의 머릿수만으로 정해지는 것은 아니었다.

"이놈 위표야, 너야말로 어서 말에서 내려 네 죄를 빌고 포박을 받아라! 우리 대왕께서 너를 기다리고 계신 지 오래다."

미리 그물을 치듯 빈틈없이 계책을 펼쳐 놓고 기다리던 한신이 그렇게 소리치고 손짓을 하자 먼저 하늘을 거멓게 뒤덮은 화살 비가 위군의 넋과 얼을 한꺼번에 빼고 흩어 놓았다. 이어 동남 두 성문이 한꺼번에 열리며 두 갈래 한군이 달려 나오는데 한쪽은 조참이 이끄는 군사요, 다른 한쪽은 좌승상 한신이 직접 휘몰아 나오는 군사였다.

그래도 크고 작은 싸움을 수십 번이나 치른 위표였다. 기세를 잃지 않으려고 애쓰며 스스로 창을 휘둘러 마주쳐 나갔으나 장졸들이 따라 주지 않았다.

한왕 유방이 일찍이 헤아린 대로 위군은 장수부터 한군보다 자질이 많이 뒤졌다. 백직이 대장군이 되어 우쭐거렸으나 한신에게 크게 미치지 못했고, 보졸을 이끄는 항타도 조참을 당하지 못하기는 마찬가지였다. 기장 관영이 한신의 본대와 따로 떨어져 있어 풍경의 기마대가 덤으로 위군에게 붙어 있는 셈이었으나, 이미 안읍을 차지한 한군은 성을 끼고 있어 기마대가 그리 큰 부담이 되지 않았다.

장수들 못지않게 위나라 군사들도 도무지 한군의 상대가 못 되었다. 위나라 군사들은 대개 위표가 그 한두 달 사이에 마구잡이로 끌어내 머릿수만 늘렸을 뿐 전혀 조련이 되어 있지 않았다. 거기다가 연 이틀 밤낮을 가리지 않고 달려와 몹시 지쳐 있었을 뿐만 아니라, 적의 대군이 등 뒤에 나타나 도읍까지 빼앗겼다는 소문으로 겁먹고 기죽어 있었다.

"장군은 곧바로 위표의 중군을 향해 치고 드시오. 나는 남은 군사를 학의 날개처럼 펼쳐 저들을 정면에서 몰아붙일 것이오."

처음 성을 나서면서 한신이 그렇게 군령을 내릴 때만 해도 조참은 그 뜻을 얼른 알아차리지 못했다.

"듣기로 학의 나래처럼 군사를 펼쳐 적을 덮치는 것은 많은 군사로 적은 군사를 몰 때나 펼치는 진세라 했습니다. 그런데 이제 적은 머릿수가 많고 우리 군사는 적은데 어찌 그런 진세를 펼치려 하십니까?"

조참이 그렇게 한신에게 물었다. 한신이 빙긋 웃으며 대답하였다.

"군사의 많고 적음이 반드시 머릿수에만 달려 있지는 않소. 기세를 타면 정병 하나가 백 명의 난군을 물리칠 수도 있소. 기죽고 겁먹은 군사에게는 우리 중군 2만이 백만 대군보다 더 크게 보일 것이니 너무 걱정 마시오. 장군이 위표의 중군만 흩어 버리면 오늘 싸움은 이미 이긴 것이나 다름없소."

그리고 조참에게 어서 성을 나가기를 재촉했다. 이에 가려 뽑은 1만 군사를 이끌고 무서운 기세로 성을 나간 조참은 곧장 위왕 표의 중군기를 향해 치고 들었다.

평소 병법이라면 혼자 아는 체 떠들어 대던 백직이었으나, 조참이 그처럼 앞뒤 없이 돌진해 오자 낯빛부터 허옇게 변했다. 입으로는 장수들을 불러 조참을 사로잡으라고 소리치면서도 두 눈은 벌써 뒤돌아서 달아날 길부터 찾고 있었다. 혼란되기는 항타와 풍경도 마찬가지였다. 저마다 소리쳐 부장들을 재촉할 뿐, 정작 자신은 어찌할 바를 몰라 하며 오락가락했다.

오히려 가장 장수다운 것은 왕인 위표였다. 여러 해 싸움터를 누비고 다니며 키운 것일까? 일이 다급해진 것을 직감으로 알아차리고 스스로 병기를 잡고 앞장을 섰다.

"두려워하지 마라. 적은 얼마 되지 않는다. 저들을 쫓고 안읍만 되찾으면 곧 서초 패왕의 대군이 이르러 우리를 지켜 줄 것이다!"

그렇게 외치면서 말 배를 박차 조참에게로 마주쳐 나가려는데, 다시 동문 쪽에서 한신의 중군이 뒤따라 나왔다. 군사를 학의 날

개처럼 펼쳐 들판을 덮고 밀려오는 한군의 기세가 어지간한 위표의 눈에도 엄청난 대군으로 보였다. 그러자 갑자기 가슴이 떨리고 손발이 굳어 오는 듯했다.

그사이 위나라 중군으로 다가든 조참이 위표를 알아보고 곧바로 그를 덮쳐 갔다. 명색 왕이라 그를 호위하는 무사도 있었지만 조참의 기세가 워낙 사나워 그 앞을 제대로 막지는 못했다. 아장(亞將) 몇을 제친 조참의 큰 칼이 위표의 머리 위로 떨어졌다.

위표가 기죽지 않고 창을 들어 조참의 칼을 막았다. 그 또한 오래 전장을 달린 터라 어렵지 않게 한칼을 받아 냈으나, 가슴속은 이미 소성 밖에서 패왕을 만났을 때만큼이나 두려움이 가득했다. 스스로 오래 버티지 못할 것이라 여겨 벌써 몸을 뺄 틈만 노렸다.

"이놈 위표야, 우리 대왕께서 너를 박하게 대접하지 않았거늘 너는 어찌하여 의제를 시해한 역적에게로 되돌아갔느냐? 아직 어여삐 여기시는 정이 우리 대왕께 남아 있을 때 어서 항복하여 목숨이라도 보전하라."

조참이 그렇게 외치며 다시 큰 칼을 울러 맸다. 실로 빈 말이 아니었다. 한왕 유방은 한신과 조참이 떠나기 전에 특별히 당부했다.

"그래도 위표에게는 과인이 관동으로 나왔을 때 제후로서 가장 먼저 제 스스로 항복해 온 귀함이 있다. 게다가 장수로서 기백도 있고 재질도 총명하니 되도록이면 그를 사로잡아 과인이 다시 쓸 수 있도록 하라."

그런 한왕의 당부 때문에 조참의 칼질에도 인정이 남아 있어 위표가 쉽게 막아 낼 수 있었다. 하지만 두 번째 칼을 쳐든 조참의 얼굴은 조금 전보다 한층 험악했다. 거기다가 몇 달 함께 싸우면서 조참의 용력을 익히 보아 온 위표였다. 본능적으로 위기를 느끼며 몸을 피하려는데 때맞추어 부장 하나가 싸움 가운데로 뛰어들며 소리쳤다.

"대왕, 이곳은 저에게 맡기시고 어서 피하십시오. 좌우군이 한꺼번에 무너지고 있습니다."

위표가 얼결에 몸을 빼고 싸움터를 돌아보니 정말로 그랬다. 아직 한신의 중군이 이르기도 전에 위군이 무너져 내리고 있었다. 한신이 과감하게 펼친 학익진의 기세에 눌려 싸워 보지도 않고 내빼기 시작한 탓이었다. 위군은 장졸이 아울러 무엇에 홀린 듯했다.

그 광경을 보고 퍼뜩 정신이 든 위표는 마지막 담력을 짜내 말머리를 돌리고 다시 한번 전세를 되돌려 보려 했다. 허리에서 보검을 빼 높이 쳐들고 크게 외쳤다.

"서라! 과인이 여기 있다. 모두 되돌아서서 적을 쳐라. 달아나는 자는 상하를 가리지 않고 목을 베겠다!"

그 모습이 제법 장한 데가 있었으나 이미 무너지는 전열을 바로잡기에는 턱없이 모자랐다. 위표가 가까운 곳에서 달아나는 사졸들을 몇 베어 가며 거듭 외쳐도 위나라 군사들은 돌아설 줄 몰랐다. 그때 다시 항타가 달려와 위표의 말고삐를 끌듯 하며 다급하게 소리쳤다.

"대왕, 틀렸습니다. 잠시 물러나 군사를 정비한 뒤에 다시 싸워 봐야 될 듯합니다. 어서 군사를 물리시고 몸을 피하십시오."

거기다가 저쪽에서는 조금 전 자신의 싸움을 가로맡은 부장이 조참의 한칼을 맞고 말에서 떨어지고 있었다. 그걸 본 위표는 못 이긴 척 말머리를 돌리며 소리쳤다.

"군사를 물려라. 우선 적의 날카로운 칼끝을 피한 뒤에 전열을 가다듬어 다시 싸워 보자!"

그날 위왕 표는 북쪽으로 50리를 달아나서야 겨우 내닫기를 멈추고 그리로 쫓겨 오는 군사들을 거두었다. 7만을 헤아리던 군사들이 그새 3만도 안 되게 줄어 있었다. 그들을 수습해 다시 대오를 갖추게 한 위표가 한숨과 함께 말했다.

"하는 수 없다. 평양으로 돌아가자. 그곳은 패왕께서 과인을 서 위왕으로 봉할 때 도읍으로 삼게 한 곳이다. 이번에 안읍으로 도읍을 옮겼으나, 과인의 부모와 처자는 평양에 있고, 그곳 백성들도 아직은 과인을 따르고 있다. 그리로 물러나 다시 한번 힘을 모은 뒤 한신과 싸워 보자!"

한번 된통 혼이 난 뒤라 위나라 장수들도 달리 내놓을 만한 계책이 없었다. 말없이 위표를 따라 평양으로 향했다.

하지만 위표의 뜻대로 되도록 한신이 가만히 보고 있지 않았다. 같은 날 안읍에서 30리나 위군을 쫓다가 갑자기 징을 쳐 군사를 거둔 한신이 조참을 불러 말했다.

"들기로 평양은 원래 위표의 도성인데, 아직도 위표의 부모처자가 모두 그 성안에 있고, 적잖은 재물과 왕부(王府)의 관속(官

屬)도 또한 모두 거기 있다고 하오. 이제 위표는 반드시 그리로 갈 것이니, 거기에 맞춰 그물을 치고 기다리면 위표를 산 채로 잡을 수 있을 것이오. 장군은 이 길로 1만 군사를 이끌고 곧장 평양으로 달려가시오. 가서 지체 없이 그 성을 둘러 빼고 위표의 부모처자를 사로잡은 뒤 위표가 그리로 쫓겨 오기를 기다리시오. 나는 지름길로 뒤쫓아 곡양쯤에서 한 번 더 위표의 얼을 뺀 뒤 그리로 몰아가겠소."

이에 조참은 날랜 군사 1만으로 평양을 향해 달려갔다.

한때 서위의 도읍이었던 만큼 평양의 성벽은 높고 두터웠다. 그러나 위표가 군사들을 모두 빼 가는 바람에 지키는 병력은 많지 않았다. 조참이 불시에 들이치자 제대로 싸워 보지도 않고 성이 떨어졌다.

평양성 안으로 들어간 조참은 먼저 위표의 부모와 처자부터 찾았다. 그때 위표의 아비는 이미 죽고 늙은 어미만 남아 있었다. 먼저 그 어미가 영문도 모르고 허옇게 질린 얼굴로 군사들에게 끌려왔다. 조참은 위표의 어미를 수레에 가둔 뒤 다시 성안을 뒤져 위표의 처자를 찾아보게 했다.

오래잖아 위표의 아내와 자식들이 한 두름에 엮이듯 묶여 왔다. 조참은 다시 그들마저 죄수 싣는 수레에 가둔 뒤 곡양 쪽으로 나가며 위표가 그리로 쫓겨 오기를 기다렸다.

한편 평양으로 길을 잡은 위표는 밤을 낮 삼아 군사를 몰고 달렸다. 날이 훤히 샐 무렵 동쪽으로 멀리 성 하나가 보였다.

"저곳이 어디냐?"

위표가 말고삐를 당겨 잠시 숨을 고르며 곁에 있는 장수에게 물었다. 그 장수가 눈을 비비고 바라보더니 겨우 알아보겠다는 듯 대답했다.

"곡양성인 듯합니다."

"그렇다면 저기 들어 아침밥이나 지어 먹고 가자."

위표가 그렇게 말하며 군사를 곡양성으로 향하게 했다. 그런데 미처 성벽 아래 이르기도 전이었다. 갑자기 함성과 함께 한군이 쏟아져 나와 길을 막았다.

"위표는 어디로 달아나려 하느냐? 대한(大漢)의 좌승상 한신이 대군과 함께 여기서 너를 기다린 지 오래다!"

한신이 진두에 서서 위왕 표를 노려보며 꾸짖었다. 전날 크게 혼이 난 위표는 한신의 모습만 보고도 놀랐다. 한번 싸워 볼 엄두도 내지 못하고 그대로 말머리를 돌려 달아나기 시작했다. 왕이 그 모양이니 그 군사들인들 제대로 싸울 리 없었다. 위나라 군사는 장졸이 한 덩어리가 되어 그저 달아나기 바빴다.

군사들을 이끌고 성을 나온 한신은 그런 위나라 군사들을 마음 놓고 뒤쫓으며 죽이고 사로잡았다. 그 바람에 3만 명을 겨우 채우던 위군은 다시 반으로 줄어들고 말았다.

"어찌 됐건 평양까지만 가자. 거기만 가면 성벽도 두텁고 우리 군사도 많다. 패왕께서 구원을 오실 때까지 넉넉히 버텨 낼 수 있다."

위표가 낙담한 장졸들을 그렇게 달래고 북돋우며 평양으로 가는 길을 잡았다. 그런데 곡양현 경계를 벗어나기도 전에 다시 놀라운 소식이 들려왔다. 평양이 이미 조참이 거느린 한군에게 떨어지고 어머니와 아내와 자식들이 모두 사로잡혀 갔다는 내용이었다.

이어 조참이 어머니와 아내와 자식들을 죄인 싣는 수레에 실어 진두에 세우고 자신을 찾아오는 중이라는 말을 듣자 위표는 눈앞이 아뜩했다. 자신이 다시 패왕에게로 돌아간 것은 천하의 대세가 한왕 유방보다는 패왕 항우 쪽으로 기운다고 헤아려서 한 일이었다. 그것은 자기 일신의 영달을 위한 것이기도 하지만 또한 소중한 부모처자의 안위를 위한 헤아림이기도 했다. 그런데 그들이 모두 적의 손에 사로잡혀 가 생사를 기약할 수 없게 되고 말았으니 어찌 기막히지 않겠는가.

그때 그래도 장수라고 백직이 넋을 놓고 있는 위표를 깨우쳐 주듯 말했다.

"이대로 가면 평양에서 돌아오는 조참의 군사와 우리를 뒤쫓는 한신의 군사 사이에 끼어 꼼짝없이 사로잡히고 말 것입니다. 옆으로 빠져 우선 적의 대군에게 에워싸이는 것부터 피하셔야 합니다."

"옆으로 빠진다면 어디로 간단 말이오?"

"무원(武垣)으로 가시지요. 그곳 현성도 성벽이 높고 든든한 데다 남겨 둔 우리 군사가 제법 됩니다. 그 성에 의지해 굳게 버티면서 패왕의 구원을 기다려 보시는 게 어떨는지요?"

그때 다시 항타가 나섰다.

"제게 백여 기만 딸려 주신다면 남으로 달려가 패왕께 구원을 재촉해 보겠습니다. 대량 부근에 계신다는 패왕의 군영을 찾아 우리 위나라의 위급을 알리면, 패왕께서도 그냥 두고 보시지는 않을 것입니다. 초나라의 정병 몇 만이면 저따위 한군쯤은 손바 닥 뒤집듯 쉽게 쫓아 버릴 수 있습니다."

그 말에 위표는 조금 기운을 되찾았다. 패왕이 정병 3만을 질 풍같이 몰아와 50만 한군을 질그릇 부수듯 한 팽성 싸움을 떠올 리고 마음을 다잡아 보려 했으나, 조참에게 사로잡혀 간 어머니 와 처자가 천근의 무게로 가슴을 눌러 왔다.

"하지만 적에게 사로잡히신 어머님은 어찌한단 말이냐?"

속 깊은 한숨과 함께 그렇게 탄식했다. 그때 항타가 깨우쳐 주 듯 말했다.

"그 일은 너무 심려하지 마십시오. 지금 한왕의 부모 되는 태 공 내외와 그 처자가 모두 사로잡혀 패왕의 진중에 갇혀 있습니 다. 자신의 부모처자를 남의 손에 맡기고 있는 처지에 어찌 남의 부모와 처자를 함부로 대하겠습니까?"

그와 같은 항타의 말은 위표에게도 큰 위로가 되었다. 이를 악 물어 약해지는 마음을 다잡으며 군사를 무원 쪽으로 돌렸다.

위표가 남은 군사들을 이끌고 무원으로 달아났다는 걸 한신이 들은 것은 곡양을 나와서도 한나절이나 지난 뒤였다. 한신은 곧 날랜 말을 탄 군사를 조참에게 보내 이르게 했다.

"위표가 곡양에서 달아나 무원으로 가고 있소. 장군은 곧장 무 원으로 가서 위표의 앞을 막고 그 어미와 처자를 끌어내 항복을 권해 보시오. 나도 곧 군사를 이끌고 뒤따라가서 위표가 달아날 길을 끊겠소."

이에 조참이 먼저 무원으로 가서 위표가 오기를 기다리고, 그런 위표 뒤를 한신이 쫓으니 위표는 마치 몰이꾼에게 몰리는 사냥감 같은 꼴이 되었다. 하지만 자신의 처지를 알지 못해 무원에만 가면 당장 무슨 큰 수가 나는 듯 지름길로 내달았다.

그런데 위표가 미처 무원에 이르기도 전이었다. 한 군데 야트막한 언덕 사이를 지나는데 요란한 북소리와 함성에 이어 한 갈래 대군이 쏟아져 나와 길을 막았다. 위표가 놀란 눈으로 살펴보니 난데없는 한군의 깃발과 복색이었다. 한 장수가 달려 나와 길을 막으며 꾸짖었다.

"위표는 어디로 달아나는가? 어서 말에서 내려 항복하라!"

위표의 눈에 익은 그 장수는 다름 아닌 조참이었다. 위표가 악에 바쳐 창을 꼬나들며 맞받았다.

"내 뜻은 이미 역이기 노인에게 전했으니, 순순히 길이나 열어라. 나는 돌아가 조상의 땅을 지킬 뿐 더는 오만하고 무례한 한왕의 종노릇은 하지 않을 것이다. 길을 열지 않으면 힘을 다해 뚫고 나갈 따름이다!"

그러자 조참이 껄껄 웃으며 소리쳤다.

"부모처자도 지키지 못하는 주제에 조상의 땅을 어떻게 지키겠느냐? 네 늙은 어머니와 어린 자식들이 모두 여기 있으니 그들을 살리고 싶으면 어서 말에서 내려 항복하라."

"내 듣기로 천하를 다투려는 사람은 남의 부모와 처자를 볼모로 삼지 않는다 하였다. 한왕이 너를 시켜 내 부모와 처자를 해친다면, 패왕에게 잡혀가 있는 한왕의 부모처자는 또 어찌 되겠느냐?"

위표가 그래도 기죽지 않고 그렇게 악을 쓰며 버텼다. 조참도 위표의 말을 듣고 보니 당장은 대꾸할 말이 없었다. 그 때문에 그냥 힘으로 밀어붙이려는데 이번에는 위군 뒤쪽에서 부연 먼지와 함께 크게 함성이 일었다.

"이놈 위표야, 이제는 한신 대장군까지 네 등 뒤에 이르셨다. 그런데 아직도 네 처지를 모르고 발악을 하느냐? 우리 대왕께 아직 너를 아끼는 마음이 남아 있을 때 어서 항복하여 목숨이라도 건져라."

때마침 이른 한신의 대군을 알아본 조참이 위표를 보고 그렇게 외쳤다. 하지만 위표는 몰릴수록 악에 바쳐 뻗대었다.

"내 남아로서 어찌 같은 적에게 두 번 항복하겠는가? 한왕에게 내 목을 가져가 바칠지언정 나를 산 채로 끌고 가지는 못할 것이다!"

위표가 그러면서 창을 꼬나들었다. 하지만 장한 것은 위표의 다짐뿐이었다. 위나라 장졸들은 거의 모두가 벌써 조참의 군사에게 앞길이 막힐 때부터 겁을 먹고 싸울 뜻을 잃어버렸다. 그러다가 한신의 대군까지 나타나 등 뒤를 막자 싸워 보지도 않고 달아날 궁리부터 하는 자들까지 생겼다.

"나를 따라 길을 열어라! 이곳만 지나면 무사히 무원에 이를 수 있다."

위표가 그렇게 외치며 말을 박차 달려 나갔으나 따르는 장졸은 별로 없었다. 오히려 그보다는 털썩털썩 무기를 내려놓고 땅바닥에 주저앉아 항복의 뜻을 드러내는 군사들이 더 많았다. 그제야 일이 글렀음을 알아차린 위표는 들고 있던 창을 내던지고 칼을 뽑아 들었다. 딴에는 스스로 목을 베어 죽을 작정이었다. 그때 대장군 백직이 와서 말렸다.

"대왕, 하늘의 호생지덕(好生之德, 살리기를 좋아하는 마음. 원래는 사형에 처할 죄인을 용서해 살려 주는 제왕의 덕)을 저버리지 마십시오. 한왕께서 대왕을 잊지 못하고 계시다니 다시 한번 항복하여, 위로는 하늘의 덕에 따르고 아래로는 대왕을 따라 죽게 될 저 숱한 창맹(蒼氓)을 구해 주십시오."

거기다가 뒤로는 한신의 대군이 덮쳐 오고 앞으로는 울부짖는 처자를 태운 수레를 앞세운 조참이 다가왔다. 어지간한 위표도 더는 버텨 내지 못하고 칼을 내던지며 말에서 내렸다. 털썩 소리 나게 땅바닥에 무릎을 꿇고 대장군인 한신이 다가오기를 기다렸다.

대장군 한신이 장졸들에게 에워싸여 다가오자 위표가 투구를 벗고 목을 길게 빼며 처연하게 말했다.

"대장군, 한나라를 저버린 죄는 모두 과인에게 있으니, 이 한 목을 베어 한왕께 죄를 빌고 다른 사람들은 모두 살려 주시오."

그 말에 한신이 차게 말했다.

"위왕의 죄를 다스릴 분은 오직 우리 대왕뿐이시오. 이 길로 형양으로 가 우리 대왕께 죄를 빌고 처분을 기다리시오. 항복하는 위나라 장졸들은 아무도 다치지 않을 것이오!"

그러고는 명을 내려 나머지 위나라 장졸들의 항복을 받아들였다.

한신은 그날로 위표를 역참의 수레에 태워 한왕 유방이 있는 형양으로 압송했다. 그러나 도성인 안읍을 떨어뜨리고 왕인 위표를 사로잡았다고 해서 그걸로 위나라 정벌이 끝난 것은 아니었다. 위나라에는 아직도 패왕 항우의 기세를 더 무서워하는 장수와 호족들이 많아 곳곳에서 한신과 조참이 이끄는 한군에 맞섰다. 그 바람에 한신은 다시 보름을 더 써서야 위나라 땅을 온전히 평정할 수 있었다.

한신은 한왕 유방의 뜻을 받들어 위나라도 봉국(封國)을 폐지했다. 패왕이 서위(西魏)로 갈라 준 땅에는 하동, 상당, 태원 세 군을 두어 한나라의 관리들이 직접 다스리게 했다. 한 2년 9월의 일이었다.

그렇게 위나라 정벌의 뒤처리까지 마친 한신은 형양으로 돌아가는 대신 다시 동쪽 조나라로 눈길을 돌렸다.

그때 관동과 중원에서 한왕 유방에게 등을 돌린 제후나 왕은 위표뿐만이 아니었다. 연왕 장도(臧荼)는 진작부터 패왕 항우의 사람이었고, 대왕(代王)이지만 실은 조왕을 겸하고 있는 것이나 다름없는 성안군(成安君) 진여도 팽성의 싸움이 끝난 뒤로는 초나라로 돌아서 버렸다. 거기다가 패왕과 그토록 치열하게 싸운 전횡까지도 제왕(齊王) 전광을 내세워 초나라와 화평을 구하고 있다는 소문이 돌았다.

그들 중에서도 한왕을 저버린 까닭이 특이한 것은 조나라의 실권을 잡고 있는 성안군 진여였다. 진여는 원래 상산왕(常山王) 장이와 함께 '문경지교(刎頸之交, 서로를 위해서는 목을 베어 주어도 아깝지 않을 사이)'란 말이 생겨나게 할 만큼 오래고 끈끈한 교분을 이어 온 사람이었다. 뒤에 함께 조나라를 세우다시피 하고 나란히 승상과 대장군이 되었으나, 거록의 싸움 때 사이가 벌어지고 말았다.

진나라 장수 왕리(王離)에게 거록이 포위되자 장이는 승상으로 성안에서 싸우고 진여는 대장군으로 성 밖에서 호응하게 되었는데, 그 뒤가 그들의 뜻과 같이 풀리지 못했다. 세심하고 치밀한 진여가 망설이는 사이 성안에서 몇 번이고 죽을 고비를 넘겨야 했던 장이는 진여를 원망하게 되었고, 마침내 항우의 구원을 받았을 때에는 진여로부터 장군인(將軍印)까지 거두어 버렸다. 이에 진여가 앙심을 품고 조나라를 떠나자 둘은 곧 하늘을 함께 일수 없는 원수가 되고 말았다.

그 뒤 항우를 따라 관중으로 들어갔다가 상산왕이 되었던 장이는 진여의 계략에 빠져 왕위를 잃고 쫓기는 신세가 되자 한왕 유방을 찾아가 몸을 의탁했다. 하지만 의제 시해를 구실로 항우를 치려고 널리 제후들의 세력을 규합하고 있던 한왕은 조(趙), 대(代) 두 나라를 아울러 주무르는 진여에게도 격문을 보내 함께 움직이기를 요청했다. 그러자 진여가 한왕의 사자에게 말했다.

"장이의 목을 보내 주면 대왕의 뜻을 따르겠소!"

그 말을 들은 한왕은 난감했다. 아무리 팽성을 치는 데 조나라와 대나라의 힘이 절실하게 필요하다 해도 제 발로 찾아온 사람을 죽여 그 도움을 살 수는 없는 일이었다. 더구나 장이처럼 세상이 다 알아주는 현인(賢人)임에랴. 이에 한왕은 고심 끝에 장이를 닮은 사람의 목을 잘라 진여를 속이고 그를 한편으로 끌어들였다.

그런데 팽성 싸움을 통해 장이가 멀쩡하게 살아 있다는 것이 알려지자 진여는 하루아침에 한왕을 저버리고 초나라로 돌아서 버렸다. 뿐만 아니라 장이에게 품고 있던 원한과 분노를 모두 한왕에게로 옮겨 앙갚음할 기회만 노렸다. 한왕 유방이 눈앞에 닥친 패왕을 두고 동북으로 눈길을 돌리게 된 것도 어쩌면 위표보다는 진여 때문이었는지도 모를 일이었다.

진여의 그와 같이 표독스럽고도 집요한 적의는 당연히 한나라 대장군인 한신에게도 주의 깊게 헤아려야 할 전략적 변수일 수밖에 없었다. 원래 3만 군사로 형양을 떠나올 때는 위표를 사로잡는 것이 목표였으나, 위나라를 평정하고 보니 진여를 등 뒤에 그냥 두고 패왕과 싸울 수는 없을 듯했다. 거기다가 연나라나 제나라도 무시하기에는 만만치 않은 나라들이었다. 이에 한신은 군사를 돌려 형양으로 가는 대신 한왕에게 사자를 보내 그들을 정벌하는 걸 허락해 달라는 긴 글을 올렸다.

정형 길을 지나

한왕 유방은 대장군 한신에게 사로잡힌 위왕 표가 역참의 수레에 실려 형양으로 끌려오자 감회가 착잡했다. 그해 봄 3월 머뭇거리며 임진 나루를 건넌 한왕에게 스스로 나라를 들어 항복해 와 크게 기세를 돋워 준 이가 바로 그 위왕 표였다. 하지만 팽성의 패전에서 막 빠져나와 재기의 불씨를 어렵게 되살리고 있는 한군에게 찬물을 끼얹은 이도 또한 그였다.

"그래, 과인을 저버리고 패왕을 찾아가 보니 어떻던가?"

한왕은 묶인 채 무릎 꿇은 위표를 내려다보며 그렇게 빈정거리듯 물었다. 아무래도 스스로 찾아와 항복할 때의 기특함보다는 어려운 처지에 빠진 자신을 속이고 패왕에게로 달아난 서운함이 앞선 까닭이었다. 위표가 체념한 듯 담담하게 말했다.

"싸움에 져서 사로잡혀 온 장수에게 달리 무슨 할 말이 있겠습니까? 어서 이 목을 베시어 왕법의 준엄함을 널리 세상에 알리십시오."

그래 놓고 무겁게 고개를 숙이다가 다시 처연한 눈길로 한왕을 올려다보며 보태었다.

"다만 늙은 어머니와 어린 자식은 죄가 없으니 대왕께서 너그럽게 살펴 주십시오. 내 들으니 천하를 도모하는 자는 남의 부모와 자식을 함부로 죽이지 않는다 하였습니다."

비록 한왕에게 너그러움을 빌고는 있었지만 그 말이나 몸짓이 조금도 비굴해 보이지 않았다. 그게 어두운 밤에 갑작스레 불이 켜지듯 한왕의 머릿속에서 지워져 있던 위표의 옛 모습을 반짝 되살려 냈다. 화려하게 의장(儀仗)을 갖춘 3만 장졸을 이끌고 스스로 항복해 와 자신을 감격케 하던 때의 모습이었다. 그게 위왕 표에게 느끼고 있던 한왕의 서운함과 노여움을 슬며시 씻어 냈다.

"천하를 아우른 진나라는 대역을 저지른 죄인의 삼족을 모두 죽였다[夷三族]. 그런데 너는 어찌 대역의 죄를 저지르고도 감히 부모와 처자가 성하기를 바라느냐?"

입으로는 여전히 그렇게 엄히 꾸짖었지만 마음속으로는 이미 죽일 뜻이 없었다. 한왕이 그래 놓고 잠시 위표를 살피다가 알아들을 만큼 누그러진 목소리로 물었다.

"허나 씻을 수 없는 죄란 없는 법이다. 과인이 하늘의 호생지덕(好生之德)을 본떠 너를 살려 준다면 너도 지성으로 과인을 섬겨 지난 죄를 씻어 보겠느냐?"

그 말을 들은 위표가 무엇 때문인가 부르르 몸을 떨더니 지그시 감고 있던 눈을 번쩍 떴다. 그런 위표의 두 눈에서는 무슨 세찬 불길이 이는 듯했다. 목숨을 이을 가망이 생기자 갑자기 치열해진 삶에의 애착이 두 눈을 통해 내뿜는 불길이었다.

"대왕께서 기회를 주신다면 신은 간과 뇌를 땅에 쏟고[肝腦塗地] 죽는 한이 있더라도 지난 죄를 씻어 살려 주신 은혜에 보답하겠습니다."

그렇게 외치는 위표의 목소리에는 그때까지 없던 비굴함까지 실려 있었다. 그래도 한왕은 낯빛까지 환해져서 위표를 받아들였다.

"좋다. 내 다시 한번 너를 믿어 보겠다. 내 너를 포의로 종군케 할 것이니 두 번 다시 과인을 저버려 하늘에 죄짓지 않도록 하라. 하늘에 죄를 얻으면 빌 곳이 없느니라[獲罪於天 無所禱也]."

그러고는 좌우를 돌아보고 소리쳤다.

"위표를 포의로 군중에 두고 막빈과 같이 대접하여라."

"대왕, 아무래도 위표에게 너무 너그러우신 듯합니다. 대왕을 배신하고 적에게 항복하여 맞서기까지 하다가 싸움에 지고 사로잡혀 온 자에게 막빈의 대우를 해 주신다면, 앞으로 누가 대왕을 배신하고 맞서기를 망설이겠습니까?"

위표가 나간 뒤 마침 곁에 있던 주가(周苛)가 불만스러운 듯 한왕에게 물었다. 한왕이 빙긋 웃으며 받았다.

"이번에 팽성에서 크게 지고 온 뒤로 과인을 배신한 제후와 왕이 한둘이더냐? 과인이 위표를 죽이면 앞으로 어느 누가 다시 우리에게 항복해 오겠느냐?"

그런데 며칠 뒤였다. 갑자기 평양에서 유성마가 달려와 대장군 한신이 보낸 글을 바쳐 왔다.

한(漢) 좌승상 겸 대장군 한신은 멀리 평양에서 엎드려 아룁니다. 일전에는 대왕의 두터운 믿음과 정을 저버리고 항왕(項王)에게로 돌아간 위표를 사로잡아 보내었고, 이제는 위나라를 온전히 평정하여 그 땅을 하동(河東), 태원(太原), 상당(上黨) 세 군으로 바꾸었습니다. 이로써 우리 군사가 처음 하양(夏陽)에서 하수를 건널 때 얻고자 한 바는 다 얻은 셈이 되나, 엎드려 생각건대 아직 신이 군사를 물려 돌아갈 때는 아닌 듯합니다.

성안군 진여는 하열(何說)을 상국으로 삼아 대(代) 땅을 다스리게 하고, 자신은 늙고 힘없는 헐(歇)을 허수아비 왕으로 세워 조나라를 주무르면서, 대왕께 앙갚음할 틈만 노리고 있습니다. 이는 항왕이 거느린 어떤 맹장과 강병보다 위태로운 세력이니, 그를 등 뒤에 두고 사나운 항왕과 대적할 수는 없습니다. 또 연왕 장도는 항왕이 세웠을뿐더러 요동왕 한광(韓廣)을 죽여 그 땅까지 아우른 자입니다. 언제 항왕의 손톱과 이빨이 되어 등 뒤에서 대왕을 물어뜯고 할퀼지 모릅니다.

이에 신은 먼저 북으로 대나라와 조나라, 연나라를 치고 다시 동으로 나가 제나라까지 평정하고자 하오니 대왕께서는 정병 3만만 더 보내 주옵소서. 반드시 많은 날을 허비하지 않고 대왕의 동북을 평안케 하겠습니다. 그런 다음 남으로 군사를 돌려 초나라의 양도를 끊는다면 항왕이 어찌 서쪽으로 나갈 수 있겠습니까? 두 번 돌아보고 세 번 헤아리어 올리는 글이오니, 대왕께서는 신의 충정을 부디 물리치지 마옵소서.

그와 같은 글을 받은 한왕 유방은 연신 고개를 끄덕이며 읽었다. 한왕도 속으로는 진작부터 동북 세 나라의 일을 한신과 같이 보고 있었다. 하지만 패왕 항우가 언제 형양으로 들이닥칠지 모르는 판이라 선뜻 한신의 뜻대로 해 줄 수가 없었다. 3만이나 되는 정병을 빼냈다가 적의 대군을 맞게 되면 그보다 더한 낭패도 없을 터였다. 그 바람에 얼른 마음을 정하지 못해 장량과 진평을 불렀다.

"자방 선생은 어찌했으면 좋겠소?"

한왕은 두 사람에게 한신의 글을 내주고 다 읽기를 기다려 물었다. 진평이 두 번 살펴볼 것도 없다는 듯 말했다.

"대왕께서는 마땅히 대장군 한신의 뜻을 들어주셔야 합니다. 군사 3만에 조나라를 잘 아는 장수를 얹어 보내 오래 날짜를 끌지 않고 동북을 평정하게 하십시오."

"그사이 패왕이 대군을 몰고 들이닥치면 어찌하겠소?"

"듣자 하니 지금 초나라와 제나라는 사신이 오락가락하며 한창 화평을 논의하고 있다고 합니다. 아마도 패왕은 제나라와 화평이 이뤄진 뒤라야 이곳으로 대군을 낼 것입니다. 그때까지는 다소 여유가 있으니, 대장군의 말대로 해 보시지요. 일이 다급해

지면 중도에 군사를 불러들이는 수도 있습니다."

이번에는 장량이 나서서 그렇게 말했다. 그러자 한왕도 비로소
마음을 정했다. 결연한 낯빛으로 장량을 바라보며 말했다.

"알았소. 그런데 조나라를 잘 아는 장수라면 누가 좋겠소?"

"전에 그곳에서 승상 노릇을 했고, 나중에는 상산왕이 되어 그
땅 대부분을 다스려 본 장이보다 조나라를 더 잘 아는 이가 어디
있겠습니까? 게다가 그는 오랫동안 진여와 고락을 함께해 온 터
라 진여의 사람됨이나 재주까지도 잘 알고 있습니다. 아마도 장
이가 간다면 대장군이 진여를 잡는 데도 큰 힘이 될 것입니다.
장이에게 군사 3만을 주어 조나라로 보내도록 하십시오."

장량이 다시 대답했다. 한왕도 그 말을 옳게 여겨 그날로 장이
를 불러 말했다.

"성안군 진여는 속이 좁고 변덕이 심한 데다 대(代)와 조(趙)
두 나라를 걸터타고 있어 진작부터 과인의 걱정거리였소. 이제
대장군 한신은 위나라를 정벌한 여세를 몰아 대나라와 조나라까
지 평정하려 하니, 상산왕은 3만 군사를 이끌고 급히 평양으로
가서 대장군을 돕도록 하시오. 그 두 나라라면 상산왕보다 밝게
아는 이가 없으니, 그 두 나라를 치려는 대장군에게는 상산왕보
다 더 반가운 빈객도 없을 것이오. 대장군을 잘 이끌어 과인에게
서 동북의 근심을 덜어 주고, 아울러 진여를 죽여 상산왕의 묵은
원한도 씻도록 하시오."

조나라를 치고 진여를 죽이는 일이라면 장이 또한 감히 스스
로 나서서 청하지는 못했으나 간절히 바라던 바[不敢請 固所願]

였다. 한왕의 당부가 끝나기 무섭게 감격에 떨리는 목소리로 받았다.

"신을 보내 주신다면 대왕의 뜻을 받들어 반드시 하열과 진여를 목 베고 동북의 걱정거리를 없이하겠습니다."

그러고는 그날로 3만 군사를 받아 형양을 떠났다.

밤낮 없이 장졸을 휘몰아 천 리 가까운 길을 달려간 장이는 열흘도 안 돼 평양에 이르렀다. 기다리던 한신은 군사들과 함께 장이가 온 걸 보고 진심으로 반겼다. 군례를 마치기 바쁘게 장이를 자신의 군막으로 청해 물었다.

"나는 먼저 대나라를 쳐서 등 뒤를 깨끗이 한 후에 조나라를 칠 생각이오. 상산왕께서는 여러 해 성안군 진여와 고락을 함께 하셨으니 진여뿐만 아니라 그가 손발처럼 부리는 사람들도 잘 알 것이오. 지금 진여의 상국(相國)으로 대나라를 다스리고 있는 하열은 어떤 사람이오?"

"주인에게 충실하기가 개보다 더한 자이나, 남의 윗사람 노릇 하기에는 모자란 데가 많을 것입니다."

"장재(將材)는 어떠하오?"

그러자 갑자기 장이의 눈길에 노기가 서렸다.

"하열이란 위인은 제 주인의 심부름을 가서 몰래 남의 발밑을 팔 말주변은 있어도, 그 장재는 보잘것없습니다. 제게 군사 1만만 주시면 한 싸움으로 그 목을 안장에 달고 돌아오겠습니다."

주인의 심부름을 가 몰래 남의 발밑을 팠다는 것은 전해 7월 하열이 장동(張同)과 함께 진여의 사자가 되어 제나라 왕 전영(田榮)을 찾아갔던 일을 가리킨다. 그때 하열은 제왕 전영을 부추겨 진여와 함께 상산을 치게 함으로써, 장이는 나라 없는 왕이 되어 한왕에게로 달아날 수밖에 없었다.

"그래도 한 나라를 다스리는 상국이오. 적을 가볍게 보면 반드시 진다[輕敵必敗] 했으니 상산왕께서는 너무 서둘지 마시오."

한신이 희미한 웃음으로 장이를 달래고 이어서 말했다.

"장재가 보잘것없다면 스스로 싸움터를 고를 수가 없어, 기다리고 지키는 것을 위주로 할 것이오. 내가 보기에 하열은 아마도 대나라의 도읍이 되는 평성에 머물러 지킬 듯싶소. 그런데 여기서 평성까지는 천 리 길이 훨씬 넘고 또 상산 땅을 돌아서 가야 하오. 따라서 열에 아홉 하열은 마음을 놓고 있을 것이니, 우리는 그 틈을 타는 것이 좋겠소. 밤낮을 가리지 않고 내닫기를 곱절로 해 평성을 들이치도록 합시다."

그 말을 듣자 장이도 더는 감정을 앞세우지 않았다. 이끌고 온 장졸들을 한신에게 바치고 스스로 그 막하에 들어가 군명을 받들었다.

한신과 장이가 이끄는 5만 대군이 대의 도읍인 평성에 이른 것은 한 2년도 다해 가는 9월 하순이었다.(진나라 달(秦曆)으로는 10월이 정월이 된다.)

그때 대나라를 다스리던 상국 하열도 서위가 망하고 그 왕 위표가 사로잡혀 갔다는 풍문은 듣고 있었다. 하지만 한왕이 평성에서 크게 낭패를 보았다는 소문도 들은 터라 설마 여기까지야,

하며 마음 놓고 있었다. 그런데 갑자기 마읍에서 급한 전갈이 왔다.

"한나라 대군이 몰려와 성을 에워쌌습니다. 급히 원병을 보내 주십시오."

빠른 말로 달려온 군사가 가쁜 숨을 몰아쉬며 그렇게 알리자 하열은 어리둥절했다.

"한나라 대군이라니? 어서 돌아가 형양을 지키기에도 바쁜 한 군이 언제 그렇게 멀리 북상하였다더냐?"

"대장군 한신과 전 상산왕 장이가 이끄는 군사들인데 평양에서 바로 달려왔다고 합니다. 10만이라고 일컫는데 그 기세가 여간 사납지 않습니다. 상국께서 급히 구원을 보내지 않으시면 마읍은 며칠 버티지 못할 것입니다."

상산왕 장이의 이름을 듣자 하열은 가슴이 철렁했다. 전에 진여의 명을 받고 제왕(齊王)을 부추겨 몰래 장이를 해친 적이 있기 때문에 그에게 진다면 살아날 길이 없다 싶었다. 급히 진여에게 사자를 보내 구해 주기를 요청하는 한편, 원병이 이를 때까지 있는 힘을 다해 버텨 보기로 했다.

하열은 먼저 군사 1만을 갈라 마읍으로 보내고, 다시 평성 안 군민을 모두 성벽 위로 끌어내 만일에 대비하게 했다. 그런데 하루도 안 돼 마읍을 구원하러 간 장졸들 가운데 몇 명이 피투성이로 쫓겨 와 알렸다.

"마읍은 벌써 어제 낮에 한군에게 떨어지고, 저희들은 도중에 복병을 만나 열에 아홉은 적에게 사로잡히거나 죽었습니다."

그 말에 놀란 하열은 급히 장수들을 불러 모아 앞일을 의논하려 했다. 그런데 미처 장수들이 다 모이기도 전에 또다시 급한 전갈이 들어왔다.

"한나라 군사들이 몰려오고 있습니다. 머지않아 평성을 에워쌀 것입니다."

성을 나가 인근을 돌아보고 있던 관원이 허옇게 질린 얼굴로 쫓겨 들어와 알렸다. 하열이 장수들과 함께 성벽 위로 올라가 보니 벌써 서남쪽 하늘로 허옇게 먼지가 치솟고 있었다. 그렇게 되면 의논이고 뭐고 겨를이 없었다. 먼저 성문부터 굳게 걸어 잠그게 하고 군민들을 성벽 위로 끌어내 한군의 공성에 대비하게 했다.

오래잖아 한나라 대군이 평성에 이르렀다. 대강 진세를 펼친 뒤에 장이가 성문 쪽으로 말을 몰아가 문루를 올려다보며 소리쳤다.

"하열은 어디 있느냐? 옛 주인 장이가 왔으니 어서 얼굴을 내밀라 하여라."

그러자 마침 문루에 나와 있던 하열이 성가퀴 쪽으로 몸을 내밀며 장이의 말을 받았다.

"하열은 여기 있으나 너같이 의리부동하고 반복 무쌍한 자를 주인으로 섬긴 적은 없다. 그래, 무슨 일로 나를 찾느냐?"

하열이 원래 그리 당찬 위인이 못 되었으나, 상대가 장이인 것을 알아보고 오기로 그렇게 뻗대었다. 이기고 지는 것에 따라 삶과 죽음이 정해질 뿐, 달리 피할 길이 없다고 여긴 탓이었다. 장이가 애써 숨결을 가다듬고 달래듯 말했다.

"내가 조나라 상국일 때 너는 나의 수하 장수로 싸운 적이 있고, 또 나는 한때 상산왕으로서 네가 나고 자란 땅을 다스린 적이 있다. 너의 옛 주인이라 하여 아니 될 게 무엇이겠느냐? 네가 진여를 따라 나를 죽을 곳으로 몰아넣은 죄가 크나, 우리 대장군의 엄명을 받들어 특히 네게 권한다. 이제 10만 대군이 대 땅에 이르러 마읍을 하루 만에 우려 빼고 다시 평성을 에워쌌으니 그만 항복하는 것이 어떠냐? 버마재비가 수레바퀴에 맞서듯[螳螂拒轍] 부질없는 고집으로 외로운 성을 믿고 왕사(王師)에 맞서다가 성이 깨어지는 날이면, 옥과 돌이 함께 불타듯[玉石俱焚] 너희는 모두 죽게 될 것이다. 그렇게 되면 너는 또 원해서 그리됐다 쳐도, 저 성안의 숱한 죄 없는 창생의 목숨은 실로 너무도 가엾지 아니하냐?"

거기까지 듣자 병법에 밝지 못한 하열도 장이가 뜻하는 바가 무엇인지 알았다. 성안의 군민이 함께 듣고 마음이 흔들릴까 봐 얼른 곁에 있는 궁사의 활과 화살을 빼앗았다.

"홀로 왕 노릇 하자고 10여 년 생사를 함께한 지기를 하루아침에 저버린 교활 무쌍한 놈아. 네 무슨 낯짝으로 여기에 나타나 더러운 혓바닥을 놀리는 것이냐?"

하열이 그렇게 소리치며 화살 한 대를 날렸다. 장이가 몸을 틀어 화살을 피하며 이를 악물었다. 그때 저만치서 보고 있던 한신이 장이를 말렸다.

"상산왕께서는 이만 물러서시오. 보기에 말로 달래서 들을 위인 같지가 않소."

그리고 장이가 가까이 오자 나지막한 소리로 덧붙였다.

"하열은 며칠 안으로 내 손에 사로잡힐 것이오. 그때는 상산왕께 처분을 맡길 테니 잠시 분을 가라앉히시오."

한신은 그날로 대군을 풀어 대나라 도성인 평성을 에워싸게 하였으나 날이 저물도록 군사를 움직이지 않았다. 밤이 되어도 마찬가지였다.

"횃불과 화톳불을 많이 피워 엄청난 대군이 성을 에워싼 듯 보이게 하고, 밤새 함성과 북소리가 끊어지지 않게 하라!"

그렇게 명을 내려 성안의 대나라 군민들을 겁만 줄 뿐 성을 들이치지 않았다. 야습이라도 하려는 줄 알고 기다리던 장이가 알 수 없다는 듯 물었다.

"대장군께서는 무얼 기다리고 계시오? 어찌하여 에워싸고만 있습니까?"

"평성은 북쪽 흉노를 막기 위해 쌓은 데다, 조나라가 대대로 그 성벽을 높이고 두텁게 해 여간 든든한 성이 아니오. 하열이 비록 용렬한 장수라 하나, 5만이 넘는 성안 군민이 힘을 합쳐 지키면 우리 군사로는 백날을 들이쳐도 둘러 뺄 수가 없소. 그래서 하열을 평성에서 끌어내기 위해 허장성세로 겁을 주고 있는 것이오."

"그런다고 하열이 든든한 성을 버리고 다른 데로 달아나겠습니까?"

"달아나게 만들어야지요. 실은 상산왕께서 그 일을 좀 해 주셔야 되겠소."

"어떻게 하면 됩니까?"

"오늘 밤 가만히 군영을 돌며 조나라로 달아나는 동쪽 길과 위나라로 내려가는 남쪽 길은 횃불과 화톳불의 밝기를 배로 하시오. 성벽 위에서 보면 한눈에 서북쪽의 에움이 엷다는 것을 알 수 있게 해야 하오. 함성과 북소리도 마찬가지요. 동쪽과 남쪽은 크고 서북은 작아 역시 서북쪽의 에움이 엷은 듯 느끼게 해야 하오."

그리고 조참을 불러 다시 명을 내렸다.

"장군은 밤중에 가만히 군사 2만을 이끌고 진채를 빠져나가 남쪽으로 갔다가 내일 날이 새면 먼지와 함성을 일으키며 남쪽에서 새로 달려온 양 중군으로 돌아오시오. 장군의 진채는 그대로 남겨 군사들이 그 안에 머물고 있는 듯 꾸며 두어야 하오."

거기까지 듣자 장이와 조참도 한신의 뜻을 알아차렸다. 하지만 생각이 깊으면 걱정도 많은지 장이가 아무래도 마음 놓이지 않는다는 듯 한신에게 물었다.

"비워 둔 서북쪽은 새외(塞外)의 험지(險地)가 아니면 오랑캐의 땅입니다. 하열이 아무리 다급하다 해도 자기 나라를 버리고 그리로 달아나겠습니까?"

"짐승이 사냥꾼에게 잡히는 것은 제풀에 놀라고 겁먹어 사냥꾼이 모는 대로 달아나기 때문이오. 두고 보시오. 하열은 닷새 안에 평성을 나와 북쪽으로 달아나다 우리에게 사로잡힐 것이오."

한신이 빙긋 웃으며 자신 있게 말했다. 그래도 장이와 조참은 여전히 미덥지 않았으나 대장군 한신의 군명이라 시키는 대로 따랐다.

그날 밤 하열을 비롯한 평성 안의 군민들은 성 밖 사방에서 타오르는 한군의 횃불과 화톳불에 몹시 놀랐다. 사방이 대낮같이 밝아 몇 십만 대군이 평성을 에워싼 듯했다. 거기다가 함성과 북소리가 밤새도록 끊이지 않아 금세라도 대군이 성벽을 넘어올 듯했다.

그 바람에 밤새 한숨도 잠을 자지 못한 하열이 날이 새는 걸 보고 겨우 눈을 붙이려는데 다시 성벽 위를 지키던 군사들에게서 급한 전갈이 왔다.

"남문 쪽에 다시 적의 원병이 이르렀습니다. 3만이 넘어 뵈는 대군입니다."

그 말에 하열이 성벽 위로 올라가 보니 정말로 자옥한 먼지와 함께 한 떼의 인마가 남쪽에서 달려와 적의 중군으로 들고 있었다. 든든한 성만 믿고 있던 하열은 그걸 보자 으스스해졌다. 이미 성을 에워싸고 있는 대군만도 10만은 넘어 보이는데 다시 원병이 3만이나 보태지고 있지 않은가.

그런데도 한신은 그날도 평성을 들이치지 않았다. 군사들을 몰아 연신 성벽 위로 기어오를 듯 소란을 떨게 하면서도 정작 날이 저물도록 화살 한 대 날리지 않았다. 그날 밤도 마찬가지였다. 첫날 밤처럼 불빛과 소리로만 겁을 줄 뿐 역시 야습 한번 없었다.

이틀 밤을 뜬눈으로 새운 하열은 갑자기 의심이 들었다.

'한신이 허장성세만 부리고 성을 들이치지 않는 데는 까닭이

있을 것이다. 무언가 있다. 단숨에 이 성을 우려뺄 무언가를 믿고 기다리고 있음에 틀림이 없다……'

그렇게 중얼거리면서 한신의 움직임을 살피고 있는데, 그날 아침 다시 전날보다 많은 대군이 한신의 진채에 이르렀다. 연 이틀 한군의 원병이 이르자 하열도 비로소 심상찮은 느낌이 들었다. 나름으로 머리를 쥐어짜 그 까닭을 추측해 보았다.

'한나라가 형양에서 전단(戰端)을 거두고 이곳에다 모든 힘을 집중하는구나. 전력을 쏟아 부어 우리 대나라뿐만 아니라 조, 연, 제를 모두 거두고 패왕과 결판을 내려는 심산이겠지. 그렇다면 지금 한신이 기다리는 것은 틀림없이 한왕이 이끌고 올 한나라의 주력군이다. 지난번 팽성으로 밀고 내려갈 때만 해도 56만이나 되는 대군을 끌어모은 한나라가 아닌가.'

그런 지레짐작이 든 하열은 그때부터 제풀에 겁을 먹고 허둥대기 시작했다. 진여의 원병이 이를 때까지 평성에서 버텨 보리라던 뱃심은 사라지고, 한왕이 대군을 이끌고 오기 전에 평성에서 달아나야 한다는 생각만 가득했다. 제 딴에는 성을 빠져나갈 길과 때를 찾는다고 성 밖 한군의 움직임을 눈여겨 살폈다.

하열이 네 문루를 돌며 바라보니, 한군은 성을 에워싸고 있다고 해도 방향마다 그 두터움과 엷음이 달랐다. 조나라로 돌아가는 길목이 되는 동쪽이나 위나라로 빠지는 남쪽은 진세가 두텁게 펼쳐져 있었으나, 서북쪽은 엷어 보였다. 들리는 함성과 보이는 기치도 그랬다. 서북쪽으로는 한군의 함성도 작고 기치도 많지 않아 보였다.

밤이 되자 한군의 그와 같은 배치는 더욱 뚜렷이 느껴졌다. 동남쪽은 횃불과 화톳불이 대낮처럼 밝은 데 비해 서북쪽은 새벽별빛처럼이나 희미했다. 함성이나 북소리도 마찬가지였다. 금방이라도 치고 들듯 소란한 동남쪽에 비해 서북쪽은 그저 인마가 에워싸고 있다는 시늉만 냈다.

'당연하지. 이왕에 성을 에워쌌는데, 조나라로 돌아갈 길을 허술하게 열어 둘 까닭은 없지. 남쪽은 인마와 치중이 이르는 길이니 두텁게 지켜야 하고……'

다시 그렇게 지레짐작한 하열은 더욱 겁에 질렸다. 이제는 평성을 지킨다는 생각보다는 제 한 몸 무사히 빠져나가는 일이 급해졌다. 이에 하열은 한밤중에 장수들을 불러 모아 놓고 말했다.

"지난 이틀 줄곧 한군 진채를 살피니 한신은 아무래도 한왕의 대군이 오기를 기다리는 것 같다. 오고 있는 것이 얼마인지 모르나 한왕의 대군은 지난번에 패왕의 도읍인 팽성까지 우려뺀 적이 있다. 지금 이곳 군민으로서는 평성을 지켜 내기 어려울 것이다. 한왕의 대군이 철통같이 에워싸기 전에 군사들과 함께 이 성을 빠져나가 조나라로 돌아가는 수밖에 없다."

하열이 그렇게 말하자 장수들 가운데 하나가 어두운 얼굴로 받았다.

"이미 한신의 대군이 사방을 겹겹이 에워싸고 있는데 무슨 수로 군사들을 이끌고 성을 빠져나갈 수 있겠습니까?"

"내가 한군의 배치를 보니 서북쪽은 에워싸고 있는 시늉뿐이고, 조나라나 서초로 달아나는 길목이 되는 동남쪽에만 군세를 몰아 두고 있었다. 따라서 서문이나 북문으로 나가면 큰 탈 없이 성을 빠져나갈 수 있을 것이다."

"하지만 서쪽으로 가 봤자 방금 한군의 손에 떨어진 마읍이 있을 뿐이고, 북쪽으로는 며칠 안 가 흉노의 땅이 나옵니다. 우리가 이곳에서 무사히 몸을 뺀다 해도 두 곳 모두 찾아가 의지할 땅이 못 됩니다."

"아니, 그렇지 않다. 한신이 북쪽을 비워 둔 것은 장군의 말대로 그곳이 흉노의 땅으로 들기 때문인 듯하나 가만히 살피면 반드시 길이 없는 것은 아니다. 흉노의 땅으로 들어가기 전에 우리 오성(鄔城)이 있고 또 연여(閼輿) 같은 읍도 있다. 특히 오성은 조나라의 별장인 척(戚) 장군이 적지 않은 군사와 더불어 지키고 있으니, 먼저 그리로 가서 힘을 합친 뒤 동북쪽으로 길을 열어 내려가면, 당성을 거쳐 조나라로 돌아갈 수가 있다."

하열이 거기까지 말하자 걱정하던 장수도 더는 다른 말을 하지 않았다. 다른 장수들도 나날이 불어나는 한군의 머릿수에 겁먹어 허둥대기는 마찬가지였다. 군말 없이 상국 하열을 따라 다음 날 새벽같이 평성을 빠져나가기로 했다.

"내일 새벽 백성들을 동문과 남문 쪽으로 몰아 금방이라도 치고 나갈 듯 함성을 지르고 북을 울리게 하라. 그때 우리는 가려 뽑은 군사 1만 명만 이끌고 북문으로 나간다."

그렇게 저희끼리는 제법 머리를 써서 성을 빠져나갈 준비를 했다. 하지만 그런 성안의 움직임을 한신이 못 느낄 리 없었다. 그날 밤 자정 무렵 장이와 조참을 가만히 불러 말했다.

"저것들이 생각보다 빨리 성을 버릴 생각인 듯하오. 성안이 수런거리는 게 아마도 오늘 밤 움직일 듯싶소. 조 장군께 날랜 군사 1만 명을 딸려 줄 터이니 상산왕과 더불어 가만히 길을 돌아 하열이 달아날 북쪽 길목을 막으시오. 상산왕께서 길을 잡아 주시면 하열을 잡기는 어렵지 않을 것이오!"

이에 조참과 장이는 말발굽을 헝겊으로 싸고 하무를 물린 군사 1만과 함께 진채를 나섰다. 어둠 속에 한 시진이나 길을 돌아 평성 북쪽에 이르자 조참이 장이에게 물었다.

"상산왕께서는 오래 이 땅을 다스리신 적이 있어 지리에 밝으실 것이오. 보시기에 평성 북문을 나온 하열이 어디로 달아날 것 같소?"

"아마도 오성 쪽일 것입니다. 오성은 전부터 조나라가 별장을 보내 지키던 곳이니 그들과 힘을 합쳐 조나라로 돌아가는 길을 열려 하겠지요."

장이가 그렇게 대답했다. 그러자 조참이 걱정스러운 듯 물었다.

"오성 안에 있는 조나라 군사가 얼마나 되는지 모르나, 하열이 그들과 합쳐 성을 의지하고 맞서 오면 우리 1만 군사로는 어렵지 않겠습니까?"

"그러니 하열이 오성에 들어가기 전에 잡아야지요. 하열은 반드시 오성 동쪽으로 오게 될 것인데, 마침 그곳에는 군사를 숨길 만한 작은 숲이 있습니다. 그곳에 군사를 숨기고 기다리다가 하열이 오면 단숨에 쳐부수어야 합니다. 하열의 군사들이 한번 무너지고 나면, 오성 안의 군사들은 감히 구원을 나올 마음을 먹을 수 없을 것입니다."

장이가 그렇게 조참을 안심시켰다. 조참이 고개를 끄덕이며 다시 장졸을 재촉해 오성으로 달려갔다. 두어 시진을 달려 동트기 전의 캄캄한 어둠 속에 조참이 이끈 1만 한군은 오성 동쪽에 이르렀다. 조참은 장졸들을 단속하여 소리 소문 없이 장이가 일러준 작은 숲에 매복했다.

가을도 끝나 가는 9월 하순의 밤은 제법 길었다. 다시 한참을 기다려 날이 희끄무레 밝아 올 무렵 갑자기 동쪽에서 말발굽 소리와 함께 적지 않은 인마가 다가오는 소리가 들렸다. 조참과 장이가 그새 졸고 있는 장졸들을 깨워 싸울 채비를 시키고 있는데, 멀리 하열이 이끄는 대나라 군사들이 달려오는 게 보였다.

"쳐라! 오성 쪽으로는 한 놈도 빠져나가지 못하게 하라."

그 같은 조참의 외침과 더불어 매복해 있던 한군이 벼락처럼 하열의 군사들을 덮쳤다. 밤새 달려와 지친 데다 갑작스레 당한 공격이라 대병(代兵)들은 제대로 싸워 보지도 않고 어지러워지기 시작했다. 기세가 오른 한군이 그런 대병들을 한층 매섭게 몰아붙였다.

"너희 옛 주인인 상산왕 장이가 왔다. 조나라 군사들은 모두 옛 주인에게로 돌아오라!"

"하열은 어디 있느냐? 어서 항복해 죄를 빌어라."

그런 함성과 함께 한군이 사방에서 들이치자 대나라 군사는 마침내 무너지기 시작했다. 조금만 더 가면 저희 편이 있는 오성이 나오리란 기대로 힘을 다해 맞서던 하열도 곧 일이 글렀음을 알아차렸다. 어떻게 군사들을 수습해 물러나려 해 보았으나 그것도 되지 않자 홀로 말머리를 돌려 달아나기 시작했다.

하열이 제정신을 되찾은 것은 새벽길을 한 식경이나 달린 뒤였다. 뒤쫓는 적병들의 함성이 잦아들고 말발굽 소리도 멀어져 돌아보니 제 편은 보기(步騎) 합쳐 여남은 명이 넋 빠진 얼굴로 뒤따르고 있었다.

"여기가 어디냐?"

하열이 연신 사방을 두리번거리며 물었다. 부근 지리를 잘 아는 군사 하나가 지친 목소리로 대답했다.

"연여로 가는 관도에서 멀지 않습니다."

"연여? 연여라……. 좋다. 그리로 가자. 거기서도 당성으로 빠지는 길은 있을 것이다."

하열이 텅 빈 듯한 머리를 쥐어짜며 그렇게 받았다. 그런데 연여로 가다 보니 어떻게 알았는지 흩어진 패군들이 하나둘 모여들어 연여 가까이 이르렀을 때에는 다시 1천여 명의 대병(代兵)이 하열을 뒤따랐다. 조금 기운을 되찾은 하열이 멀리 보이는 연여 읍성을 바라보며 호기를 부렸다.

"좋다. 여기서 하루를 쉬며 흩어진 군사를 모은 뒤 조나라로 돌아간다. 한군의 추격이 있다 해도 이렇게 멀리까지 따라왔다면 그리 큰 군사는 못 될 것이다."

그렇게 말하며 연여 읍성 쪽으로 말을 몰았다. 그런데 몇 마장 가기도 전에 마치 조금 전 하열이 한 말을 비웃기라도 하듯 다시 한나라 대군이 앞을 가로막았다. 하열에게는 그들이 떠오르는 아침 햇살을 등지고 땅에서 갑자기 치솟은 듯했다.

"하열은 어디 가느냐? 대장군 한신이 너를 기다린 지 오래다."

이어 그런 호통 소리가 들렸다. 하열이 놀란 눈으로 바라보니 정말로 대장군 한신의 깃발이 펄럭이고 있었다. 그때 다시 등 뒤 멀지 않은 곳에서도 함성이 일었다. 뒤따라오던 군사 하나가 하열에게 달려와 다급하게 알렸다.

"적의 추격이 여기까지 따라와 붙었습니다. 앞뒤가 모두 적입니다!"

그 말을 들은 하열의 등줄기에서는 식은땀이 줄줄 흘러내렸다. 앞뒤가 모두 적에게 둘러싸였으니 움치고 뛰려 해야 뛸 곳이 없었다. 하지만 그렇다고 이제 와서 항복할 수도 없는 일이었다.

"살고자 하면 죽고, 죽고자 하면 산다. 모두 죽기를 두려워 말고 나아가라. 피로써 길을 열어 부모 형제가 기다리는 조나라로 돌아가자!"

하열이 칼을 뽑아 들고 발악하듯 외치며 말을 박차 앞으로 달려 나갔다. 하지만 그를 따르는 장졸은 몇 명 되지 않았다. 이글거리는 화톳불에 떨어지는 눈송이처럼 자취 없이 스러지고, 하열도 이름 없는 한나라 장수의 손에 사로잡히고 말았다.

오래잖아 조참과 장이가 이끄는 군사들이 항복하는 나머지 대나라 군사를 거두어 한신의 중군과 합쳤다. 한신은 약속대로 하열을 장이에게 맡겼다.

장이의 사람됨이 원래 그리 모질지 않았으나, 진여에게 나라를 빼앗기고 떠돌면서 키운 원한이 사람을 바꾸어 놓은 듯했다. 진여의 손발이 되어 자신을 해친 하열을 용서하지 못했다. 그 목을 베어 군문에 걸고, 항복한 대나라 군사들 중에도 조나라에서 진여를 따르다 온 군사들은 모두 죽였다. 그 바람에 연여성 밖에는 때 아닌 피바람이 일었다.

연여에서 하열을 잡아 죽여 대나라를 온전히 평정한 한신은 평성으로 돌아가 며칠 쉬었다.

그때 갑자기 형양에서 한왕의 사자가 달려왔다.

초군(楚軍)의 움직임이 급박해졌다. 항왕은 종리매에게 대군을 주어 광무산을 치게 하고, 자신은 용저와 더불어 길을 돌아 오창으로 향하고 있다고 한다. 대장군은 급히 정병을 이끌고 돌아와 형양을 지키라.

사자로부터 그와 같은 한왕의 전갈을 받은 한신은 가슴이 답답해 왔다. 이제 막 위(魏)와 대(代)를 평정하고 조나라로 내려가려 하는데 갑자기 발목을 잡힌 느낌이었다. 한참이나 말없이 생각에 잠겼다가 사자에게 조용히 물었다.

"제나라의 전횡과 구강왕 경포는 어찌 되었다고 합디까?"

"범증이 항왕을 달래 제나라와의 화호를 받아들이게 했다고 합니다. 그 바람에 초나라는 동북쪽을 걱정하지 않게 되었습니다. 또 항왕은 구강왕 경포에게 잇따라 사자를 보내 함께 출병하기를 권하고 있는데, 경포도 차츰 마음이 바뀌고 있는 것 같다고 합니다."

"수하(隋何)는 무얼 하고 있습니까?"

한신이 다시 한왕의 사자에게 물었다. 한신이 그렇게 묻는 까닭을 짐작한 사자가 형양에서 보고 들은 대로 일러 주었다.

"잔뜩 채비만 갖추고 있을 뿐, 아직 구강으로 떠나지 않고 있습니다. 무언가를 기다리고 있는 듯한데 그게 무엇인지는 아무도 짐작하지 못합니다."

"팽월은 어떻게 되었습니까?"

"다시 양(梁) 땅으로 돌아갔으나 워낙 초군의 세력이 커서 그런지 별로 움직임이 없습니다."

사자가 다시 아는 대로 한신의 물음에 답했다.

"알겠소. 잠시 객관으로 돌아가 쉬시오. 내 깊이 헤아려 대왕의 뜻을 받들겠소."

잠시 생각에 잠겼던 한신이 그렇게 말하고, 사람을 불러 사자를 접대하게 했다.

다음 날이었다. 한신이 사자를 불러 글 한 통을 내주며 말했다.

"아무래도 여기까지 와서 조나라를 그대로 버려두고 군사를 모두 형양으로 돌릴 수는 없소. 사자께서는 먼저 돌아가셔서 이 글을 대왕께 전해 주시오. 이대로만 하면 대왕께서 큰 낭패를 보시지는 않을 것이오."

그리고 사자가 떠나기 무섭게 조참을 불러 말했다.

"장군에게 정병 3만을 줄 터이니 형양으로 돌아가 대왕을 지키시오. 다만 가기 전에 한 가지 뒷마무리를 지을 일이 있소. 오성에 들러 그곳에 나와 있는 조나라 별장을 죽이고 군사들을 흩어 버리시오. 조나라 군사가 크게 많지는 않으나 별장은 척(戚) 아무개라 하여 제법 용맹이 있는 듯하니, 결코 가볍게 여기지 마시오."

"대장군께서는 어찌하시렵니까?"

조참이 알 수 없다는 듯 물었다. 한신이 차분하나 흔들림 없는 목소리로 대답했다.

"장수가 부월(斧鉞)을 받아 싸움터에 나오면 비록 군명(君命)일지라도 받들지 못하는 수가 있소. 형양에 계신 대왕의 걱정은 내 모르는 바 아니나, 여기서 전군을 형양으로 돌리는 것은 너무도 병진의 이치에 맞지 않소. 나는 여기 이 상산왕과 더불어 남은 군사 3만을 이끌고 조나라로 쳐들어갈 것이오. 그렇게 하는 게 또한 항왕의 등 뒤로 군사를 내는 길이기도 하니 장군은 너무 괴이쩍게 여기지 마시오."

"조나라가 작은 나라가 아니고, 진여 또한 그리 만만하게 볼 사람이 아닙니다. 그런 진여가 수십만 대군을 긁어모아 편히 쉬며 기다리는데, 먼 길을 돌아 고단하고 지친 3만 군사로 어떻게 쳐부술 수 있겠습니까? 차라리 저와 함께 형양으로 돌아가 항왕을 멀리 쫓아 버린 뒤에 다시 대군을 이끌고 돌아와 조나라를 치면 어떻겠습니까?"

그래도 못 믿겠다는 듯 조참이 다시 물었다. 한신이 빙긋 웃어 자신감을 드러내 보이며 대답했다.

"바로 다섯 달 전만 해도 항왕은 3만 군사를 이끌고 천 리 길을 달려와 팽성에서 편히 쉬며 기다리고 있던 우리 군사 56만을

쥐 잡듯 한 적이 있소. 싸움터의 강약이 반드시 군사들의 머릿수
에만 달린 것은 아니니 장군은 너무 걱정하지 마시오.”

그 말에 조참도 더는 묻지 않고 한신이 시키는 대로 했다.

위와 대를 평정한 한신이 장이와 더불어 군사를 이끌고 조나
라로 내려온다는 소문은 조왕 헐과 성안군 진여의 귀에도 들어
갔다. 이에 그들은 대나라에서 조나라로 들어오는 길목이 되는
정형(井陘) 길 조나라 쪽 어귀에 군사를 모아 놓고 기다렸다. 조
나라의 젊고 날랜 장정은 다 끌어내다시피 하여 만든 20만 대군
이었다.

정형은 지금의 산서(山西) 지방에서 하북(河北) 평야로 나오는
길목에 있는 땅 이름이다. 조나라와 연나라에서는 산등허리를 형
(陘)이라 했는데, 그런 높은 산등허리로 둘러싸인 분지가 마치 우
물[井] 같다 하여 정형(井陘)이라 불렀다. 그 사이에 난 좁고 험하
기로 이름난 길이 이른 바 '정형의 길(井陘道)'로, 당시로는 대나
라에서 조나라로 드는 가장 빠른 길이기도 했다.

그 정형 길이 조나라로 들어와서 끝나는 곳이 정형구(井陘口)
인데, 뒷날 그곳에 관을 세워 토문관(土門關)이라 불렀다. 그 정형
구를 지나면 지수(泜水)가 황토 고원을 가르며 흐르고, 건너편으
로는 정형 읍성이 나온다. 조왕 헐과 성안군 진여는 바로 그 정
형 읍성에 자리 잡고 대군을 풀어 정형구를 막고 있었다.

그런데 그때 성안군 진여의 막하에는 이좌거(李左車)란 사람이
빈객으로 불려와 있었다. 이좌거는 달리 광무군(廣武君)이라 불

리기도 했는데, 세상을 보는 눈이 밝고 헤아림이 깊기로 조나라 뿐만 아니라 온 세상에 널리 알려진 사람이었다. 진여가 정형구에 대군을 펼쳐 한신을 기다리는 걸 보고 찾아가 말했다.

"들리는 바로 한나라 대장군 한신은 남이 예상치 못한 길로 서하(西河)를 건너 위왕 표를 사로잡고, 연여에서는 하열을 잡아 죽여 그 땅을 피로 물들였다 합니다. 이번에는 장이의 도움을 받아 우리 조나라를 치려 하고 있다니, 승세를 타고 나라를 떠나 먼 곳까지 와서 싸우는 그들의 날카로운 칼끝을 당해 내기 어려울 것입니다.

제가 듣기로, 천 리 밖에서 군량을 보내면 군사들에게 주린 빛이 돌게 되며, 땔나무를 하고 마른 풀을 거두어야 밥을 지을 수 있으며, 군사들은 배불리 먹어도 오래가지 않는다 합니다. 그런데 이제 저들이 오고 있는 정형은 길이 좁아 수레 두 대가 나란히 지나갈 수 없으며, 기마대도 넓게 줄을 지어 지날 수가 없습니다. 그렇게 좁고 험한 길이 수백 리에 이르니, 사세로 미루어 보건대 적의 군량미는 틀림없이 뒤편에 있을 것입니다. 바라건대 제게 군사 3만만 빌려 주신다면 지름길로 달려가서 저들의 치중을 끊어 놓겠습니다.

그런 다음 물길을 깊이 파고 보루를 높이 쌓아 굳게 지키며 더불어 싸우지 않으신다면, 적은 나아가 싸울 수도 없고, 물러나려 해도 돌아갈 길이 없게 됩니다. 그때 다시 들판에 빼앗거나 거둬들일 곡식을 없애 버린다면, 열흘도 안 돼 한신과 장이의 목을 휘하에 거두어들일 수 있을 것입니다. 허나 이 같은 제 계책을 써 주시지 않는다면, 반드시 우리가 그들 둘에게 사로잡히고 말 것입니다."

하지만 모진 세상을 떠돌며 시달려도 성안군 진여는 원래가 유자(儒者)였다. 거기다가 오래 아비처럼 여겨 온 장이를 암습하여 내쫓고 난 자격지심에서일까? 거느린 군사를 스스로 의병이라 여기고 속임수와 별난 꾀[詐謀奇計]를 쓰려 하지 않았다. 오히려 가장 정대하고 의로운 척 광무군에게 말하였다.

"내가 들으니 병법에서 아군이 적군의 열 배가 되면 포위하고, 두 배가 되면 공격하라 하였소. 지금 한신이 수만 군사를 일컬으며 오고 있지만 실제로 싸울 만한 군사는 몇 천 명에 지나지 않소. 게다가 천 리 먼 곳에서 와서 우리를 치는 것이니 이미 장졸 모두 몹시 지쳐 있을 것이오. 그런데 이렇게 허약하고 지친 적을 피하기만 하고 나아가 싸우지 않는다면, 나중에 정작 적의 대군이 몰려왔을 때는 어떻게 하겠소? 거기다가 천하의 제후들도 눈을 부릅뜨고 우리를 보고 있소. 이번에 우리가 제대로 싸워 본때를 보여 주지 않으면, 앞으로는 다른 제후들도 우리를 얕보아 함부로 쳐들어오게 될 것이오!"

성안군 진여가 그렇게 한신이 거느린 군사를 얕보게 된 데는 까닭이 있었다. 한신은 조참에게 3만 군사를 주어 형양으로 돌아가게 하면서 곳곳에 사람을 풀어 헛소문을 퍼뜨리게 했다.

"지금 패왕이 대군을 이끌고 와서 형양에 있는 한왕 유방이 위급하다더라. 한신이 남아 있는 것은 조나라까지 패왕을 편들러 올까 봐 정형구로 쳐들어가는 흉내만 내는 것이라더라. 정병은 모두 조참에게 딸려 형양으로 보내고 자신은 겨우 몇 천 명만 남겨 성안군 진여의 이목을 끌기 위함일 뿐, 정말로 조나라를 치기 위한 것이 아니라더라."

그리고 말뿐만 아니라 실제로도 그렇게 보이도록 꾸몄다. 곧 떠나는 조참의 군사는 깃발을 늘리고 대(隊)와 오(伍) 사이를 벌려 원래보다 훨씬 많게 보이도록 하고, 자신이 거느린 군사들은 되도록 감추고 흩어 얼마 되지 않게 보이도록 했다. 그러자 먼저 대나라 백성들이 속고, 나중에는 그 말이 멀리 조나라까지 전해져 진여도 그렇게 믿게 되었다.

하지만 한신은 그렇게 헛소문을 퍼뜨리면서도 마음속으로는 불안하기 짝이 없었다. 병법에 밝고 매사에 헤아림 깊은 광무군 이좌거가 진여 곁에 붙어 있음을 한신도 들어 알고 있었기 때문이다. 정형 길로 군사를 몰아넣기 전에 가만히 간세를 풀어 진여의 움직임을 살펴보게 했다.

"성안군 진여가 군사 20만을 일으켰으나, 이좌거의 말을 듣지 않고 정형 읍성 밖에 대군을 머무르게 하고 있습니다. 아마도 부근 벌판에 진채를 세우고 기다리다가 정형구를 나오는 우리 한군을 정면으로 받아칠 작정인 듯합니다."

오래잖아 조나라로 간 간세들에게서 그런 전갈이 왔다. 그 말을 들은 한신은 손뼉을 치며 기뻐했다. 곧 장이와 여러 장수들을 대장군의 군막으로 불러들여 말했다.

"진여가 드디어 우리에게 그 목을 바칠 작정인가 보오. 정형 길을 비워 두었다니 진여의 마음이 변하기 전에 하루빨리 그곳을 지나도록 합시다."

그러고는 장졸들을 재촉하여 정형 길로 접어들었다. 우물 둘레처럼 사방에 솟은 산등허리 사이로 난 좁고 험한 길이었다. 밤낮을 가리지 않고 이틀을 달려 그 길을 지난 한신은 조나라 쪽 어귀에서 30리쯤 되는 곳에 이르러서야 군사들을 멈추었다.

"이제 좁은 길목과 적이 매복하기 좋은 곳은 모두 지나왔다. 남은 길은 설령 적이 막고 기다린다 해도 전혀 겁날 게 없다. 모두 배부르게 먹고 푹 쉬도록 하라. 내일은 그 어느 때보다 힘든 싸움이 있을 것이다!"

한신은 아직 해가 남아 있는데도 그렇게 말하며 장졸들을 거기서 편히 쉬게 했다.

배수진

한(漢) 3년의 첫 달이 되는 겨울 10월의 해는 짧았다. 한나라 군사들이 조나라로 밀고 들기 전 마지막 야영을 하고 있는 정형(井陘) 어귀는 오래잖아 저물고 밤이 깊어 갔다. 장졸들이 넉넉히 쉬었다 싶은 삼경 무렵이 되자 한신은 날래고 똑똑한 기마대 2천 명을 골라 깨우게 했다.

"모두 되도록이면 가벼운 차림으로 말 위에 올라 대장군의 군막 앞으로 모이라!"

단잠에서 깨나자마자 명을 받은 그들 2천 명은 곧 시키는 대로 따랐다. 모두 흉갑(胸甲)에 단병(短兵)만 갖추고 말 위에 올라 한신의 군막 앞으로 모여들었다. 한신이 그들에게 붉은 깃발을 하나씩 나눠 주게 하고 말했다.

"너희들은 이제부터 지름길로 정형 골짜기를 빠져나가 조나라 군사들이 굳게 누벽(壘壁)을 쌓고 있는 본진 쪽으로 가라. 가만히 부근 산속에 숨어들어 살피고 있으면, 내일 새벽 먼저 우리 군사 만 명이 그리로 갈 것이다. 하지만 조군(趙軍)은 틀림없이 그들을 못 본 척 지나 보낼 것이니, 너희들도 또한 조용히 보고만 있으라. 그러다가 다시 대장군의 깃발을 앞세운 우리 중군이 밀려들면 조군은 비로소 전군(全軍)을 들어 함빡 쏟아져 나올 것이다. 그때 너희들은 적의 본진이 비기를 기다렸다가 불시에 적진으로 치고 들어라. 그리고 남은 적병을 쓸어버린 뒤에는 조나라의 깃발을 모조리 뽑아 버리고, 우리 한나라의 붉은 깃발로 적진을 뒤덮어 버려라!"

아닌 밤중에 홍두깨 같은 명이었으나, 그동안 한신이 거두어 둔 믿음이 있어 2천의 기마대는 말없이 그 명을 따랐다. 초겨울 삼경의 매서운 바람을 마다 않고 밤길을 달려 먼저 정형 어귀를 나갔다. 이어 한신은 다시 군사 만 명을 골라 뽑게 한 뒤 비장(裨將)들에게 가벼운 음식을 나눠 주게 하면서 말했다.

"주먹밥 한 덩이에 물 한 잔이라고 너무 서운해하지 말라. 내일 아침 조나라 군사를 깨뜨린 뒤에 술과 고기로 푸짐한 아침상을 차려 주리라!"

하지만 음식을 나눠 주는 장수들도 받아먹는 이졸들도 그와 같은 큰소리를 다 믿지는 않았다. 그들도 자기들을 기다리고 있는 조나라 군사가 20만이 넘는다는 소문은 듣고 있었다. 하루아침에 쳐부술 수 없는 대군이라는 걸 알면서도 겉으로는 한신의 말을 믿는 척 건성으로 대답했다.

"알겠습니다. 그리하지요."

한신이 그런 눈치를 알아차리지 못할 리 없었다. 그들을 멀리서 지켜보다가 빙긋이 웃으며 곁에 있는 군리(軍吏)에게 물었다.

"너도 내 말을 믿지 못하겠느냐?"

그 군리가 솔직하게 대답했다.

"실은 저도 믿지 못하겠습니다. 특히 먼저 가는 우리 군사 1만명은 적진 앞을 지나가도 적군이 그냥 보낼 것이라 하셨는데 어찌 그렇습니까? 또 그런 군사로 어떻게 적의 20만 대군을 하루아침에 쳐부술 수 있겠습니까?"

그런 반문에 한신이 마음먹고 기다린 듯 차근차근 까닭을 일러 주었다.

"조나라는 대군을 이끌고서도 우리보다 먼저 이곳에 이르렀다. 뿐만 아니라 저들은 싸우기에 이로운 곳을 골라 굳고 높은 누벽까지 쌓아 올렸다. 그렇다면 저들이 바라는 바는 뻔하다. 우리 본진을 끌어내어 저희 대군으로 정면에서 승패를 가리려 함에 틀림이 없다. 따라서 조나라 군사들은 우리 대장군의 깃발을 보고, 우리 본진의 금고(金鼓) 소리를 듣기 전에는 결코 싸움을 벌이지 않을 것이다. 우리 선봉을 섣불리 건드렸다가, 우리가 좁고 험한 곳에 몰렸다 여겨 싸우지 않고 돌아가 버릴까 두려워하기 때문이다. 그래서 이제 보내는 우리 군사 1만은 적의 공격을 받지 않고 원하는 곳에 진세를 펼칠 수 있을 것이다. 그 뒤 우리 중군과 후군이 한 덩이가 되어 밀고 나가 그들 1만과 호응해 싸우면, 비록 적이 20만 대군이라 해도 어렵지 않게 쳐부술 수 있다."

그래도 그 군리는 한신의 말을 잘 알아듣지 못하였다. 겉으로는 고개를 끄덕이며 물러나도 속으로는 여전히 믿지 않았다. 거기다가 더욱 알 수 없는 것은 그들 만 명을 먼저 보내면서 그 장수에게 내린 한신의 군령이었다.

"장군은 조군 진채를 지나거든 곧바로 지수(泜水) 가로 나가 진채를 벌이시오. 반드시 뒤로는 더 물러날 수 없을 만큼 깊은 물을 등지고 진을 쳐야 하오!"

때는 손자, 오자가 병법을 말한 지 몇 백 년이 지난 뒤였다. 물을 등지고 진을 치면 좋지 못하다는 것쯤은 신통찮은 장수라도 알고 있었다. 거기다가 한나라 장수들 중에는 지난번 수수 가에서 물을 등지고 싸우다 쓴맛을 본 이들도 많았다.

"병가에서 배수(背水)는 흉(凶)이라고 합니다. 더구나 우리 군사는 적은데 적은 많습니다. 만약 적이 전군을 들어 몰아붙이면 우리 1만 군사는 모두 지수의 물귀신이 되고 맙니다."

장수들 가운데 하나가 한신 앞에서 드러내 놓고 걱정했다. 한신이 자르듯 말했다.

"걱정 말라. 적의 20만 대군이 너희 1만을 뒤쫓는 일은 결코 없을 것이다. 너희는 먼저 가서 진세를 펼치고 내가 이르기를 기다리면 된다. 진여는 반드시 나의 대장기가 이르러야 본진을 움직인다."

그 바람에 더는 입을 열지 못하고 떠나기는 해도 장수들은 속으로 걱정이 많았다.

　그때 성안군 진여는 정형 어귀에서도 한참이나 조나라 쪽으로 내려온 벌판에 멋지게 진채를 세워 놓고 한신의 대군이 정형 골짜기를 빠져나오기만을 기다렸다. 20만이나 되는 대군이 며칠에 걸쳐 녹각(鹿角)과 목책(木柵)을 세우고 누벽을 쌓은 진채라 그 위세가 여간 대단하지 않았다. 그 안에서 한껏 거드름을 피우면서 기다리는 진여에게 살피러 간 군사가 돌아와 알렸다.

　"한군이 정형 어귀 30리 안쪽에서 밤을 새우고 있습니다. 합쳐 3만은 되는 군사들입니다."

　그러자 곁에 있던 광무군 이좌거가 다시 한번 진여를 달래듯 말했다.

　"이제라도 정형 어귀에 매복을 두어 한차례 적의 기세를 꺾어 두는 게 어떻겠습니까?"

　진여가 못 들은 척 딴소리를 했다.

　"광무군, 이 진채를 한번 바라보시오. 무릇 병진(兵陣)에도 그 것을 펼치는 군자의 위엄이 드러나는 법이오. 정녕 군자의 위엄 이란 바로 이런 것이 아니겠소?"

　그래 놓고는 다시 병법이라면 혼자 다 안다는 듯 덧붙였다.

　"만약 우리가 매복을 두었다가, 적이 그걸 알고 험한 지세에 의지하고자 정형 골짜기로 되숨어 버린다면 어찌하겠소? 그야말 로 큰일이 아니겠소?"

　진여가 그렇게 말해 광무군 이좌거가 더는 다른 소리를 낼 수 없게 했다. 새벽녘에 한군이 골짜기를 나왔다는 말을 들었을 때도 마찬가지였다. 장수들과 진채 높은 곳에 올라 정형 어귀 쪽을 바라보던 진여가 느긋하게 말했다.

"그냥 보내 주도록 하라. 한신과 장이가 던진 미끼에 지나지 않는다."

이번에도 이좌거가 그냥 보고 있지 못해 나섰다. 진여에게 다가가 조심스레 깨우쳐 주었다.

"미끼치고는 머릿수가 너무 많고 또 항오가 아주 정연합니다. 저들을 그냥 보내 적이 우리 앞뒤에 진을 치고 서로 호응하게 해서는 아니 됩니다."

그러나 무엇에 홀렸는지 진여는 자신만만했다.

"아직 한신과 장이가 움직이지 않았소. 대장군의 기와 적 중군의 금고가 이른 뒤에 대군을 내도 늦지 않소!"

뿐만이 아니었다. 나중에 먼저 지나간 한군이 지수 가에 진을 쳤다는 말을 듣자 크게 소리 내어 웃으며 말했다.

"그것들이 많지도 않은 군사로 물을 등지고 진세를 벌였다고? 도대체 한신이란 더벅머리가 병법을 알기나 한다더냐? 예부터 배수(背水)는 흉(凶)이라 하였거늘……."

그러는 사이에 어느새 날이 밝아 왔다. 다시 정형 어귀 쪽에서 말발굽 소리와 함성이 들리며 한군이 다가왔다. 이번에도 진여는 높은 곳에 올라가 한군의 기치와 진용을 제 눈으로 살핀 뒤에야 싸울 채비를 시켰다.

"드디어 한신과 장이가 거느린 본대가 온 것 같다. 모든 장졸들은 나를 따라 적을 치러 가자! 진채에는 노약하고 병든 군졸들만 남기면 된다."

참지 못한 이좌거가 다시 나섰다.

"승상, 아니 됩니다. 진채는 일이 잘못돼도 우리 군대가 돌아와 의지할 근거입니다. 한 갈래 날랜 군사와 용맹한 장수를 남겨 진채를 지키게 하십시오."

"적은 먼 길을 온 3만 군사요, 우리는 쉬며 기다린 20만 대군이외다. 3만이 한 덩이가 되어 우리와 대적해도 한목숨 건져 가기 어려운데, 적은 벌써 새벽에 한 갈래를 따로 내보냈소. 그런데 이제 다시 우리 진채를 넘볼 군사를 따로 낸단 말이오?"

"그 뜻하지 아니한 곳으로 나아간다[出其不意]는 것은 군사를 부리는 이들이 즐겨 쓰는 수법입니다. 진채는 반드시 정예한 병사들로 지켜야 합니다."

그러자 진여가 드디어 짜증을 냈다.

"저희 대장군과 중군이 우리 대군에게 모조리 사로잡힐 판에 무슨 군사를 따로 내어 우리 진채를 급습한단 말이오? 또 그리하여 우리 진채를 차지한들 무슨 소용이란 말이오? 광무군은 명색 병략을 말하는 사람으로서, 어찌 이렇게 싸움을 앞둔 대군의 예기(銳氣)를 꺾는 소리만 하시오?"

그렇게 소리쳐 이좌거를 나무란 뒤 귀찮은 듯 곁에서 떼 냈다.

"정히 그렇게 싸움이 두렵거든 후군으로 가서 우리 치중이나 잘 지키시오."

광무군 이좌거가 무안을 당하고 후군으로 돌려진 지 오래지 않아서였다. 드디어 수자기(帥字旗)를 앞세운 한신이 남은 군사 2만을 모조리 끌고 나와 조나라 진채 앞에 이르렀다. 자신이 거느린 군사보다 열 배나 많은 대군이 굳건한 진채에 의지해 기다리고 있는 곳이었으나 한신은 조금도 움츠러드는 기색이 없었다. 조나라 진채 앞에 진세를 벌이고 북소리와 함성으로 적장을 불러냈다.

진문이 열리며 번쩍이는 갑주를 걸치고 백마에 높이 오른 진여가 조나라 장수들에게 둘러싸인 채 한껏 위엄을 부리며 나타났다. 한신이 말을 몰고 나가 진여에게 제법 군례까지 올리며 말을 걸었다.

"거기 나오시는 분이 조나라 승상이신 성안군이시오?"

"그렇다. 너는 누구냐?"

진여가 한신을 알아보고서도 짐짓 모르는 척 물었다. 한신이 성내는 기색 없이 받았다.

"나는 한(漢) 좌승상 겸 대장군인 한(韓) 아무개라 하오. 우리 대왕의 명을 받고 특히 승상을 뵙기 위해 천 리 길을 멀다 않고 달려왔소이다."

하지만 일찍부터 천하의 현사로 이름을 얻은 진여에게는 한신이 갑자기 출세한 더벅머리 서생에 지나지 않았다. 거기다가 거느린 군사마저 한신이 거느린 군사의 열 배나 되자 한신을 얕볼 대로 얕보았다.

"네가 바로 큰 칼을 차고도 장돌뱅이의 가랑이 사이를 기었다는 그 겁쟁이 한신이로구나. 명색 한 나라의 대장군이 되어 56만 대군을 거느리고도 패왕의 3만 군에 으스러진 질그릇 꼴이 난 주제에 아직도 부끄러운 줄 모르느냐? 저번에는 애꿎은 관중의 장정 10여 만을 죽여 수수의 흐름을 막아 놓더니, 이번에는 또 몇 만의 한군을 시체로 만들어 이 정형 어귀를 뒤덮으려느냐?"

그때 한신 곁에 있던 장이가 참지 못하고 나서 진여를 꾸짖었다.

"이놈 진여야, 네놈의 귀는 뚫렸다 말았느냐? 어찌 팽성의 일만 듣고 안읍이나 연여의 일은 듣지 못했느냐? 위표를 안읍에서 사로잡아 한왕께 바치고, 네 천한 종놈 하열을 연여에서 목 벤 것은 우리 대장군이 아니고 하늘에서 내려온 신장(神將)이라도 된다더냐?"

투구와 갑주에 싸여 있어 얼른 장이를 알아보지 못했다가 목소리를 듣고서야 비로소 장이를 알아본 진여가 그런 장이의 꾸짖음을 가만히 듣고만 있을 리 없었다. 이를 부드득 갈며 소리 높여 맞받았다.

"수십 년 지기를 저버리고 패왕에게 빌붙어 입의 혀처럼 굴더니, 마침내는 제 임금을 내쫓고 상산왕 자리까지 얻어걸려 거들먹거리던 자로구나. 저는 천벌을 받아 왕위에서 쫓겨나고 나라는 옛 주인에게 돌아갔으면, 물러나 숨어 살며 뉘우침이 마땅하건만, 네 어찌 위인이 이리 비루하냐? 너야말로 옛적에 네가 거두어 먹이던 장돌뱅이 유계(劉季) 밑에 들어, 그 종노릇을 하며 남의 목숨까지 빌려 나를 속이려 들더니, 이제는 곧 목 없는 귀신이 될 저 더벅머리의 길잡이가 되었구나."

서로를 물밑 들여다보듯 훤히 아는 사이라 알고 있는 허물도 많았다. 거기다가 수십 년 생사고락을 함께한 정이 변한 미움이 다 보니 그 표독스럽기가 또 예사가 아니었다.

"명색 공맹(孔孟)의 가르침을 따르는 유자라면서 오상(五常, 오륜)도 제대로 지키지 못한 네놈이 무엇을 허물하고 누구를 비웃느냐? 먼저 너는 임금을 허수아비로 만들고 조(趙)와 대(代)를 아울러 차지했으니, 오상의 첫머리가 되는 군신유의(君臣有義)를 저버렸다. 또 너는 십수 년 아비처럼 따르던 내 목에 칼을 들이대어 길 가는 사람[路人]한테조차 할 수 없는 몹쓸 짓을 하였으니, 부자유친(父子有親)의 도리도 저버렸다 할 수 있다. 열 발 물러서서 세상이 말하는 우리의 문경지교(刎頸之交)를 동배 간의 교유로 보더라도, 너는 내가 왕이 된 것을 시기하여 몰래 내 발밑을 판 셈이니 붕우유신(朋友有信)을 저버린 것이 된다. 그런 네놈이 감히 내 앞에서 도리를 말하고 비루함을 나무랄 수 있느냐? 더는 어지러운 말로 우리 대장군의 귀를 더럽히지 말고 어서 항복하여 다시 한번 살아남을 길이나 찾아보아라. 조나라를 들어 바치고 길게 목을 늘여 믿음을 저버린 죄를 빈다면 또 알겠느냐? 너그러우신 한왕께서 너를 가엾게 여겨 또 한 번 목숨을 붙여 줄지."

장이가 그렇게 맞받아치자 진여는 그 자리에서 벌겋게 달아올랐다. 금방이라도 불길이 쏟아질 듯한 눈길로 장이를 노려보며 소리쳤다.

"저 머리 없는 귀신이 어서 빨리 구천에 들지 못해 발악이구

나. 오늘은 곁에 있는 더벅머리 서생 놈과 나란히 네 가야 할 곳
으로 보내 주마!"

그러고는 손짓을 해 크게 깃발을 흔들고 북을 울리게 했다. 거
기 따라 조나라 장졸들이 진채에서 쏟아져 나오자 장이도 맡고
있던 한군을 이끌고 마주쳐 나갔다. 그렇게 되니 대장군인 한신
이 끼어들 틈도 없이 한(漢), 조(趙) 양군의 싸움이 어우러졌다.

한쪽은 세력만 믿고 밀어붙이고 다른 한쪽은 먹은 마음이 있
어 앙버티는 형국이라 처음부터 어림없어 보이던 싸움은 뜻밖으
로 치열해졌다. 적 20만에 겨우 2만으로 맞서고 있었지만 그래
도 한군(漢軍)은 제법 밀고 밀리는 형세를 보이며 한 식경이 넘
게 버텨 냈다.

하지만 아무래도 한군은 머릿수가 모자라도 너무 모자랐다. 하
나가 열을 당해 내야 하는데, 그나마 밝은 낮에 들판에서 정면으
로 맞붙었으니 오래 버텨 낼 수가 없었다. 점차 밀려 조나라 대
군에게 에워싸이는 형국으로 변해 갈 무렵, 홀연 후진에서 붉은
깃발이 높이 오르고, 한나라 장수들이 저마다 이끌고 있는 군사
들에게 소리쳤다.

"모두 물러나 저기 보이는 붉은 기를 따라가라. 거기 가면 우리
편 대군이 철통같은 진세를 펼쳐 놓고 우리를 기다릴 것이다!"

새벽에 길 나설 때 한신이 미리 일러 준 대로였다. 한신도 그
런 장졸들의 앞머리에 서서 말 배를 박차며 달아나기 시작했다.
뒤쫓는 조나라 군사들이 보기에는 한군이 싸움에 져서 여지없이
무너지는 것같이 보였다. 그렇지만 실은 싸움터를 바꾸고 있는

것에 지나지 않았다.

　미리 와 있던 길라잡이가 한신의 중군을 이끌고 간 곳은 조나라 진채에서 두어 각(刻) 거리에 있는 지수 가였다. 대군이 부딪쳐 볼 만한 벌판이었는데, 거기에는 이미 한 갈래 한나라 군사들이 깊고 넓은 강물을 등진 채 진세를 펼치고 있었다. 한신이 시킨 대로 새벽에 그곳에 이르러 엉성한 진채를 얽어 놓고 빈둥대던 한군 별대(別隊) 1만이었다.

　"적이 왔다. 모두 나와 적을 맞아라!"

　한신이 말에서 내리지도 않고 그들을 향해 그렇게 외친 뒤, 다시 돌아서서 자신이 이끌고 온 군사들을 보고 소리를 높였다.

　"여기가 결판을 낼 싸움터다. 모두 돌아서서 적을 쳐라. 먼저 와 있던 우군과 힘을 합쳐 적을 무찌르고 싸움을 끝내자!"

　뒤따라오던 한군 장졸들은 한신의 그 같은 외침을 듣고 오히려 힘이 쭉 빠졌다. 미리 간 군사가 그리 많지 않은 줄은 알고 있었지만, 그래도 그곳에 이르면 무언가 반드시 적을 쳐부술 수 있는 계책이 마련되어 있을 줄 알았다. 그런데 막상 와서 보니 작은 군사로 큰 군사를 이겨 낼 만한 지리(地利)가 있는 것도 아니었고, 무슨 대단한 설비나 굳건한 진채가 세워진 것도 아니었다. 몸 가릴 만한 목책 한 줄 제대로 세워지지 않은 허허벌판에 보태진 것이라고는 겨우 밤잠을 설친 군사 1만이 고작이었다.

　두어 각을 쫓겨 오는 동안에 새삼 자라난 패배감과 두려움도 그새 한 타성이 되어 한군을 내몰았다. 한신의 비장한 외침을 듣고도 멈추어 되돌아서서 싸우려는 장졸은 많지 않았다. 오히려 한층 다급하게 쫓기는 마음이 되어, 아직 적이 이르지 않았는데도 그대로 내달을 뿐이었다.

한신을 따라온 본진의 장졸들이 그렇게 내처 달아나자, 미리 와서 기다리던 별대도 적을 맞이하는 마음가짐이 달라졌다. 어슬렁거리며 일어나 창칼을 집어 들기는 하였으나, 본진의 패배감과 두려움에 전염이라도 되었는지 기세부터 영 말이 아니었다. 흘깃흘깃 눈치나 보다가 달아나는 본진 뒤에 슬금슬금 따라붙었다.

하지만 그런 한군 본진도 별대도 멀리 달아날 수는 없었다. 한마장도 닫지 않아 시퍼런 지수의 물결이 그들 앞을 가로막았다. 배 없이 건너기에는 너무 넓고 깊은 물이었다. 거기다가 때는 이미 물가에 살얼음이 끼는 10월도 하순이라, 헤엄쳐 건널 수도 없었다.

"강물이다! 더 물러날 수가 없다."

"배를 찾아라! 배가 없으면 떼라도 엮어 보자."

"이번에는 나무로 만든 앵(罌)과 부(瓿)도 없느냐?"

군사들이 퍼렇게 질린 얼굴로 강물을 바라다보며 웅성거렸다. 그때 맞은편 벌판에는 아침 햇살을 등진 조나라 기병대가 먼지를 일으키며 다가오고 있었다. 그 뒤를 따르는 것은 그사이 기세가 오를 대로 오른 조나라 대군이었다.

조군이 다가오는 것을 본 한군은 한층 큰 두려움에 휘몰려 허둥대기 시작했다. 어떤 병졸은 벌써 창칼을 내던지고 실성한 듯 날뛰기도 했다. 그때 한신이 달려와 매섭게 소리쳤다.

"더 물러날 곳은 없다. 이기지 못하면 죽음이 있을 뿐이다. 어찌하겠느냐? 싸워 이겨 비단옷 걸치고 고향의 부모처자에게 돌아가겠느냐? 개돼지처럼 죽임을 당해 흰 뼈를 이 지수 가에 흩겠느냐?"

한신의 그런 외침에 잠시 지수 가가 조용해졌다. 그러다가 퍼뜩 한신의 뜻을 알아차린 장수들이 먼저 나서 칼을 뽑아 들며 소리쳤다.

"모두 돌아서라. 짐승처럼 때려잡히느니 싸우다 죽자!"

"달아나 살려고 하면 반드시 죽고, 죽기로 싸우면 오히려 살길이 있다. 모두 죽기로 싸워 살길을 찾자!"

그때 다시 한신이 소름이 돋을 만큼 차고 날카로운 목소리로 일깨웠다.

"수수를 잊었느냐? 깊은 물을 등지고도 달아나 살아 보려 하다 우리 군사 10여 만의 시체가 수수의 물 흐름을 막았다!"

그 말을 듣자 지난번 수수 싸움에서 어렵게 살아나온 병졸들이 먼저 정신을 차렸다. 그때도 한신의 말을 따라 되돌아서서 싸운 이들은 겨우 길을 앗아 살아날 수 있었지만, 달아나려고만 하던 이들은 모두 초나라 군사들의 창칼에 죽거나 강물에 빠져 죽고 말았다.

"그렇다. 어차피 죽을 바에야 싸우다 죽자!"

"모두 돌아서라! 대장군을 따르면 살길이 있다. 모두 죽기로 싸워 살길을 앗자!"

지난번 수수 싸움을 겪은 군사들이 먼저 절망을 결사의 전의

204

로 전환하여 그렇게 외치며 돌아섰다. 그러자 그 결사의 전의는 빨리 번지는 열병처럼 다른 한나라 장졸들에게도 번져 갔다. 한신이 때를 놓치지 않고 다시 한번 큰 소리로 그들의 기세를 북돋우었다.

"잊지 말라! 우리가 이리로 온 것은 싸움에 져서가 아니다. 적을 쳐부수기 보다 좋은 곳으로 유인했을 뿐이다. 적이 대군이라고 하나 조련 안 된 까마귀 떼에 지나지 않는다. 게다가 지금쯤 적의 진채는 간밤에 미리 떠난 우리 군사들이 차지하고 있을 것이다. 여기서 세차게 밀어붙이면 적은 그대로 사태 지듯 무너져 내리고 만다!"

장수들이 그 말을 받아 아직도 겁에 질려 있는 병졸들도 알아들을 수 있도록 되뇌었다. 물에 빠진 사람이 지푸라기에라도 매달리는 심경으로, 달리 길이 없는 그 병졸들도 마침내는 한신의 말에 매달렸다. 그리하여 생존을 향한 처절한 갈망을 결사의 전의로 바꾸어 되돌아선 한군 3만 명은 거대한 불덩이가 되어 조나라 대군을 맞받아쳤다.

그때까지 승리의 환상에 젖어 기세 좋게 달려오던 조군 선두는 한군의 그 맹렬한 되받아치기에 영문도 모르고 산산조각이 났다. 이어 달려온 진여의 본대도 마찬가지였다. 자기들이 어떤 절망적인 용기, 어떤 어둡고 치열한 열정과 맞닥뜨렸는지 알지도 못하고 뭉그러지기 시작했다.

승상 진여가 직접 이끌고 있는 조군(趙軍) 본대가 그 꼴이 나니 뒤따라오던 후진은 더 말할 것도 없었다. 오래잖아 본대가 창칼을 끌고 쫓겨 오자 후진은 한번 싸워 보려고도 않고 앞장서서 달아나기 시작했다. 이번에는 한군이 불같은 기세로 그런 조군을 뒤쫓았다.

하지만 그때만 해도 조군의 전력은 크게 상한 것이 아니었다. 몇 만 명은 한신의 배수진에 당해 죽거나 항복했지만, 그래도 잔군을 수습하기만 하면 아직 한군의 다섯 배는 넘었다. 그걸 믿었는지, 한 식경이나 달아나서야 겨우 제정신을 차린 진여가 문득 장졸들을 돌아보며 말했다.

"이기고 지는 것은 싸우는 이에게 늘 있는 일이다[勝敗兵家常事]. 이번에는 적의 꾀에 빠져 한 싸움을 내주었지만, 우리가 아주 진 것은 아니다. 어서 진채로 돌아가 병마를 정돈한 뒤에 다시 싸워 보자. 반드시 한신을 사로잡아 이 욕됨을 씻자!"

그러고는 군사를 몰아 정형 읍성 밖의 진채로 돌아갔다.

오래잖아 저만치 조군의 진채가 보였다. 그런데 이게 어찌 된 일인가. 진채 누벽 여기저기에 높이 꽂혀 펄럭이는 것은 한군의 붉은 깃발들이 아닌가. 거기다가 더욱 진여의 눈을 뒤집게 하는 것은 누벽에 올라서 있는 수많은 한군의 빈정대는 듯한 외침이었다.

"조나라 장졸들은 어서 항복하라! 대장군의 명을 받든 우리 3만 군사가 이곳을 차지하고 너희를 기다린 지 오래다."

"진여야, 더는 가엾은 장졸들을 죽이지 말고 어리석은 그 목을 내놓아라."

방금 호되게 당하고 쫓겨 온 뒤인 데다 너무도 뜻밖이라, 제법 눈 밝다 소리를 듣는 진여도 실상을 제대로 알아볼 수 없었다. 정말로 적 몇 만 대군이 진채를 차지하고 있는 듯 보였다. 조나라 군사들은 더했다. 그래도 마지막 의지할 곳으로 믿고 찾아온 진채가 벌써 적에게 넘어갔다는 걸 알자 맥부터 빠졌다.

그때 다시 뒤쫓던 한군이 그곳에 이르러 갈팡질팡하며 웅성대는 조군의 후미를 들이쳤다. 그렇게 되자 싸움이고 뭐고 없었다. 놀라고 겁에 질린 10여 만 조군은 거대한 모래 산이 무너져 내리듯 싸워 볼 엄두조차 내지 못하고 스스로 무너져 내렸다.

"속지 말라! 적은 얼마 되지 않는다. 선두는 그대로 밀고 나가 진채를 되찾고, 나머지는 모두 돌아서서 적을 막아라."

진여가 억지로 용기를 짜내 그렇게 소리쳤으나 소용이 없었다. 아무도 그 외침에 귀를 기울이지 않고 그저 어쩔 줄 몰라 하며 허둥댈 뿐이었다. 어느새 진여는 자신이 두려움과 혼란으로 진흙탕처럼 엉겨 버린 대군 사이에 외로운 섬처럼 남겨진 듯한 느낌이 들었다.

그때 그 진흙탕을 가르듯 한 갈래 한군이 똑바로 진여를 향해 다가들며 앞선 장수가 소리쳤다.

"이놈 진여야, 어서 말에서 내려 항복하지 못하겠느냐?"

귀에 익은 그 목소리에 놀라 바라보니 바로 장이였다. 큰 칼을 빼 들고 앞장서 말을 몰고 나오는 게 예순 가까운 나이답지 않게 씩씩하고 힘차 보였다. 하지만 그때의 진여에게는 그런 장이가 세상의 그 무엇보다 무섭고 싫은 상대였다. 감히 맞서지 못하고 그대로 말머리를 돌려 달아나기 시작했다.

승상이자 대장군 격인 진여가 달아나자 조군은 더욱 걷잡을 수 없이 무너졌다. 그나마 달아나 뒷날을 기약하려는 장졸은 얼마 되지 않고, 대개는 무기를 내던지고 그 자리에 털썩털썩 무릎을 꿇으며 항복의 뜻을 드러냈다.

"항복하는 자는 죽이지 마라. 그러나 맞서거나 달아나려는 자는 하나도 남겨 두지 마라. 끝까지 뒤쫓아 죽여 버려라!"

한신이 전에 없이 비정한 명을 내렸다. 이참에 조나라가 재기할 싹까지 아주 잘라 버리려는 심산 같았다. 거기다가 장이가 뼛속 깊이 스민 원한으로 이를 악물고 뒤쫓으니 진여가 아무리 발버둥쳐도 달아날 수가 없었다. 겨우 수십 기만 거느리고 달아나다 마침내는 지수 가에서 사로잡히고 말았다.

"이제 내 너를 어찌하면 좋겠느냐?"

끌려온 진여를 보고 장이가 착잡한 듯 물었다. 이를 갈며 복수를 별러 왔으나, 막상 초라하게 사로잡혀 끌려온 모습을 보자 생사를 함께하던 시절의 옛정이 불쑥 되살아난 탓이었다.

"싸움에 진 장수에게 달리 무슨 할 말이 있겠느냐? 구구하게 목숨을 빌지는 않겠다."

이미 죽기를 각오한 듯 진여가 차게 받았다. 그때 아장(亞將) 하나가 달려와 말했다.

"대장군께서 이르셨습니다. 진여를 보고자 하십니다."

그때 한신은 항병 3만을 거두어 장졸들에게 다독이게 하고 있는 중이었다. 원래 진여는 장이에게 맡겨 처결할 작정이었으나, 진여가 사로잡혔다는 말을 듣자 마음이 달라졌다. 문득 진여를 살려 두면 쓸모가 있을 것 같아 급히 장이에게 사람을 보냈다.

그러잖아도 진여를 어떻게 해야 될지 몰라 망설이던 장이는 그런 한신의 전갈이 이르자 잘됐다 싶어 기다렸다. 오래잖아 그곳 지수 가에 이른 한신이 진여를 끌어내게 해 물었다.

"성안군은 현사로 이름이 높은데, 어찌하여 포악무도한 항왕에게 머리를 조아리게 되었소? 이제라도 우리 대왕께 돌아와 대한 (大漢)의 천하를 위해 일할 수는 없겠소?"

그러자 진여가 무겁게 고개를 저으며 말했다.

"내 명색 선비로서 어찌 두 번 실신(失信)하여 다시 한왕에게 돌아갈 수 있겠소? 다만 내가 이끌던 장졸들은 무고하니 잘 거두어 써 주시오."

그러고는 장이를 향해 담담하게 말했다.

"군자는 죽일지언정 욕을 보이는 법은 아니라고 들었다. 네게 한 줌 옛정이라도 남아 있다면 나를 더 욕보이지 말고 어서 목을 베어라!"

그러고는 길게 목을 내밀며 눈을 감았다. 장이가 그런 진여를 가만히 지켜보다가 짧은 한숨과 함께 한신에게 말했다.

"아무래도 성안군의 뜻을 들어주는 게 옳을 듯싶소."

그러고는 돌아서서 무심히 흐르는 지수를 바라보았다. 장이가 원래 그리 도량이 좁은 사람은 아니었으나, 힘써 한신을 달래 진여의 목숨을 구해 줄 만한 너그러움은 끝내 되살리지 못했다. 태사공(太史公, 사마천)이 그들을 두고 말했다.

"장이와 진여는 현자라고 세상에 알려진 이들로, 그들의 빈객과 노복들까지도 천하의 준걸이 아닌 사람이 없어서, 가는 곳마다 그 나라의 경상(卿相) 자리를 차지했을 정도였다. 장이와 진여가 처음 빈천했을 때는 서로 죽음을 무릅쓰고 신의를 지키는 데 작은 망설임도 없었다. 그러나 그들이 나라를 움켜쥐고 권세를 다투게 되자 마침내는 서로를 멸망시키는 데까지 이르게 되었다. 어찌하여 예전에는 서로 우러르고 믿는 것이 그리도 깊고 참되더니, 나중에는 그토록 모질게 서로를 저버리게 되었는가. 어쩌면 그들이 권세와 이록(利祿)으로 사귄 건 아니었던가. 그들의 이름이 높고 찾아드는 빈객이 많았다고는 해도 그들이 걸은 길은 아마도 태백(太伯)이나 연릉(延陵)의 계자(季子)와는 서로 다른 것이었던 듯하다."

　태백은 주(周)나라 문왕(文王)의 맏아버지가 되는데, 왕위를 양보한 일로 널리 이름을 얻은 사람이다. 문왕의 할아버지 되는 태왕(大王)이 문왕의 아버지 되는 막내 계력(季歷)에게 왕위를 전해주려는 뜻이 있음을 알고, 둘째 중옹(仲雍)과 함께 형만(荊蠻)의 땅으로 달아나 계력에게 왕위가 돌아가게 했다. 뒷날 아우 중옹과 더불어 오(吳)나라의 시조가 되었다.
　계자는 오왕(吳王) 수몽(壽夢)의 넷째 아들 계찰(季札)을 말한다. 계찰이 어질고 재주 있어 수몽이 그에게 왕위를 물려주려 했으나, 맏형 제번(諸樊)에게 양보하고 끝내 왕위에 오르지 않았다. 연릉 땅에 봉해져 연릉의 계자라 불리었다.

진여의 목이 붉은 피를 뿜으며 떨어지는 것을 보자 한신이 문득 생각난 듯 좌우를 돌아보며 물었다.

"광무군 이좌거는 어찌 되었느냐? 누가 광무군의 소식을 듣지 못했느냐?"

그러나 한군 장졸들은 아무도 이좌거의 행방을 알지 못했다. 그러자 한신은 항복한 조나라 장수를 끌어오게 해 물었다.

"광무군은 어디 있었느냐? 광무군이 어디로 갔는지 누구 아느냐?"

"광무군은 성안군 진여의 눈 밖에 나 후진 쪽으로 돌려졌습니다. 지금은 조나라에서 오는 치중을 살피고 있을 것입니다."

항복한 장수가 아는 대로 대답했다. 한신이 가슴을 쓸듯하며 장졸들에게 크게 소리쳤다.

"광무군을 죽이지 말라! 광무군을 사로잡는 자가 있으면 내가 천금으로 그를 사겠다!"

그러고도 다시 사람을 풀어 그 말이 진중 구석구석까지 퍼지게 했다.

한신이 그곳 지수 가에 진채를 세우게 하니, 여러 장수들이 목을 벤 적의 머리와 부로(俘虜)들을 이끌고 대장군의 군막을 찾아 공을 청했다. 한신이 그들의 공을 치하하고 상을 내리자 그들도 한신의 승리를 경하하며 물었다.

"병법에는 '산등성이를 오른편으로 하여 등지고, 강물과 못은 앞으로 하여 왼편에 둔다.'고 하였습니다. 그런데 이번에 대장군께서는 저희들에게 오히려 물을 등지는 배수진을 치게 하였습니다. 그래 놓고 아침밥은 적을 깨뜨린 뒤에 크게 한상 잘 차려 먹자고 하시니, 저희들로서는 도무지 대장군의 말씀을 믿을 수가 없었습니다. 하지만 마침내 이기시어 말씀하신 대로 잔치를 열수 있게 되었으니 실로 이것이 무슨 계책입니까?"

한신이 가만히 웃으며 대답했다.

"이 또한 병법에 있는 계책인데 그대들이 살펴보지 않았을 뿐이다. 병법에 '죽을 곳에 빠진 뒤에야 살게 할 수 있고, 망할 곳에 있어야 지켜 내 남게 할 수 있다.'라는 말이 있지 않은가? 지금 내가 이끌고 있는 것은 평소 조련이 잘된 사졸이 아니라, 아무런 조련도 받지 못한 시장 바닥 사람들을 몰아내어 싸우게 하고 있는 것이나 다름없다. 그들을 죽을 땅에 두면 저마다 스스로 살아남기 위해 싸우게 될 것이나, 그렇게 하지 않고 살아남을 수 있는 땅에 둔다면 모두 살기 위해 달아나 버릴 것이다. 그래서 그들에게 물을 등지게 함으로써 달아나려야 달아날 수 없는 죽을 땅에 있게 했을 뿐이다."

듣고 보니 절묘한 계책이었다. 손자는 「구지(九地)」편에서 말하기를 '군사들은 싸움에 지면 망해 없어질 땅으로 내던져진 뒤라야 스스로를 지켜 남고, 죽을 곳에 빠뜨려진 뒤라야 힘을 다해 스스로 살아난다. 무릇 군사들이란 위태롭고 해로운 곳에 빠지게 한 뒤에야 승패를 다퉈 보게 할 수 있다[投之亡地然後存 陷之死地然後生 夫衆陷於害然後能以勝敗].'라 하였는데, 한신의 배수진이 바로 그러했다. 장수들이 탄복하며 말했다.

"정말 뛰어나십니다. 저희들은 열 번 죽었다 깨어나도 대장군께 미치지 못할 것입니다."

"감당하기 어려운 과찬이다. 실은 나도 지난번 수수 가에서 10만 군사를 헛되이 잃고서야 그 이치를 깨달았다."

한신이 갑자기 숙연한 얼굴이 되어 덧붙였다.

그런데 그날 날이 저물 무렵이었다. 술과 고기로 잔치를 벌이고 군사들을 쉬게 하는데, 누가 한신의 군막을 찾아와 자랑스레 소리쳤다.

"광무군 이좌거를 잡아 왔습니다. 대장군께 감히 상을 청합니다."

한신이 놀라 일어나며 그 사람을 불러들이게 하니, 정말로 부장 하나가 어떤 사람을 묶어 왔다. 서로 만난 적은 없지만, 단아한 외모나 풍기는 기품만으로도 한신은 단번에 그 사람이 광무군 이좌거임을 알아보았다.

"네 광무군께 이 무슨 무례냐? 찾는 대로 정중히 모셔 오라 했지 누가 이렇게 함부로 묶어 끌어오라 했느냐?"

한신이 무릎걸음으로 달려 나가 광무군 이좌거의 밧줄을 풀어 주며, 그렇게 끌고 온 부장을 나무랐다. 그러자 천금의 상을 믿고 호기롭게 이좌거를 끌고 왔던 부장이 머쓱해서 한신을 바라보았다. 한신이 찡긋 눈짓을 하면서도 입으로는 여전히 엄하게 그 부장을 꾸짖었다.

"소인이 소인인 까닭은 대인을 두려워하고 공경할 줄 모르는 까닭이다. 너는 명색 한나라의 장수로서 천하의 현사를 알아보지 못하고 함부로 대했으니, 그 허물이 적지 않은 터에 다시 무슨 상을 말하느냐? 어서 돌아가 네 밝지 못한 눈을 부끄러워하며 하회를 기다리라!"

그리고 광무군 이좌거를 끌어올려 동쪽을 향해 앉게 한 뒤 자신은 서쪽을 향해 앉아 절을 올리며 말했다.

"오늘부터 이 한(韓) 아무개는 선생을 일생의 스승으로 모시고자 합니다. 미거하다 저를 내치지 마시고 많은 가르침을 내려 주십시오."

그 말에 이좌거가 펄쩍 뛰듯 몸을 일으켜 한신의 절을 피하며 말했다.

"예(禮)에 밝은 유가들의 말에도 '지나친 공손은 오히려 예에 어긋난다[過恭非禮].' 하였습니다. 좌승상께서는 방금 몇 만 군사로 20만 대군을 무찌른 대장군이요, 저는 주군을 잘못 도와 패사(敗死)하게 만들었을뿐더러, 끝내는 제 한 몸조차 지키지 못해 대장군에게 사로잡힌 패졸(敗卒)에 지나지 않습니다. 스승이란 말이 당키나 하겠습니까?"

"그렇지 않습니다. 선생의 깊은 지식과 밝은 헤아림은 이미 세상에 널리 알려진 바요, 저는 아둔하고 미련하면서도 대장군의 소임을 맡아 어찌할 바를 모르고 있습니다. 선생의 가르침이 없으면 대한(大漢) 동북쪽의 일은 그저 막막할 뿐입니다. 부디 어리석다 물리치지 마시고 저를 깨우쳐 주십시오."

한신이 그러면서 더욱 공손히 머리를 조아렸다. 이좌거가 거듭 물러나며 그 절을 피했으나 한신은 이좌거를 놓아주지 않았다. 간곡히 빌고 권하는 것이 누가 보아도 그냥 해 보는 소리가 아니었다. 마침내 이좌거가 제자리에 앉아 공손하게 마주 절을 받으며 말했다.

"대장군의 뜻이 이토록 간절하시니 그럼 한 빈객으로 막하에 머물겠습니다. 앞뒤가 꽉 막힌 소견이나 그래도 한 가닥 쓸모가 있어 대장군께 도움이 된다면, 그것은 살려 주신 은혜에 대한 작은 보답으로 여겨 주십시오."

그러고는 한 막빈으로 한신 곁에 남았다.

며칠이 지난 뒤였다. 다음 행정(行程)을 고심하던 한신이 광무군 이좌거를 불러 물었다.

"저는 북쪽으로 연나라를 치고 다시 동쪽으로 제나라까지 정벌하고자 합니다. 하지만 움직이려 하니 당장 어디로 어떻게 발길을 떼어야 할지 실로 막막합니다. 선생(원문은 足下)이 보시기에 제가 어찌해야 공을 이룰 수 있겠습니까?"

하지만 이좌거는 아직도 싸움에 지고 사로잡힌 충격에서 다 깨어나지 못한 듯했다. 겸손을 넘어 처연하게까지 보이는 얼굴로 대답했다.

"제가 들으니 '싸움에 진 장수는 용맹을 말하지 않고, 망한 나라에서 살아남은 대부는 나라 지켜 내는 일을 꾀할 수 없다[敗軍之將 不可以言勇 亡國之大夫 不可以圖存].' 하였습니다. 지금 저는 싸움에 져서 망해 버린 나라의 장수로 사로잡혀 온 처지입니다. 대장군께서 그같이 큰일을 꾀하시는데 저 같은 것이 어찌 감히 거들 수 있겠습니까?"

"내가 들으니 백리해(百里奚, 진 목공을 도와 패자가 되게 한 재상)가 우(虞)나라에 있을 때는 우나라가 망하였고, 진(秦)나라에 있을 때는 진나라가 천하의 패자(覇者)가 되었다고 합니다. 이는 백리해가 우나라에 있을 때에는 어리석다가 진나라에 있을 때에는 슬기로워졌기 때문이 아닙니다. 그 나라 임금이 그를 써 주었는지 아니었는지, 그의 계책을 들어주었는지 안 들어주었는지에 달려 있을 뿐입니다. 만약 성안군 진여가 선생의 계책을 들었다면 저는 지금쯤 오히려 조나라의 포로가 되어 있을 것입니다. 진여가 선생을 제대로 써 주지 않았기 때문에 제가 이렇게 선생을 모시게 되었을 뿐입니다."

한신이 그렇게 이좌거를 위로한 뒤에 자르듯 말했다.

"하지만 이제 저는 마음을 다하여 선생의 계책을 따를 것입니다. 부디 선생께서는 가르침을 아끼지 말아 주십시오."

그래도 한참이나 망설이던 이좌거가 이윽고 입을 떼어 조심조심 말하였다.

"제가 들으니 '슬기로운 사람이 천 번을 생각해도 한 번의 실수가 있을 수 있고, 어리석은 사람의 천 가지 생각에도 한 번은 맞는 것이 있다.'고 하였습니다. 그래서 '성인은 미치광이의 말도 가려서 듣는다.'고 하였습니다. 저의 계책이 반드시 골라 쓸 만한 것인지는 알 수 없으나 그래도 대장군께서 물으시니 말하겠습니다.

성안군 진여는 백 번 싸워 백 번 이길 수 있는 계책이 있었는데도, 하루아침의 잘못으로 이끌던 군사는 호성(鄗城, 배수진 부근의 성) 밑에서 산산조각이 나고 자신은 지수 가에서 목을 잃었습니다. 지금 장군께서는 서하를 건너 위왕 표를 사로잡았으며, 하열을 연여에서 죽였습니다. 단숨에 험한 정형 길을 빠져나온 뒤에, 한나절 싸움으로 조나라 20만 대군을 쳐부수어 그 위엄을 천하에 떨쳤습니다. 어리석은 농부들까지도 나라의 앞날이 얼마 남지 않았다 여겨 농사를 그치고 쟁기를 내버린 채, 아름다운 옷에 맛난 음식을 먹으면서 오직 장군의 명에만 귀 기울이고 있습니다. 이 모든 일은 대장군께 이로운 것이나, 백성들은 고단하고 군사들은 지쳐 있어 실은 그들을 부리기가 여간 어렵지 않습니다. 그런데도 이제 대장군께서는 고단한 백성들을 쥐어짜고 지친 군사들을 휘몰아 연나라의 높고 든든한 성 아래로 쳐들어가려 하십니다."

거기서 이좌거는 잠시 말을 끊었다가 다시 이었다.

"대장군께서 싸우시려고 해도 연나라가 든든한 성곽에 의지해 지키기만 하면, 시일이 오래 걸려 힘으로 성을 떨어뜨리기는 어려울 것입니다. 오히려 우리 군대의 고단하고 지친 실정만 들키고 기세가 꺾인 채로 시일만 끌다가, 군량이라도 다하는 날에는 그야말로 낭패입니다. 거기다가 약한 연나라가 그렇게 버텨 내는 걸 보면 제나라도 쉽게 항복하지는 않을 것입니다. 밖으로 방비를 굳게 하고 안으로 백성들을 다독여 반드시 대장군께 맞서 올 것입니다. 그리하여 연나라와 제나라가 서로 돕고 의지하며 한나라에 항복하지 않는다면, 유씨(劉氏)와 항씨(項氏)의 싸움은 쉽게 승패를 가늠하기 어렵게 됩니다. 그리고 그같이 되는 것은 대장군께도 결코 이롭지 못한 변화일 것입니다.

저의 어리석은 헤아림으로는 지금 서둘러 연나라와 제나라를 치는 것은 잘못입니다. 무릇 군사를 잘 부리는 사람은 이쪽의 여림을 가지고 적의 군셈을 치는 것이 아니라, 이쪽의 군셈으로 적의 여림을 친다 하였습니다.”

이좌거가 그렇게 말을 맺자 한신이 다시 물었다.

“그러면 저는 어떤 계책을 써야 공을 이룰 수 있겠습니까?”

“지금 대장군을 위한 계책으로는, 싸움을 멈추고 장졸들을 쉬게 하며 방금 평정한 조나라를 어루만지는 일보다 더 나은 게 없을 듯합니다. 먼저 이번 싸움으로 아비를 잃은 아이들과 자식을 잃은 늙은이들을 찾아내 보살펴 주고, 백 리 안에서 쇠고기와 술로 날마다 잔치를 벌여 사대부들을 대접하십시오. 그리고 군사들에게도 술과 고기를 내리고 편히 쉬게 하여 크게 사기를 북돋운 뒤에야 북쪽 연나라로 떠나는 게 좋겠습니다.

하지만 그때에도 싸움을 앞세우지 말고 말 잘하는 변사를 먼저 쓰십시오. 그를 사자로 삼아 대장군의 글을 받들고 가게 해서 이쪽의 강점과 장처(長處)를 일러 주게 하면 연나라는 감히 복종하지 않을 수 없을 것입니다. 그리하여 연나라가 항복하면, 다시 변사를 동쪽 제나라로 보내 연나라가 이미 항복하였음을 알리십시오. 그리고 슬며시 항복을 권한다면 제나라는 바람에 휩쓸리듯 연나라를 뒤따를 것입니다. 그때는 비록 제나라에 슬기로운 이가 있다 하더라도 제나라를 위해 아무런 계책도 내지 못할 것이니, 이렇게만 되면 천하의 일은 다 정해진 것이나 다름없습니다. 군사를 부리는 데 '큰소리가 먼저요, 진짜 싸움은 나중[先聲而後實].' 이라는 말은 바로 이런 경우를 가리킵니다."

이좌거가 그렇게 말하자 한신은 바로 알아들었다. 스승에게 가르침을 받은 예로 절을 올리며 공손하게 말하였다.

"좋습니다. 반드시 선생의 계책을 따르겠습니다."

그러고는 이좌거가 일러 준 대로 군사들을 배불리 먹여 편히 쉬게 하고, 조나라 백성들을 따뜻이 어루만졌다. 쫓기던 조왕 헐이 오래잖아 양국(襄國) 땅에서 잡혀 죽고, 한신은 날마다 잔치를 열어 조나라의 사대부들을 접대하니, 마침내는 그 사대부들도 모두 한나라를 따르게 되었다.

그리하여 조나라가 아래위로 안정되고 군사들도 충분히 쉬었다 싶을 무렵, 한신은 다시 대군을 일으켰다. 이번에도 그 뒤로는 모든 일을 이좌거가 일러 준 대로 따랐다. 군사를 북쪽으로 내기 전에 먼저 말 잘하는 사자를 보내 연나라를 달래 보게 했다.

위나라, 대나라, 조나라가 차례로 한군에게 넘어가자, 연나라는 하늘같이 믿는 패왕의 서초로부터 멀리 떨어진 외딴 섬처럼 북쪽에 홀로 남고 말았다. 연왕 장도(臧荼)는 장수에서 몸을 일으켰으나, 일이 그렇게 되니 두렵지 않을 수 없었다. 언제 한신의 대군이 밀려들지 몰라 떨고 있는데 먼저 사자가 오자 반갑게 맞아들였다.

한신의 사자가 힘들여 달랠 것도 없이 연왕 장도는 스스로 한왕(漢王) 밑에 들기를 빌었다. 비록 패왕이 연왕으로 세우기는 했어도, 장도에게는 또한 패왕이 세운 요동왕 한광(韓廣)을 죽이고 그 땅을 아우른 죄가 있었다. 연왕이었던 한광이 임지인 요동으로 가지 않고 뻗댄 탓이었다고는 하지만, 그를 죽이고 요동 땅까지 뺏은 일을 패왕이 용서할지는 잘 알 수가 없었다.

연왕 장도가 항복하자 하수 이북의 땅은 모두 한나라의 깃발 아래 들게 되었다. 이에 한숨을 돌린 한신은 조나라에 머물러 쉬면서 형양에 있는 한왕 유방에게 사자를 보냈다. 먼저 조나라를 쳐부순 데 이어 연나라의 항복까지 받아 냈음을 알리고, 아울러 장이를 조왕(趙王)으로 세워 조나라를 안정되게 다스리자고 청했다.

좌승상 겸 대장군의 청을 받아들여 전 상산왕 장이를 조왕으로 삼는다. 일후 조왕은 대장군을 도와 동북을 안정시키고, 그 땅의 병원(兵員)과 물자를 거두어 형양과 성고의 소용에 충당케 하라.

며칠 안 돼 한왕에게서 그와 같은 답서가 왔다. 이에 장이는 그날로 조왕이 되어 오랜 한을 풀었다. 이량(李良)이 무신(武臣)을 죽이고 난리를 일으킨 이래 장이가 끊임없이 맴돌며 은원을 쌓아 오던 것이 조나라의 임금 자리였다.

장이를 조왕으로 세움으로써 한신은 광무군 이좌거에 이어 또 한 사람의 탁월한 정치적 식견을 빌려 쓸 수 있게 되었다. 오래 원하던 자리를 얻게 해 준 고마움 때문인지, 장이는 그때부터 한신의 사람이 되어 죽을 때까지 변함이 없었다. 따라서 장이가 이 태 뒤 일찍 죽은 것은 뒷날의 한신에게는 불행일지 모르지만, 장 이에게는 오히려 다행일 수도 있다.

그 밖에 한신이 그때 조나라에서 새로 얻은 사람 중에 빼놓을 수 없는 이로 괴철(蒯澈)이 있다. 괴철은 범양 사람인데, 그 이름 이 한무제의 휘자(諱字)와 같다 하여 사마천이 『사기』에서 이름 을 바꿔 쓴 뒤로는 괴통(蒯通)으로 더 많이 알려졌다. 배우고 읽 어 아는 것이 많고, 시세의 흐름을 꿰뚫어 보는 눈길이 매서워 진작부터 현사라는 소리를 들었다.

괴철이 세상에 크게 이름을 떨치게 된 것은 진승(陳勝)의 장수 인 무신(武臣)이 처음 조나라로 밀고 들 때였다. 괴철은 먼저 범 양령(范陽令)을 찾아보고 무신에게 맞서지 말 것을 권했다. 또 무 신에게는 항복하는 범양령을 우대하여 남이 부러워하며 그를 따 를 수 있게 하라고 권했다. 그리하여 범양령을 제후로 올려 세우 게 한 다음, 스스로 무신의 사자가 되어 다른 군현의 수령들을 달래니, 조나라의 성 30여 개가 싸워 보지도 않고 무신에게 항복 하였다.

그 바람에 별로 힘들이지 않고 조나라를 평정해 조왕이 된 무 신군은 그 뒤 황제의 이름자를 피하는 기휘(忌諱)의 법을 따라 괴통으로 남게 되는 괴철을 무겁게 썼다. 그러나 괴철은 이량의 난리 때 관직을 잃고 숨어 살다가, 이제 다시 나타나 한신의 사 람이 된 것이었다.

북쪽에서 온 사자(使者)

그 무렵 한왕 유방은 형양 남쪽에 본진을 두고 있는 듯 없는 듯 가만히 웅크리고 있었다. 그러나 높은 가지에 올라앉은 독수리가 잠시 나래를 접고는 있어도 그 흉흉한 눈길만은 쉬지 않고 사방을 노리듯, 한왕도 눈과 귀를 곳곳에 풀어 천하의 변화를 면밀히 살피고 있었다. 어쩌면 그때 한왕은 천하를 건 패왕과의 싸움에서 새롭게 전개되는 국면을 차분히 음미하며 거기에 맞게 자신을 익혀 가는 중이었는지도 모를 일이었다.

그 새로운 국면은 먼저 그 무렵 벌어지고 있는 전투의 양상에서 감지되었다. 이제는 하나하나의 전투가 바로 승패를 결정하는 것이 아니라, 다만 작은 물결로써 전쟁이란 커다란 물줄기를 구성할 뿐이었다. 따라서 그사이에도 초나라와 한나라 사이에는 수

많은 전투가 벌어졌지만, 생사와 존폐를 결정하는 승부라기보다는 양군 전력(戰力)의 강약과 우열이 지루하게 교차하는 형태로 변해 갔다.

처음 패왕이 대군을 이끌고 팽성에서 북상한다고 할 때만 해도 한왕은 드디어 한나라와 초나라 사이의 결전이 임박한 것으로 알았다. 그러나 의외로 패왕의 도착이 늦어지는 것을 보고 싸움의 양상이 달라졌음을 조금씩 느끼기 시작했다. 그사이 둘 모두 이름과 몸집이 아울러 부풀어 올라, 이제는 한 싸움으로 승패를 결정짓는 장수가 아니라 자신의 나라와 백성을 모두 걸고 천하를 다투는 군왕이 되어 있었다.

한왕이 형양을 한신에게 맡겨 두고 관중으로 돌아가 내치(內治)를 정비한 것도 그렇게 질적으로 변화된 싸움의 양상을 꿰뚫어 보았기 때문이었다. 목에 걸린 가시 같던 폐구를 둘러 빼고 옹왕(雍王) 장함을 죽인 것이나, 아들 영(盈)을 태자로 세우고 소하를 승상으로 삼아 자신이 없어도 관중의 한나라는 이어 갈 수 있게 해 둔 일이 그랬다. 한 전투로 모든 것이 결정 나고 마는 싸움이라면 그 모두가 쓸데없는 허영이요 낭비였다.

하지만 한왕이 싸움의 양상이 바뀌었음을 한층 더 절실하게 느낀 것은 한신의 위나라 정벌이 시작된 뒤였다. 그때는 이미 초나라 본진이 대량(大梁)에 이른 뒤라 패왕이 마음만 먹으면 며칠 안으로 형양을 에워쌀 수도 있었다. 팽월은 풍비박산이 나 하수 북쪽으로 달아났고 광무산을 지키는 번쾌도, 오창의 용도를 지키는 주발도, 패왕이 보낸 군사들에게 강한 압박을 받고 있었다. 그

불같은 때에 한신에게 3만을 떼어 주며 위나라를 정벌하게 한 것은 위태하기 짝이 없는 도박 같았다. 그런데 놀랍게도 그들이 떠나면서 오히려 초군(楚軍)의 압박은 줄어들기 시작했다.

'한나라 장졸들은 다만 성벽에 의지해 하루하루를 겨우 버텨 내는 걸로 알았는데 이게 어찌 된 일이냐. 이는 한왕 유방의 본 진에 대장군 한신과 그만한 대군을 빼돌릴 여유가 있다는 뜻이 아니냐. 거기다가 서쪽으로 간 한신이 군사를 돌려 우리 등 뒤로 들이치기라도 한다면 우리야말로 앞뒤로 적을 맞아 어려운 지경 에 빠질 수도 있다.'

한신의 대군이 형양을 떠나 서쪽으로 갔다는 소문이 돌자, 먼 저 그런 걱정이 한창 치솟던 초나라 장졸들의 기세를 한풀 꺾어 놓았다. 그러다가 한신의 본대가 위표(魏豹)를 사로잡고 위나라 를 평정하게 되면서 형양과 성고, 오창을 둘러싼 초나라 군사의 압력은 드러나게 줄어들었다. 위나라를 차지해 세력을 몇 배나 키운 한신이 언제 형양 주변에 있는 한나라 군사들과 호응해 앞 뒤에서 자신들을 협공할지 모른다는 우려가 한층 실감 나게 된 까닭이었다. 그 바람에 형양 주변의 한군 방어력은 기실 한신이 이끌고 간 만큼 줄어든 셈이었으나, 초나라 장졸들뿐만 아니라 패왕 항우까지도 전처럼 함부로 그곳에 공격을 퍼붓지 못했다.

새로 편성한 한나라 기마대의 기장이 된 관영의 활약도 초군 의 압박을 많이 덜어 주었다. 관영은 이필과 낙갑을 좌우 교위로 거느리고 형양 동쪽까지 밀고 든 초나라 기병대를 크게 무찔러 기장으로서의 첫 전투를 훌륭하게 치러 냈다. 그러자 한왕은 관영에게 동쪽으로 나아가 초나라 군사들의 양도(糧道)를 끊고 그 치중을 공격하게 하니, 관영의 기병은 그때부터 한군 별동대가 되어 동쪽으로 내처 치고 들었다. 양무를 한달음에 휩쓸고 양읍에 이른 관영은 다시 멀리 노현까지 달려가 초나라 장수 항관(項冠)을 쳐부수었다. 그 싸움에서 관영의 군사들은 초나라 우사마와 기장 하나를 목 베었다.

이어 관영은 초나라 장수인 자공(柘公), 왕무(王武)를 치고 연(燕) 땅 서쪽에 머물렀는데, 거기서 그가 거느린 장졸들은 누번(樓煩)의 장군 다섯과 초나라의 연윤(連尹) 하나를 죽였다. 하지만 관영은 그곳에 오래 머물지 않고 다시 남으로 내려와 백마현 일대를 휩쓸어 갔다. 관영이 백마 남쪽에서 왕무의 별장 환영(桓嬰)의 군사를 무찌르고 그 도위 하나를 목 베어 기세를 올리니, 오창 부근을 압박하고 있는 초나라 군사에게는 은근한 위협이 되었다.

그렇게 되자 패왕은 군량을 지키고 보급선을 확보하기 위해서라도 적지 않은 군사를 동쪽으로 빼돌리지 않을 수 없었다. 따라서 형양과 성고에 대한 초군의 압박은 다시 그만큼 더 줄어들게 되었다. 이는 곧 항우와 유방의 쟁패가 나라와 나라 사이의 전쟁으로 전환되었으며, 그 안에서 벌어지는 여러 전투는 서로 유기적인 연관을 가지고 하나의 큰 승패를 향한 계기로만 기능하게 되었음을 뜻했다.

한신이 조나라와 연나라를 치겠다며 군사 3만을 더 청해 왔을 때 한왕이 선뜻 들어줄 수 있었던 것도 그렇게 묘하게 달라진 전국(戰局)의 양상 때문이었다. 때로는 전단을 한 군데 더 여는 것이 자신이 모든 전력을 품고만 있는 것보다 지키는 효과가 크다는 것을 느껴 본 터라, 장이까지 붙여 3만을 떼어 줄 수 있었다. 그리고 실제 효과도 그랬다.

한신과 장이가 하열을 죽이고 대(代)나라까지 평정하자 형양 부근의 초나라 군사들은 더욱 움직임이 줄어들었다. 그러다가 조나라까지 평정하자 이제 초군은 서쪽으로 밀고 들 뜻이 없어진 게 아닌가 싶을 정도로 홍구(鴻溝) 동쪽에만 머물러 있었다. 광무산을 지키는 번쾌도 더는 위급을 전해 오지 않았고, 오창과 형양 사이를 잇는 용도를 지키는 주발도 원병을 청하는 일이 뜸해졌다.

"항왕은 어디 있는 거요? 팽성을 떠난 게 언젠데 아직도 형양으로 오지 않고 애꿎은 장수들만 몰아대고 있소?"

패왕 항우가 너무 오래 움직이지 않자 궁금해진 한왕 유방이 장량과 진평을 불러 놓고 그렇게 물었다. 한왕은 진작부터 그들이 사방에 사람을 풀어 천하의 형세를 살피고 있다는 걸 알고 있었다. 장량이 희미한 웃음과 더불어 대꾸했다.

"나름으로 호기를 노린다고 하다가 오히려 때를 놓쳐 허둥대고 있는 것이나 아닌지 모르겠습니다. 듣기로, 항왕은 조나라가 우리에게 떨어졌다는 소문에 군사를 동북쪽으로 움직이려 하고 있다고 합니다."

"항왕은 이곳 형양과 과인을 노려 대군을 이끌고 대량까지 와 있다 하지 않았소? 그런데 왜 갑자기 북쪽으로 간다는 거요?"

"대장군이 정벌한 조나라는 항왕에게는 매우 뜻 깊은 땅입니다. 무엇보다도 오늘의 항왕을 있게 한 것은 거록(鉅鹿)의 싸움 아니겠습니까? 5만 군사로 왕리(王離)의 20만 대군을 맞아, 아홉 번을 싸워 아홉 번을 모두 이기고, 왕리를 비롯한 진나라의 상장 군 셋을 죽이거나 사로잡음으로써 오늘날 천하가 그 이름만 듣 고도 떠는 서초 패왕(西楚覇王)의 길을 닦게 되었습니다. 그렇게 구한 조나라를 우리 한나라에 넘겨 등 뒤에 둔 채, 바로 형양으 로 밀고 들어 대왕과 결판을 내고 싶지는 않을 것입니다."

이번에는 진평이 나서 자신이 헤아린 바를 말했다. 그 말을 듣 자 한왕은 다시 한번 달라져도 크게 달라진 싸움의 양상을 떠올 렸다.

'정말 달라졌다. 이제는 그도 서북쪽에 있는 나를 치기 위해 동 북쪽으로 군사를 내려 하는구나. 우리를 기다리는 것은 정예한 군사와 용맹한 장수로 싸움 마당에서 이기고 지는 것이 갈라지 는 한판 전투가 아니라, 우리 손에 든 땅과 물자와 사람을 모두 움직여 마지막 승리까지 한 계단 한 계단 딛고 올라가야 하는 길 고 힘든 행정(行程)이로구나……'

한왕이 새삼스러운 느낌으로 중얼거리고 있는데 갑자기 사람 이 들어와 알렸다.

"조참 장군이 3만 군사를 이끌고 돌아오고 있습니다. 한신 대 장군의 명을 받들어 조나라 별장 척(戚) 아무개를 오성에서 에워 쌌으나, 척가가 에움을 뚫고 달아나는 바람에 돌아오는 것이 늦 어졌다 합니다. 양국(襄國) 서쪽에서 척가를 잡아 죽이고 돌아오 는 길인데 내일이면 오창 나루에 이를 것입니다."

그 말을 들은 한왕은 반가웠다. 패왕이 조나라로 향할 것이란 말은 들었으나 그래도 너무 많은 군사를 밖으로 내보내 속으로는 은근히 걱정하던 차였다.

"그동안 주발이 오창과 용도를 함께 지킨다고 몹시 고단하였을 것이다. 이제 오창의 영소(營所)는 조참에게 맡겨 지키게 해야겠다. 주발이 용도만 맡아 지키게 되면 설령 항왕이 군사를 이끌고 온다 해도, 오창에서 오는 군량이 끊기는 법은 없을 것이다."

그러면서 장졸 5백 기만 이끌고 그날로 오창에 있는 영소로 달려갔다.

다음 날 조참이 오창에 이르자 먼저 가 있던 한왕이 그를 맞고 1만 군사를 떼어 주며 오창의 수비를 맡겼다. 또 주발을 불러 빈틈없는 용도 수비를 거듭 당부한 뒤 조참이 이끌고 온 3만 군사들 중에 2만을 거두어 형양으로 돌아왔다.

패왕 항우의 대군이 조나라를 향해 떠났다는 소문에다, 다시 2만의 군사가 늘어나니 형양의 한나라 군사들은 더욱 기세가 올랐다. 그동안 은근히 졸이던 가슴을 쓸며 새롭게 전의를 다졌다. 그런데 보름도 안 돼 다시 반가운 소식이 형양으로 날아들었다.

"연왕(燕王) 장도가 한번 싸워 보지도 않고 우리 한나라에 항복하였습니다. 대왕께 변함없는 마음으로 충성을 바칠 것을 굳게 맹세하였다 합니다."

그 말에 형양성 안은 마치 큰 잔치가 벌어진 듯하였다. 오랜만에 아래위가 함께 마음 편히 술잔을 나누었다.

한왕도 행궁(行宮)에다 크게 술판을 벌이고 장수와 막빈들을 불렀다. 그런데 몇 순배 술이 돌기도 전에 가까이서 시중드는 신하 하나가 한왕에게 알렸다.

"알자(謁者) 수하가 대왕께 뵙기를 청합니다."

"그러잖아도 군신 간에 술이라도 나누려고 불렀는데, 새삼 무슨 일이냐? 어서 들라 이르라."

한왕이 그렇게 말하자 술자리에 불려 나온 사람 같지 않게 의관을 갖춘 수하가 들어와 머리를 깊이 조아렸다. 한왕은 수하를 보자 여러 달 전 팽성에서 쫓겨 오다 우현에서 나눈 얘기를 퍼뜩 떠올렸다. 말만 하고 움직이지 않은 일을 빈정거리듯 물었다.

"경은 전날 과인을 위해 회남으로 가서 구강왕(九江王) 경포를 달래 보겠다고 한 적이 있다. 경포가 군사를 이끌고 초나라에 맞서 항왕을 몇 달만 그곳에다 잡아 둔다면, 그사이에 과인은 천하를 얻을 수 있겠다고 했는데, 어찌 된 일인가? 벌써 반년이 넘도록 떠날 생각을 않으니, 그때 경이 과인에게 한 말은 그저 유자의 큰소리일 뿐이었는가?"

그 말을 듣자 수하가 정색을 하고 받았다.

"실은 그 일로 이렇게 온 것입니다. 이제 떠날 때가 되었기로 그때 약조하신 대로 스무 명의 수행원[二十人俱]과 그에 따른 의장(儀仗)을 갖춰 주시고 구강왕께 바칠 폐백도 마련해 주십시오."

"실로 알 수 없구나. 그동안 잊은 듯 버려두었던 그 일이 이제 와서 왜 이토록 급해졌는가? 군신이 오랜만에 마음 편히 술 한잔 나누려는데 이렇게 정색을 하고 찾아와 과인을 재촉하는 까닭이 무엇인가?"

한왕이 여전히 빙글거리는 말투로 물었다. 수하가 정색을 풀지 않고 말했다.

"사자(使者)에게는 사자의 밑천이란 게 있는 법입니다. 지난번에 제가 대왕께 허여받은 밑천은 의장과 폐백이었습니다. 하지만 한 가지 덜 갖춰진 밑천이 있어 기다려 왔는데, 이제 그것이 갖춰졌기에 이렇게 떠날 채비를 하고 온 것입니다."

"이번에 갖춰진 밑천은 무엇인가?"

"때라고 하는 밑천입니다. 사자가 아무리 위엄을 꾸미고 폐백을 훌륭하게 갖춘다 해도 때가 맞지 않으면 그 뜻을 이룰 수 없습니다. 그런데 지난번 우현에서 신이 나선 것은 대왕께서 팽성 싸움으로 대군을 잃고 경황없이 쫓기실 때였습니다. 또 그 뒤로도 패왕은 그 위엄이 천하를 떨게 하는데, 대왕께서는 관중도 온전히 보존하지 못하셨습니다. 따라서 그때는 제가 아무리 그럴듯한 의장에다 귀한 폐백을 수레 가득 싣고 간다 해도 구강왕을 우리 편으로 달랠 수 없었을 것입니다.

그러나 이제 대왕께서는 관중을 정비하시고, 대장군 한신을 보내시어 위(魏), 대(代), 조(趙), 연(燕) 네 나라를 잇따라 평정하심으로써 관동에서도 크게 위엄을 떨치셨습니다. 온 천하에 패왕과 맞서 싸울 만한 능력과 경륜을 보이셨으니, 구강왕 경포도 전과 달리 대왕의 뜻을 쉽게 떨치고 돌아서지는 못할 것입니다. 이에 신이 드디어 떠나 보려는 것입니다."

그 말을 듣자 한왕도 비로소 웃음기를 거두고 말했다.

"경에게 그렇게 깊은 헤아림이 있었구나. 과인이 한 말을 너무 무겁게 마음에 담아 두지 말라. 경이 바라는 것은 무엇이든 내줄 터이니, 부디 경포를 달래 남쪽의 근심을 덜 수 있게 하라."

그러고는 좌우를 시켜 수하에게 전에 약속한 스무 명의 관원과 그에 맞는 의장을 갖춰 주게 했다. 또 경포에게 보낼 폐백 말고도 황금을 넉넉히 주어 수하가 사행(使行) 길에 쓰기에 군색함이 없게 했다.

한(漢) 3년 동짓달 초순, 알자 수하는 스무 명의 관원과 그들을 따르며 호위와 물자 운송을 맡을 이졸 수십 명을 이끌고 구강으로 떠났다. 크게 펄럭이는 기치를 앞세우고 위엄 있는 복색을 갖춘 관원이 탄 말이 스무 기가 넘는 데다, 폐백과 물자를 실은 수레가 다시 10여 대라 당시로는 보기 드물게 규모가 큰 사행이었다.

형양에서 천 리가 훨씬 넘는 길을 열흘 만에 내달린 수하가 도읍인 구강에 이르자 구강왕 경포도 그 소문을 들었다. 당시의 관례는 신부(信符)를 지닌 다른 나라의 사자가 오면, 먼저 조정의 대신들 가운데 하나가 주인이 되어 사자를 손님으로 맞고 그 사저(私邸)에 묵게 했다. 그러다가 적절한 때에 왕이 불러 만나게 되는데, 구강왕 경포는 먼저 태재(太宰)에게 주인이 되어 수하 일행을 손님으로 치게 했다.

그때 구강의 태재는 주나라 관제에서 말하는 태재와는 달랐다. 나랏일을 맡아 다스리고 살피는 재상이 아니라, 궁중의 음식 수

발을 드는 관리[具食之官]를 그렇게 불렀다. 경포가 수라간 우두머리에 지나지 않는 태재에게 수하 일행을 맡긴 것은 그만큼 그들을 가볍게 보았다는 뜻도 된다. 그러나 그 태재가 또한 육(六) 땅 사람이라, 경포, 수하와 더불어 같은 고향이니, 어찌 보면 수하에게는 잘된 일일 수도 있었다.

그 무렵 구강왕 경포의 심사는 매우 편치 못했다. 지난해 정월 패왕 항우가 제나라 정벌을 나설 때 병을 핑계로 따라가지 않은 이래로 갈수록 고약하게 뒤틀리고 있는 둘 사이의 교분 때문이었다. 그때까지 경포는 언제나 패왕의 손발이 되어 모든 일에 앞장서 왔다. 그러나 그해 10월 패왕이 의제(義帝)를 죽여 천하의 공분을 산 뒤로 둘 사이가 뜨악해졌다. 만(萬) 사람의 입은 쇠도 녹인다던가, 패왕이 하도 욕을 먹자 어지간한 경포도 무턱대고 그를 따르기가 내키지 않게 된 것인데, 한 번 그렇게 되자 그 뒤가 묘하게 꼬여 갔다.

그해 4월 다시 한왕 유방이 다섯 제후를 앞세우고 팽성으로 쳐들어왔을 때 경포는 그 엄청난 기세에 눌려 우물쭈물하다가 패왕을 도울 때를 놓쳐 버리고 말았다. 홀로 한왕의 56만 대군과 맞설 자신이 없어 형세만 살피고 있는데, 패왕이 정병 3만을 이끌고 달려와 단숨에 그들을 산산조각 내 버린 까닭이었다. 그야말로 전광석화(電光石火) 같아 도무지 경포가 끼어들어 생색을 낼 틈이 없었다.

한왕 유방이 수십만 대군을 잃고 겨우 목숨만을 건져 관중으로 달아났다는 말을 듣자 경포는 다음을 자기 차례라 보았다. 몇

해 곁에서 함께 싸우면서 알아 온 항우는 두 번이나 의리를 저버린 자신을 결코 용서할 사람이 아니었다. 그런데 무슨 변덕인지 항우는 사자를 보내 좋은 말로 달래기만 해 경포를 헷갈리게 했다.

방금도 그랬다. 패왕은 아무 일도 없었다는 듯 사자를 보내 경포의 출전만을 재촉할 뿐이었다. 그러나 장강의 수적(水賊)으로 늙은 경포로서는 이제 와서 그런 패왕을 믿고 선뜻 군사를 내어 따라나설 수가 없었다. 거기에 다시 한왕의 사자가 불쑥 찾아오니, 경포의 머릿속은 더욱 어지러울 수밖에 없었다.

경포는 우선 한왕의 사자 수하를 고향 사람인 태재에게 맡겨 접대하게 했으나, 자신은 어떻게 대해야 할지 마음을 정할 수가 없었다. 날마다 태재를 불러 수하 일행의 움직임을 세밀히 캐물으면서도 얼른 그들을 만나려 하지는 않았다. 주인을 정해 주고 대접하게 하며 살필 뿐, 만나 보지 않기는 패왕에게서 온 초나라 사자도 마찬가지였다.

사흘이 되어도 구강왕 경포의 부름이 없자 수하 쪽에서 먼저 움직이기 시작했다. 수레에 싣고 온 재물을 가만히 풀어 태재의 집안사람들 마음부터 산 뒤, 다시 따로 마련해 둔 보화를 태재에게 바쳐 한나라의 넉넉한 물력(物力)을 은근히 내비쳤다. 소금 먹은 놈이 물켠다고, 재물을 얻은 태재가 가만히 있지 못하고 수하를 안으로 청해 들였다.

"제가 지금은 한나라의 사자로 왔습니다만 실은 저도 귀국의 대왕과 마찬가지로 멀지 않은 육현(六縣)이 고향입니다."

차려진 술상에 마주 앉으며 수하가 지나가는 소리처럼 말했다. 수하는 이미 태재가 자신과 같은 고향 사람임을 알고 있었으면서도 짐짓 그렇게 능청을 떨었다. 아무것도 모르는 태재가 반색을 하며 받았다.

"나도 육현 사람이오. 왠지 어디선가 본 듯하다 싶었더니 그래서였구려."

그러고는 한층 가까운 느낌이 드는지 수하에게 다가와 술잔을 권했다. 사양 없이 잔을 주고받던 수하가 불쑥 태재에게 물었다.

"오늘로 구강에 이른 지 사흘이 되는데 아직도 대왕께서 만나 주지 않으시니 무슨 일입니까? 혹 대왕께나 조정에 무슨 변고가 있는 것은 아닙니까?"

"그런 일은 없습니다. 다만 우리 대왕께서 이것저것 살피고 헤아리시느라 조금 늦어질 뿐입니다."

동향의 정 때문일까? 구강 태재가 별로 감추는 기색 없이 그렇게 받았다. 수하가 그 말꼬리를 붙잡고 늘어지듯 물었다.

"이것저것 살피고 헤아리셔야 한다면, 초나라의 사자도 와 있다는 뜻이겠습니다. 패왕도 참을성을 많이 키운 듯합니다만, 그래도 재촉이 심하지요?"

"그건 잘 알 수 없습니다만 벌써 여러 날 전에 와서 우리 대왕의 답을 기다리고 있습니다."

이번에도 태재는 군이 감추려 들지 않고 아는 대로 일러 주었다. 어쩌면 아낌없이 뿌린 금은이 그렇게 효험을 내고 있는지도 모를 일이었다. 그러자 수하가 정색을 하고 물었다.

"저와 같은 땅에서 나고 자란 정에 의지해 묻고자 합니다. 태재께서는 진실로 이 회남 땅과 여기 사는 백성들을 살리는 일이 있다면, 언제든 소매를 걷어붙이고 나설 수 있겠습니까? 곧 자신의 안위를 묻지 않고 구강왕께 나아가 제가 아뢰고자 하는 말을 그대로 전해 주실 수 있겠습니까?"

"나는 우리 대왕을 임금으로 모시며 그 봉록으로 산 지 오래됩니다. 또 회남 땅은 내 고향이요, 그 백성들은 모두가 내 부모 형제나 다름없습니다. 거기다가 회남 땅과 그 백성들을 위한 일이라면 또한 우리 대왕을 위한 일이기도 하니, 그런 일이 있다면 어찌 내 한 몸을 걱정해 나서기를 마다할 수 있겠습니까?"

태재도 정색을 하고 대꾸했다. 수하가 목청을 가다듬어 진작부터 별러 온 말을 했다.

"구강왕께서 저를 만나 주시지 않는 것은 틀림없이 초나라는 강하고 우리 한나라는 약하다고 여기신 까닭일 것입니다. 하지만 제가 이번에 사자로 온 것은 바로 그런 대왕의 헤아림이 옳지 않음을 밝히려 함이니, 바라건대 태재께서는 힘써 아뢰시어 제가 대왕을 뵈올 수 있게 해 주십시오.

만약 제가 드리는 말씀이 옳다면, 이는 대왕께서 듣고 싶어 하시는 바로서, 이 회남 땅과 사람을 위해 그대로 따라 주시면 될 것입니다. 하오나 제가 드리는 말씀이 그릇되었다면, 저뿐만 아니라 저를 따라온 스무 명까지 모두 구강 저잣거리로 끌어내 그 목을 쇠 모탕에 얹고 도끼로 잘라도[斧質] 원망하지 않겠습니다.

그리하시면 대왕께서는 한나라와 등지고 초나라를 섬기겠다는 뜻을 천하에 밝히는 셈이라, 패왕에게 구구하게 변명을 늘어놓지 않아도 되니 그 또한 다행이 아니겠습니까?"

그 말뜻이 비장해서인지 태재가 숙연하게 들으며 고개를 끄덕였다.

"그 말을 들으니, 자기 임금을 향한 공의 충성뿐만 아니라 우리 구강을 위한 충정도 믿지 않을 수 없구려. 내 내일 우리 대왕을 뵙는 대로 공의 뜻을 전해 올리겠소."

그렇게 말하고는 술잔을 몇 순배 흥겹게 돌리다가 자리를 파하였다.

다음 날 입궐한 태재가 왕 경포를 찾아보고 간밤 수하에게서 들은 말을 그대로 전했다. 그때까지도 갈피를 잡지 못하고 있던 경포는 태재가 전해 준 말을 듣고 나서야 비로소 한나라의 사자를 만나 볼 마음이 생겼다. 곧 태재의 집으로 사람을 보내 수하를 궁궐로 불러들이게 했다.

구강왕 경포는 진승과 오광을 따라 봉기하여 진나라에 맞서기 전까지는 범죄자와 죄수의 우두머리로 더 많이 알려졌다. 영포(英布)란 이름을 두고도 경포(黥布)라고 불리는 것부터가 죄를 짓고 얼굴에 먹자를 새기는 형[黥]을 받은 때문이었다. 젊었을 때는 죄수로서 여산(驪山)에서 시황제의 황릉 만드는 일을 했고, 뒷날에는 무리를 이끌고 장강(長江)에서 수적 떼의 우두머리 노릇까지 했다.

한나라 사자로 온 수하를 만났을 때 경포는 구강왕이 된 지 벌써 이태째로 접어들고 있었다. 무리를 이끌고 진나라와 맞서 싸운 지는 이미 여러 해 되었으며, 특히 항량과 항우를 따라 싸우면서부터는 장수로서 크게 이름을 떨치기도 했으나, 몸에 밴 이력은 쉽게 지워지지 않았다. 거기다가 얼굴을 시퍼렇게 덮고 있는 먹실 글씨[墨字]는 처음 보는 사람을 질리게 하는 데마저 있었다.

하지만 경포는 자신의 그런 용모에 별로 마음 쓰지 않았을뿐더러, 때로는 그 때문에 사람들이 두려워 떠는 걸 은근히 즐기기까지 했다. 특히 소년 시절 어떤 용한 관상가로부터 '형벌을 받은 뒤에 왕이 되겠다.'는 말을 들어서인지 얼굴을 뒤덮고 있는 먹실 글씨를 되레 드러내 놓고 자랑으로 삼았다.

그날도 수하를 불러들인 경포는 먼저 보는 사람들마다 두려워 떠는 자신의 용모로 수하를 위압하려 했다. 먹실로 뜬 글자 때문에 검푸른 얼굴에다 이상하게 번쩍거리는 두 눈으로 가만히 수하를 내려다볼 뿐 얼른 입을 열지 않았다. 하지만 수하는 조금도 움츠러드는 기색이 없었다.

"한왕께서는 신을 보내실 때 엄중한 서신을 내리시며 삼가 대왕께 전하라 이르셨습니다. 하오나 신은 그 서신을 대왕께 바치기 전에 먼저 묻고 싶은 것이 있습니다."

구강왕 경포에게 사자로서의 예를 올리기 바쁘게 수하가 그렇게 말했다. 경포가 그제야 무쇠 솥 깨지는 듯한 소리로 수하의 말을 받았다.

"궁금한 게 무엇인지 말하라."

"대왕께서는 초나라와 어떤 연분을 맺고 계십니까?"

그 물음에 힐끗 수하를 쏘아본 경포가 다시 표정 없는 얼굴로 돌아가 말했다.

"과인은 북향(北向)하여 초나라 임금을 섬기는 한낱 신하에 지나지 않는다. 연분이란 당치도 않은 소리."

말할 것도 없이 수하를 떠보기 위해 그저 해 보는 소리였다. 수하가 그런 경포를 똑바로 올려다보며 말하였다.

"대왕께서는 항왕(項王)과 함께 앞장서 포악무도한 진나라를 쳐 없애신 뒤로, 구강왕이 되어 항왕과 나란히 제후의 줄[列]에 서시게 되었습니다. 그러면서도 대왕께서 구차하게 북쪽으로 돌아앉아 신하로서 항왕을 섬기는 까닭은 틀림없이 초나라가 강하다 여겨 거기에다 대왕의 나라를 맡기는 것이 낫겠다고 믿으시기 때문일 것입니다. 그런데 신이 보기에 대왕께서는 결코 그리 믿지는 않으시는 듯합니다."

"그게 무슨 소린가?"

경포가 별로 흔들림 없는 목소리로 그렇게 물었다.

"지난번 초나라가 제나라를 칠 때 서초 패왕은 몸소 싸움에 쓸 널빤지와 나무 막대를 지고 사졸들의 앞장을 섰습니다. 패왕이 그럴진대 대왕께서도 마땅히 구강 사람들을 모두 끌어내 친히 그들을 이끌고 초나라를 위해 앞장을 서셔야 했습니다. 그런데도 겨우 군사 4천 명을 보내 초나라를 돕게 하였을 뿐이니, 무릇 북면하여 신하로서 남을 섬기는 이가 어찌 그와 같이 할 수 있겠습니까?

또 우리 대왕께서 일곱 제후와 대군을 이끌고 팽성으로 쳐들어갔을 때도 그렇습니다. 서초 패왕이 아직 제나라에서 돌아오지 못하였으니, 대왕께서라도 구강의 군사를 이끌고 회수를 건너 밤낮 없이 팽성 아래로 달려가셔야 했습니다. 하오나 대왕께서는 수만의 장졸을 거느리고 계시면서도 단 한 사람의 군사도 회수를 건너게 하지 않으셨습니다. 오히려 팔짱을 끼고 어느 쪽이 이기는지 구경만 하셨으니, 무릇 패왕의 신하가 되어 구강 땅의 명운까지 초나라에게 맡긴 분으로서 어찌 그와 같이 할 수 있겠습니까?"

"그렇다면 사자는 무엇 때문에 과인이 초나라를 섬긴다고 말한다 보는가?"

아픈 곳이 건들린 셈이건만 경포는 여전히 흔들림 없는 목소리로 그렇게 물었다. 흔들림 없기는 수하도 경포에 못지않았다.

"대왕께서는 빈이름만 내세워 신하로서 초나라를 섬긴다고 하실 뿐, 스스로에게 모든 걸 맡기고 계십니다. 그러면서도 대왕께서 초나라를 저버리지 않으시는 것은 우리 한나라가 약하다고 여기시는 까닭일 것입니다.

하지만 비록 초나라 군사가 강하다 해도, 천하는 패왕에게 의롭지 못하다는 이름을 붙여 초나라에게 등을 돌리고 있습니다. 이는 패왕이 맹약을 어기고 의제를 시해했기 때문이요, 싸움을 잘하고 자주 이긴다는 것만으로 스스로를 강하다고 믿고 제후들을 억압하기 때문입니다. 이에 비해 우리 한왕께서는 함곡관을 나와 관동의 제후들을 거둬들이시고, 나아가서는 서초의 도읍인 팽성까지 도모하셨으되, 물러나서서도 의연히 성고와 형양 사이를 지키고 있습니다. 촉과 한에서 곡식을 날라 오며, 도랑을 깊이 파고 성벽을 높이 한 뒤에 군사를 나누어 변경과 요새를 막게 하니, 그 지킴이 여간 단단하지 않습니다.

그런 한나라를 치려면 초나라 군사는 양(梁) 땅을 거쳐 적국 안으로 8, 9백 리 깊숙이 들어가야 하며, 늙고 힘없는 백성들이 천 리 밖에서 군량을 날라 와야 합니다. 그리하여 초나라 군사들이 어렵게 형양과 성고에 이른다 해도, 한나라가 굳게 지킬 뿐 움직이지 않는다면, 초나라 군사들은 나아간다 해도 한군을 쳐부술 수가 없고 물러나려 해도 함부로 에움을 풀고 돌아갈 수가 없게 되는 고약한 처지에 빠질 것입니다. 따라서 그와 같은 초나라 군사는 결코 대왕께서 믿고 기댈 만한 군사가 아닙니다.

거기다가 또 하나 지나쳐 보아서 아니 되는 일은 천하 제후들의 마음가짐입니다. 만약 초나라가 한나라를 이기게 되면 제후들은 스스로 위태로움을 느껴 서로 돕고 구원해 주게 될 것입니다. 그리하여 비어 있는 초나라로 다투어 치고 들 것이니, 곧 초나라가 강대하여 어떤 나라를 쳐부순다는 것은 천하 제후의 군사들을 모두 초나라로 불러들인다는 말이나 다름없습니다. 따라서 초나라가 한나라만 같지 못함은 쉽게 알 수 있는데도, 이제 대왕께서는 모든 것이 안전한 한나라와 함께하지 않으시고 위태롭고 망해 가는 초나라에 스스로 나라를 맡기려 하십니다. 이 어찌 안타까운 일이 아니겠습니까."

그러자 검푸른 경포의 얼굴에도 변화가 일기 시작했다. 무언가를 깊이 헤아려 보는 듯하다가 갑자기 성난 목소리로 물었다.

"너희 한나라가 그리 강하고 초나라가 그리 약하다면 왜 너희 주인인 한왕은 아직도 초나라를 쳐 없애지 못하였느냐? 어찌하여 중원의 수많은 제후들을 끌어들이고도 수수(睢水)가 한 싸움에 풍비박산이 나 동서남북으로 쫓겨 다니느냐? 거기다가 이제는 멀리 구강까지 세객을 보내 구차하게 힘을 빌려 하느냐? 과인이 다스리는 구강은 땅이 남쪽에 치우쳐 있고 백성들의 머릿수도 그리 많지 않다. 군사를 모조리 긁어모은다 해도 몇 만을 채우기 어려운데, 그걸로 물풍(物豐)한 서초의 대군을 치기라도 하란 말이냐?"

곁에 있는 사람이 보기에는 간이 오그라들 정도로 험하게 일그러진 경포의 얼굴이었다. 그러나 수하는 눈도 깜짝하지 않고 자신의 말을 마무리했다.

"신도 구강의 군사로 초나라를 쳐서 이길 수 있으리라고는 보지 않습니다. 다만 대왕께서 군사를 일으켜 초나라와 맞서시게 되면 패왕은 반드시 이리로 달려올 것이고, 서초의 대군은 회남과 서초 어름에 묶여 있게 될 것입니다. 그렇게 대왕께서 몇 달만 패왕의 발목을 잡아 주신다면 한나라가 천하를 차지하는 데 아무런 어려움이 없을 것이니, 천하를 위해 그보다 더 큰 공이 어디 있겠습니까?

바라건대 대왕께서는 신으로 하여금 대왕과 더불어 칼을 찬 채 한나라로 돌아갈 수 있게 해 주십시오. 우리 한왕께서는 반드시 크게 땅을 떼어 대왕에게 내리실 것입니다. 하물며 원래부터 다스리시던 구강 땅이겠습니까? 한왕께서는 바로 이 같은 뜻으로 신을 대왕께 보내 삼가 어리석은 계책을 올리게 한 것이니, 아무쪼록 대왕께서는 그 깊은 뜻을 받아들여 주십시오."

그러자 구강왕 경포의 얼굴에도 전과 다른 변화가 일었다. 희미하게나마 감동의 기색을 보이며 무언가를 잠시 생각하다가 무거운 한숨과 함께 말했다.

"내 이제 사자의 말을 알아듣겠소. 삼가 말씀에 따르겠소."

그렇게 대답하는 경포는 말투까지 어느새 정중하게 변해 있었다. 하지만 죄수와 도둑 떼 사이에서 몸을 일으켜 왕 노릇까지 하게 된 자의 노회함과 조심성 때문일까, 대답은 그리해 놓고도 경포는 얼른 자신의 말대로 하지 않았다. 무언가를 살피고 따지느라 우물쭈물하면서 초나라를 등지고 한나라를 따를 뜻을 나라 안팎으로 뚜렷이 드러내지 못했다.

그때 구강에는 초나라에서 온 사자도 경포의 답을 재촉하며 객사에서 기다리는 중이었다. 한나라에서 사자가 왔다는 말을 듣고 더욱 급하게 경포를 몰아댔다.

"패왕께서는 구강왕께서 어서 날래고 사나운 군사를 내시어 북쪽으로 휘몰아 오시기를 기다리고 계십니다. 구강의 대군이 한(韓)나라 땅에 이르기만 하면, 패왕께서도 조나라, 제나라에 흩어 놓은 군사들을 모조리 서쪽으로 돌려 형양을 우려빼고 한왕 유방을 사로잡을 것이라 하셨습니다. 그리되면 천하를 평정한 공은 모두 구강왕께 돌아갈 것이나, 늦어지면 오히려 패왕께서 죄를 물으실 수도 있습니다. 언제쯤이면 구강의 대군을 북쪽으로 내실 수 있겠습니까?"

수하와 경포 사이에 어떤 말이 오간지도 모르면서 초나라의 사자가 그렇게 을러대듯 물어 왔다. 그 말을 듣고 나니 일껏 정해졌던 경포의 마음이 다시 약해지지 않을 수 없었다. 그쪽에도 얼른 대답을 못하고 우물쭈물하면서 다시 며칠을 보냈다.

가져간 재물을 흩뿌려 사 둔 구강의 관리들에게서 그와 같은 소문을 들은 수하는 초나라 사자를 그냥 두어서는 일이 되기 어렵겠다고 보았다. 한 번 더 모진 마음을 먹고, 수행하여 따라온 한나라 관원들과 함께 초나라 사자가 머무는 객사로 달려갔다. 시종 몇을 데리고 객사에서 쉬고 있던 초나라 사자는 수하가 스무 명이나 되는 관원들과 함께 객사로 뛰어들자 놀라기부터 먼저 했다.

"공은 뉘시오? 어떻게 왔소?"

초나라 사자가 속으로는 어렴풋이 짐작을 하면서도 굳이 모르는 척 그렇게 물었다. 수하가 다짜고짜 윗자리로 가서 앉으며 꾸짖듯 말했다.

"나는 이 육현 땅에서 나고 자란 수하란 사람인데 이번에 한왕의 사자로서 구강왕을 찾아 뵈러 왔다. 그런데 이 며칠 네가 하고 있는 짓을 보고 있자니 하도 딱해서 몇 마디 깨우쳐 주려 한다."

"곧 망해 없어질 나라의 사자가 어찌 이리도 무례한가? 감히 저희 주인을 왕으로 세워 준 대국(大國) 서초의 사자를 가르치려

하다니."

초나라 사자가 힘들여 마음을 다잡아 먹고 그렇게 맞받아쳤다. 수하가 더욱 상대를 업신여기는 말투로 말했다.

"무릇 사자란 천하의 형세를 읽어 자신이 섬기는 주군의 존망과 안위를 보살필 수 있어야 한다. 그런데 너는 네 목이 언제까지 붙어 있을지도 모르면서 무슨 수로 네 주군을 섬기고 지켜 낼 수 있겠느냐?"

"그게 무슨 소리냐?"

"구강왕께서는 이미 한나라와 우리 대왕을 따르기로 약조하셨는데 어떻게 너희 초나라를 위해 군사를 낼 수 있단 말이냐? 사자라면 마땅히 그런 변화를 알아 하루빨리 초나라로 돌아가야 하거늘, 너는 어찌하여 이렇게 미련을 대고 있느냐? 구강왕께서 네 목이라도 베어 우리 한나라에 대한 충심을 증명하라는 것이냐?"

그러자 초나라 사자도 더 참지 못하고 낯빛이 시뻘게지며 소리쳤다.

"아무리 개는 주인이 아니면 누구에게든 함부로 짖어 댄다[犬吠非其主]지만 네 무례가 너무도 심하구나. 너는 파촉(巴蜀) 한중(漢中)으로 내쳐진 한왕 유방의 심부름꾼으로서 구강왕을 뵈러 왔으면 가만히 네 볼일이나 볼 것이지, 무슨 간으로 객관까지 찾아와 대국 서초의 패왕께서 보내신 사자에게 감히 이같이 야료를 부리느냐?"

"머지않아 머리 없는 귀신이 될 자가 아직 입은 살아서 큰소리로구나. 다시 한번 깨우쳐 주거니와, 그 변변찮은 머리라도 어깨 위에 남겨 두려거든 지금이라도 어서 서초로 돌아가는 게 어떠냐?"

수하가 그렇게 한 번 더 초나라 사신의 허파를 뒤집었다. 더견디지 못한 초나라 사자가 자리에서 차고 일어나 칼자루를 어루만지며 씨근댔다. 하지만 한왕이 딸려 보낸 수십 명 수행원이 수하를 에워싸고 있어, 그마저도 위협이 되지 않았다. 그때 경포가 놀란 얼굴로 달려왔다. 진작부터 사람을 시켜 수하를 살피고 있었거나, 초나라 사자의 객사가 구강왕의 궁궐에 붙어 있어 수하가 뛰어들 때 이미 소문이 그 귀에 들어간 듯했다.

"대왕, 일이 이미 이렇게 벌어졌으니 달리 어찌하는 수가 없습니다. 초나라 사자를 죽여 돌아갈 수 없게 하고, 대왕께서는 하루빨리 한나라로 달려가도록 하십시오. 우리 한나라와 힘을 합쳐 패왕을 쳐부수는 것만이 대왕과 구강 사람들의 살길이 될 것입니다."

경포를 본 수하가 한층 더 기세 좋게 소리쳤다. 일이 그렇게 되자 경포도 마침내는 마음을 굳혔다. 비정할 만큼 작은 머뭇거림도 없이 수하의 말을 받았다.

"알겠소. 내 사자의 가르침을 따르겠소."

그러고는 번쩍이는 눈으로 좌우를 돌아보며 소리쳤다.

"여봐라, 저기 저자의 목을 베어 항우에게 돌려보내라. 그것으로 내 목숨이 붙어서는 다시 그 앞에 무릎 꿇지 않으리라는 다짐에 갈음한다 하여라."

그리하여 그날로 초나라 사자는 목만 제가 온 곳으로 돌아가고, 구강왕 경포는 한왕 편에서 싸우게 되었다.

그 뒤 구강왕 경포의 움직임은 수하가 바란 것보다 훨씬 빠르고도 매서웠다. 경포는 초나라 사자를 벤 다음 날로 군사를 일으켰는데, 미리 채비라도 하고 있었던 듯 사흘도 안 돼 구강성 밖 들판은 날래고 사나운 군사들로 가득 찼다. 오래된 생강이 맵다더니, 한왕의 생각을 헤아리는 데도 경포의 나이와 이력이 헛되지 않았다.

"사자는 과인이 먼저 한왕을 뵈러 가기를 바라는 듯하나, 지금 빈손으로 한왕을 찾아가 봤자 무엇하겠소? 그러지 말고 우리 먼저 산동으로 치고 들어 패왕의 기력을 흩어 놓는 일부터 해 봅시다. 그리되면 사자가 말한 대로, 한왕께서는 마음 놓고 관동의 동북쪽을 경략하여 패왕과 천하를 다투는 데 유리한 위치를 굳혀 놓을 수 있을 것이오. 과인이 한왕을 찾아 뵙는 일은 그 뒤라도 늦지 않소."

그러면서 군사를 동북으로 몰아갔다. 수하도 그런 경포의 말을 옳게 여겨 두말없이 따라갔다.

경포가 한편이라 여겨서 그랬는지 구강과 이어진 서초의 땅에는 지키는 군사가 별로 없었다.

회수를 건너 무인지경 가듯 달려간 경포의 군사들이 기현에 이른 것은 구강을 떠난 지 사흘 만이었다. 그래도 현성이라 기현성 안에는 많지 않은 군사와 더불어 제법 이름난 수장까지 있었다. 하지만 구강왕 경포가 몸소 군사를 이끌고 오자 한번 싸워 보지도 않고 성문을 열어 주었다.

하지만 기현 다음으로 이틀 뒤에 이른 상현에서는 달랐다. 구강에서 초나라 사자의 목 잘린 머리를 지고 돌아가던 초나라 이졸 하나가 하루 전에 그곳에 이르러 경포가 패왕에게서 등을 돌렸음을 알린 까닭이었다. 성을 맡아 지키던 항규(項圭)는 사람을 팽성으로 보내 위급을 알리게 하는 한편 성문을 굳게 걸어 잠그고 군민을 모조리 성벽 위로 끌어내 싸울 채비를 했다.

"성안 군민들은 들어라. 과인이 몸소 구강의 매섭고 날랜 군사들을 이끌고 왔으니 어서 성문을 열고 항복하라. 쓸데없는 고집을 부리다가 성이 무너지는 날에는 옥과 돌이 함께 불에 타 없어지는 꼴이 날 것이다."

경포가 문루 앞으로 말을 몰고 나가 그렇게 겁을 주어 보았으나 대답 대신 돌아온 것은 화살 비뿐이었다.

"좋다. 정히 그렇게 나온다면 무서운 것이 저희 임금 항우뿐만이 아님을 성안 군민들에게 보여 주어라!"

성난 경포가 먹글씨[刺字]가 새겨져 험한 얼굴을 더욱 험상궂게 찡그리며 소리쳤다. 이에 경포의 장졸들이 가진 힘을 다해 성을 들이치니 팽성에서 멀리 떨어진 작은 성이 오래 견뎌 낼 리 없었다. 이틀을 버티지 못하고 상성(相城)은 구강왕 경포의 손에 떨어졌다. 경포는 항복한 서초의 사졸들을 모조리 죽여 패왕 항우에 못지않게 흉악한 솜씨를 보여 주었다.

"지난번에 한왕께 낭패를 당한 적이 있어 팽성의 방비가 자못 엄중할 것이다. 팽성을 돌아 북진하여 바로 제나라로 밀고 든다. 율, 탕, 하읍을 지나 한왕의 고향인 풍, 패의 땅을 휩쓸어 버리면, 지금 조나라 부근에서 오락가락하고 있는 항왕과 서초 사이는 절로 길이 끊기고 만다."

경포는 다시 율현(栗縣)으로 군사를 몰아가면서 그렇게 제 속을 드러냈다.

집중과 강습(强襲)

그 무렵 패왕 항우가 거느린 초군(楚軍) 본진은 소문대로 대량에서 복양 부근으로 옮겨 앉아 있었다. 패왕의 급한 마음 같아서는 바로 하수를 건너 조나라의 옛 도읍인 한단 쪽으로 밀고 들고 싶었으나, 한신과 장이의 주력이 어디에 머무르고 있는지 알 수 없어 함부로 움직일 수 없었다. 군사를 나누어 조나라로 들여보내 이곳저곳 찔러 보게 하고 있었다.

처음 팽성을 떠날 때 패왕은 한왕 유방을 쫓아 바로 형양으로 밀고 들려 했다. 그러나 지난해 팽성을 비워 두고 제나라를 치러 갔다가 한왕에게 단단히 쓴맛을 본 적이 있었다. 팽성의 방비를 든든히 하고, 자신도 먼 길을 가서 싸울 채비를 넉넉히 하다 보니 본진의 출발이 두어 달 늦어지고 말았다.

그런데 패왕답지 않은 그런 신중함이 한왕 유방에게는 한숨 돌릴 시간을 벌어 준 셈이 되었다. 그사이 패군을 수습한 한왕은 금세 10만 대군을 모아 형양과 성고, 오창을 잇고 광무산을 외곽으로 삼는 근거지를 구축했다. 그런 다음 배짱 좋게 형양을 한신에게 맡겨 둔 채 관중으로 들어가 그때까지 폐구에서 버티던 옹왕 장함을 잡아 죽임으로써 등 뒤까지 깨끗이 쓸고 돌아왔다.

그 바람에 가볍게 형양으로 치고 들지 못한 패왕은 대량에 본진을 멈추고 용저와 종리매에게 군사를 갈라 주며 한군의 형세를 알아보게 했다. 하지만 광무를 지나는 길은 번쾌가 그 산성(山城)에 버티고 있어 뚫고 나갈 수가 없고, 오창과 형양을 잇는 용도는 주발이 굳게 지키고 있어 한군의 양도(糧道)를 끊어 버리는 일도 뜻과 같지 못했다.

용저와 종리매로부터 그 같은 전갈이 오자 잠시 마음이 흔들린 패왕이 머뭇거리는 사이에 다시 분통 터지는 소식이 들어왔다.

"한나라의 기장 관영이 산동을 휘젓고 다니며 우리 양도를 끊고 있습니다."

적의 양도를 끊어 버리는 것은 거록의 싸움 이래 자신이 즐겨 써 오던 전법이었다. 그런데 이번에는 거꾸로 적이 그걸로 재미를 보고 있다고 하니 어찌 참을 수 있겠는가. 이에 패왕이 대군을 갈라 관영을 잡게 하려는데 다시 놀라운 소식이 들어왔다.

"한신이 위나라를 평정하고 위표를 사로잡았다고 합니다. 알고 보니 관영도 원래 한신을 도우러 나왔다가 이제 한군의 별장이 되어 우리 등 뒤를 어지럽히고 있다는 것입니다."

그 말을 들으니 패왕은 형양으로 급하게 밀고 들 마음이 더욱 없어졌다. 하수 북쪽으로 달아났다고는 하나 팽월이 몇 만 군사로 부근을 떠돌고 있는 데다, 관영의 기마대가 백마 부근의 하수 남북을 바람처럼 휩쓸고 다녔다. 그런데 다시 한신이 대군을 이끌고 나와 위나라를 결딴내고 위표를 사로잡아 갔다고 하지 않는가.

"유성마를 보내 형양과 오창 쪽으로 나가 있는 장졸들을 모두 불러들이게 하라. 여기서 다시 한번 전열을 정비한 뒤에 유방과 결판을 짓겠다!"

갑자기 한군이 불어나 사방에 깔린 듯한 느낌에 패왕이 그렇게 명을 내렸다. 그러다가 한왕이 다시 장이에게 3만 군사를 주어 한신과 함께 대나라, 조나라마저 치게 했다는 소식이 들어오자 패왕답지 않은 경계와 소심까지 드러냈다.

"이곳으로도 언제 적이 몰려들지 모른다. 참호를 깊게 파고 보루를 높여 진채를 한층 굳건히 하고 망보기와 척후를 더욱 늘려라!"

"대왕, 교활한 도적의 눈속임에 넘어가서는 아니 됩니다. 한왕 유방이 그토록 많은 군사를 빼냈다면 오히려 지금이야말로 형양을 들이칠 때입니다. 전군을 들어 홍구(鴻溝)를 건넌 뒤 밤낮 없이 형양으로 달려가면 며칠 안 돼 유방을 사로잡을 수 있습니다!"

보다 못한 범증이 그렇게 패왕을 깨우쳤지만 아무런 소용이 없었다. 패왕은 마치 적에게 겹겹이 에워싸인 진채 속에 갇힌 것처럼 움직임이 없다가 한신과 장이가 조나라에 이어 연나라까지 항복받았다는 말을 듣고서야 비로소 군사를 움직였다.

"이제 모두 조나라로 간다. 조나라에 한신과 장이의 대군을 두고 형양으로 갈 수는 없다. 조나라부터 평정한 뒤에 형양으로 가 유방을 사로잡도록 하자."

패왕이 장졸들에게 그 같은 명을 내리자 이번에도 범증이 나서서 말렸다.

"그리해서는 결코 아니 됩니다. 그것은 바로 한왕 유방이 바라는 일입니다. 한신과 장이가 조나라를 차지했다고는 하나, 팽월이나 관영과 마찬가지로 그들이 거느린 군사는 그리 많지 않습니다. 등에나 이가 짐승의 살갗에 붙어 그 피를 빨 수는 있어도 목숨을 노릴 수는 없듯이, 저들도 대왕을 귀찮게 할 수는 있으나 감히 대왕께 덤벼들 만한 세력은 못 됩니다. 대왕께서는 그들을 쫓아 대군을 지치게 만들기보다는 전군을 휘몰아 형양으로 치고 드시어 하루빨리 유방을 목 베어야 합니다. 유방만 잡으면 한신이나 팽월의 무리는 바람 앞의 재처럼 자취 없이 흩어져 버릴 것입니다."

하지만 어디서 무슨 소리를 들었는지 패왕 항우는 이번에도 범증의 말을 듣지 않았다.

"장막 안에서 천하의 형세를 따지고 계책을 짜는 데는 아부(亞父)가 낫겠지만, 싸움터를 달리며 승패의 기미를 살펴 적을 무찌르는 데는 과인이 앞설 것이오. 이제 보니, 과인과 유방의 다툼은 한판으로 끝날 싸움이 아니라 여러 판의 싸움으로 어우러진 쟁패전이 되었소. 순서야 어떠하건 결국은 저들 모두를 쓸어버려야 비로소 과인에게 천하가 돌아오게 될 것이외다. 거기다가 한신과 장이는 위나라, 대나라에 이어 조나라, 연나라까지 차지하고 우리 등 뒤를 노릴 뿐만 아니라, 그 땅에서 군사와 곡식을 거둬 형양에 있는 유방에게 바치기까지 한다 하니 더욱 그냥 둘 수 없소!"

그런 말로 제법 조리 있게 맞받으며 장졸을 몰아 동쪽으로 달려갔다. 아마도 조나라를 쳐부순 한신이 새로운 성읍을 손에 넣는 대로 그곳의 장정을 뽑아 형양으로 보낸다는 것까지 들은 듯했다.

패왕이 그렇게 우기고 나서니 범증도 더는 어찌할 수가 없었다. 깊은 우려의 눈길로 패왕을 살피면서도 말없이 그 뒤를 따랐다.

보기에 따라서는 그와 같은 패왕의 결정도 반드시 틀린 것만은 아니었다. 지난날과 같은 집중과 속도를 유지하여 한신과 장이를 철저하게 들부수어 놓는 것도 훌륭한 전략일 수 있었다. 비록 한신과 장이가 조나라와 연나라를 평정하였다고는 하지만 아직 제대로 자리 잡지 못한 데다 조참이 3만 군사를 거느리고 형양으로 돌아간 뒤라 패왕의 본진을 맞기에는 어림도 없는 세력이었다.

조나라로 군사를 돌린 패왕 항우가 복양에 이르렀을 때였다. 하수만 건너면 바로 조나라의 심장부로 찔러 들어가게 되는 곳에 진채를 내리면서 패왕의 새로운 고질이 다시 증세를 드러냈다. 유방과의 대치가 길어지면서 지난날의 과단성과 대담함을 대신해 고개를 들기 시작한 패왕의 또 다른 성격의 일단이었다. 머뭇거림과 소심으로 나타나기 일쑤인, 어울리지 않는 신중함이 그랬다.

패왕은 지난번 거록 싸움에서 그랬던 것처럼 단숨에 전군을 몰아 하수를 건너지 않고 복양성 밖에 진채를 내린 뒤 조나라의 형세부터 살폈다. 장수들에게 군사를 갈라 주고 하수를 건너가 여기저기 조나라의 성읍을 찔러 보게 하는 식이었다. 그런데 그 방식이 또 고약했다.

"장군들은 한신에게 항복한 조나라 성들을 들이쳐 엄하게 그 죄를 물으라. 여자와 어린아이들을 빼고는 모두 산 채 묻어 우리 서초의 위엄을 세우라!"

패왕은 여기저기로 장졸들을 갈라 보내면서 한결같이 그렇게 명을 내렸다. 싸움에 이겨 차지한 땅과 사람이라도 잘 다독여 제 편으로 끌어들이고, 나아가 군량이나 병졸까지도 거둬 쓸 수 있는 새로운 근거지로 삼을 만한 군왕의 안목을 길러 내지 못한 탓이었다.

그런 패왕의 명을 받은 장수들은 저마다 조나라의 성을 들이쳐 멋대로 사람을 죽이고 불을 놓고 재물을 빼앗았다. 그렇게 되자 처음에는 두 세력 사이에 끼여 어쩔 줄 몰라 하던 조나라의 인심이 차츰 한신과 장이 쪽으로 돌아섰다. 한신과 장이도 가만히 보고만 있지 않고 여기저기 뛰어다니면서 힘써 초나라의 공격으로부터 조나라의 성들을 구해 냈다. 그 바람에 복양에 있는 패왕의 본진에는 여러 곳에서 오는 전령들로 분주하였다.

"용저 장군이 삼호까지 올라갔다가 한신과 장이의 협격을 받고 되쫓겨났습니다. 지금은 장수 남쪽으로 밀려나 진채를 내렸다고 합니다."

"종리매 장군이 장수를 건너 한단 옛터에 진채를 내리고 군사를 정비하고 있습니다. 곧 극원으로 올라가 거록을 노릴 것이라고 합니다."

"환초 장군이 백마를 떨어뜨리고 태원(太原)까지 올라갔다가 조나라와 한나라 군사들에게 막혀 발이 묶여 있습니다."

패왕은 기뻐하기도 하고 성내기도 하면서 그런 소식을 들었으나, 자신이 움직이려 하지는 않았다. 밥을 할 솥과 음식을 찔 시루를 깨고 장수를 건너던 지난날의 대장군 항우와는 많이 달라진 모습이었다. 형양에 있는 한왕 유방의 주력이 패왕을 그렇게 망설이고 머뭇거리게 만들고 있는 듯했다.

그사이 조나라를 쥐어짜듯 하여 세력을 키운 한신과 장이가 손발을 맞춰 초나라 군사들을 몰아내니 곧 전선은 장수를 사이에 두고 오락가락하는 형국으로 굳어지고 말았다.

패왕의 본진이 아직도 하수 남쪽에 엉거주춤 머물러 있던 어느 날이었다. 남쪽 팽성에서 달려온 유성마가 뜻밖의 소식을 전했다.

"구강왕 경포가 기어이 반란을 일으켰습니다. 벌써 열흘 전에 대왕께서 보내신 사자를 목 베어 팽성으로 돌려보낸 뒤 있는 대로 긁어모은 구강군(九江軍)을 이끌고 회수를 건넜다고 합니다. 단숨에 기현과 상현을 휩쓴 뒤에 지금은 탕현까지 올라와 있습니다. 이대로 두면 머지않아 풍, 패까지 대왕의 땅이 아니게 되고, 대왕의 본진에서 팽성으로 오가는 길도 끊겨 버릴 것입니다."

팽성에 두고 온 항성(項聲)이 보낸 사자가 전한 급보는 그랬다. 패왕이 채 다 듣기도 전에 시뻘겋게 달아오른 얼굴로 벌떡 일어나며 소리쳤다.

"그 얼굴 시퍼런 도적놈이 죽으려고 환장을 했구나. 내 저를 어떻게 대접했는데 이리도 무례할 수 있단 말이냐? 감히 과인이 보낸 사자를 목 베다니!"

그러더니 좌우를 돌아보며 군막이 날아갈 듯한 목소리로 외쳤다.

"하수 북쪽에 나가 있는 모든 장수들에게 사람을 보내 내일까지 본진으로 돌아오게 하라. 내 당장 구강으로 달려가 그 의리부동한 도적놈의 가죽을 벗기고 삼족을 멸하리라!"

그걸 보고 범증이 다시 나서서 말렸다.

"대왕, 고정하십시오. 그것은 바로 경포를 제 편으로 꾀어 들인 한왕 유방이 처음부터 바란 바일 것입니다. 경포를 미끼로 던져 대왕을 남쪽 회수 가에 붙잡아 두고, 그사이 홀로 중원의 사슴을 쫓겠다는 엉큼한 수작입니다. 결코 그와 같은 유방의 잔꾀에 걸려들어서는 아니 됩니다."

"아니오. 그렇지 않소. 경포를 이대로 살려 둔다면 앞으로는 어느 누구도 과인을 두려워하지 않을 것이오. 반드시 그 얼굴 시퍼런 도적놈을 죽이고 그 고기로 젓을 담가 모든 제후들에게 돌리도록 할 것이오. 과인을 저버리고 하늘의 뜻을 거스른 벌이 얼마나 무서운지를 온 천하에 보여 주어야만 하오."

패왕이 금세라도 터질 듯한 얼굴로 씩씩거리면서 그렇게 우겨댔다. 하지만 이번에는 범증도 쉽게 물러나지 않았다. 전에 없이 엄한 얼굴로 꾸짖듯 말했다.

"대왕께서는 어찌하여 가슴과 배가 썩어 들어가는 큰 병을 버려두고 살갗에 난 버짐이나 부스럼만 그리 급하게 다스리려 하십니까? 이대로 갈팡질팡하시다가는, 서초는 말할 것도 없고 대왕의 옥체조차도 제대로 지켜 내지 못할 것입니다."

그제야 패왕도 조금 분기를 가라앉히고 물었다.

"아부, 그건 또 무슨 말씀이오? 무엇이 가슴과 배의 큰 병이고, 무엇이 살갗에 난 부스럼과 버짐이란 말이오?"

"지금 한왕 유방은 파촉과 한중에다 삼진(三秦)을 아울러 부강했던 옛 진나라의 땅을 오로지하고 다시 함곡관을 나와 천하를 엿보고 있습니다. 광무산의 험한 지세에 의지하고 오창의 넉넉한 곡식을 먹으며 형양에 자리 잡아 성고와 기각지세를 이루고 있으니, 그것만으로도 대왕의 가슴과 배에 생긴 큰 병이라 할 만합니다. 그런데다 이번에 위, 대, 조, 연을 차례로 차지하여 동북으로부터 서초를 에워싸는 형국을 만들고, 다시 경포를 꾀어 대왕의 턱밑에 칼을 들이대게 하였으니, 실로 시급히 다스리지 않으면 가슴과 배를 썩어 문드러지게 할 큰 병이 아닐 수 없습니다.

이에 비하면 한신과 장이나 팽월, 경포의 무리는 유방이 시키는 대로 이리 뛰고 저리 닫는 꼭두각시에 지나지 않습니다. 따갑고 성가시기는 하지만 목숨을 노리지는 못하는 등에나 거머리 같은 무리요, 병으로 치면 살갗에 난 부스럼이나 버짐에 지나지 않습니다."

"경포가 지나온 기현, 상현이나 이제 향하고 있는 풍, 패의 땅은 모두 우리 서초 한가운데 있어 우리와 팽성의 연결마저 끊고 있소. 그런데 그걸 버려두고 형양으로 가서 굳게 지키기만 하는 유방을 치란 말이오?"

"하지만 유방의 목을 베면 경포도 절로 머리 없는 귀신이 됩니다. 거기다가 당장도 경포를 치는 일이라면 굳이 대왕께서 가시지 않아도 됩니다. 용맹한 장수를 골라 군사 한 갈래를 떼어 주는 것으로도 경포를 잡기에는 넉넉합니다."

그 말을 듣자 패왕도 잠시 말없이 생각에 잠겼다. 하지만 이내 아무래도 못 미덥다는 듯 말했다.

"경포는 일찍부터 무리를 지어 도적질을 하였고, 나이 들어서는 장강의 수적으로 남북을 휘젓고 다닌 자요. 거기다가 지난 몇 년 과인을 따라다니면서 군사 부리는 법을 익혀 이제는 만만찮은 장재(將材)를 보여 주고 있소. 과인이 직접 가지 않고도 경포를 잡을 만한 장수가 내게 있는지 모르겠소."

"용저 장군에게 군사 1만 명만 떼어 주고 바로 구강을 치게 하십시오. 그리고 따로 팽성에 있는 항백 장군에게 2만 군사를 내어 용저 장군의 뒤를 받쳐 주게 하시면 구강은 보름 안에 서초의 땅이 될 것입니다. 그사이 대왕께서는 대군을 형양으로 집중하여 하루빨리 유방을 사로잡고 천하대세를 결정지으셔야 합니다."

범증이 그렇게 자신 있는 말투로 대답했다. 얘기가 군사를 부리는 일로 돌아가자 패왕도 계책을 보탰다.

"먼저 용저에게 항성쯤을 딸려 주고 구강으로 보내 경포의 본거지를 치게 한 뒤 과인이 가만히 남쪽으로 달려가 불시에 경포를 후려치면, 아부의 말씀대로 될 듯도 싶소. 과인에게 부서져 얼이 빠져 있는데 다시 구강이 위태롭다는 소식이 들어오면 아무리 경포라도 돌아가지 않고는 못 배길 것이오. 그래서 허겁지겁 구강으로 돌아오는 경포를 용저와 항성이 힘을 합쳐 들이치면 이기지 못할 것도 없소."

그러자 범증이 다짐이라도 받듯 패왕을 똑바로 쳐다보며 말했다.

"허나 너무 시일을 끌어서는 아니 됩니다. 대군을 한군데로 모아서 쓰는 것에 못지않게 재빠른 움직임도 중요합니다. 며칠 안에 경포를 구강으로 내쫓고 전군을 들어 형양으로 달려갈 수 있어야 합니다. 한군데로 모은 힘으로 재빨리 들이쳐야만 한왕 유방을 사로잡을 수 있을 것입니다."

"알겠소. 이번만은 아부의 말씀을 따르리다."

실로 오랜만에 패왕은 그렇게 자신의 고집을 꺾고 범증의 계책을 따라 주었다.

그날 밤 용저가 먼저 군사 1만 명을 이끌고 샛길로 구강을 향해 떠났다. 패왕은 또 빠른 말을 탄 사자를 팽성으로 보내 항백과 함께 그곳을 지키는 항성에게도 구강을 칠 군사를 내게 했다.

그리고 다음 날로 자신도 대군을 이끌고 경포를 찾아 떠났다.

그때 경포의 군사들은 벌써 탕현을 지나 풍읍에 이르러 있었다. 군사를 거느리고 구강을 떠난 뒤로 이렇다 할 싸움도 없이 천 리 가까운 길을 달려온 터라 은근히 굳어 있던 경포의 마음은 적잖이 풀어졌다.

'천하를 떨게 하는 패왕의 초나라가 겨우 이 정도였단 말인가. 이렇게 허술하니 지난번에 한왕 유방에게 도읍인 팽성을 빼앗기는 수모를 당했지. 어찌 보면 내가 너무 항우를 크게 본 건지도 모르겠구나.'

속으로 그렇게 중얼거리면서 풍읍에 진채를 내리게 했다. 그런데 바로 그다음 날이었다. 풀어놓은 세작들이 달려와 급한 소식을 전했다.

"초나라 대군이 남쪽으로 내려오고 있다고 합니다. 패왕이 직접 거느리고 내려온다는 소문입니다."

그 말을 듣자 경포는 갑자기 패왕과 함께 싸우던 때를 떠올리고 으스스해졌다. 특히 함곡관을 깨뜨릴 때 보았던 패왕의 넘쳐나는 힘과 터질 듯한 기세가 그랬다. 하지만 경포는 평생 강한 적에게 쫓기면서 기른 배짱과 도둑 떼의 우두머리로 지내는 동안 몸에 밴 기민함으로 패왕의 대군을 맞을 채비를 했다.

"듣거라. 우리는 이제 작은 군사로 항우의 대군과 맞서게 되었으나 겁낼 것은 없다. 굳이 이겨야 할 싸움이 아니라 몇 달 지지않고 버텨 내기만 하면 된다. 그렇게 적을 이곳에 잡아 두면 나머지 천하를 평정한 한왕이 대군을 이끌고 와서 대세를 결정지을 것이다. 따라서 힘이 되면 돌아서서 싸우고, 힘에 부치면 달아난다. 치중(輜重)은 되도록 줄이고, 장졸들도 병장기와 갑주를 가볍게 해 달아나고 숨기에 편하도록 하라."

그렇게 명을 내리고 패왕의 대군이 이르기를 기다렸다. 하지만 패왕의 대군에 앞서 알 수 없는 소문부터 들어왔다.

"초나라 군사 한 갈래가 우현을 거쳐 율현 쪽으로 내려갔습니다. 우리를 피해 팽성으로 내려가는 군사라 합니다."

그 말을 듣자 경포는 왠지 꺼림칙했다. 패왕이 팽성에 원군을 보낼 수도 있는 일이지만 아무래도 때가 맞지 않았다.

'나를 돌아 앞뒤에서 협격하려는 것인가……'

그러면서 더욱 세밀하게 초군의 움직임을 살피게 하고 있는데 갑자기 패왕의 본진이 호릉에 이르렀다는 급보가 날아들었다. 풍읍성 안에서 이틀을 느긋하게 쉰 경포가 장졸들을 모아 놓고 말하였다.

"성벽이 허술한 성안에서 싸우다가 적의 대군에게 에워싸이면 꼼짝없이 성안에 갇혀 있다 당하고 만다. 풍읍은 성벽이 미덥지 못해 성을 나가 싸울 것이니, 과인이 이른 대로 모두 몸을 가볍게 하고 치중을 줄여 적의 추격을 떨쳐 버리기 쉽게 하라. 부근에서 알맞은 곳을 골라 매복했다가 적에게 일격을 가한 뒤 성벽이 두텁고 높은 하읍으로 물러난다. 하지만 하읍도 지키기 어려우면 망산과 탕산 사이로 달아나 숨었다가 때를 보아 다시 치고 나오면 된다."

그러고는 미련 없이 풍읍을 버렸다.

한편 패왕은 용저의 남행(南行)을 감춰 주기 위해 대군을 더욱 요란스레 이끌고 호릉을 떠났다. 유방의 고향인 패현 풍읍에 이르니, 거기 있던 경포의 군사들은 이미 떠나고 용저가 보낸 전령이 달려와 소식을 전했다.

"용저 장군께서 아무 일 없이 율현을 지나 구강으로 내려가고 있습니다. 닷새면 구강에 이를 수 있으리라 하셨습니다."

그 말을 들은 패왕은 한 번 더 팽성에 사자를 보내 항백을 재촉했다.

"항성이 이끄는 팽성의 원군도 닷새 안으로 구강에 이르러 용저와 손발을 맞추도록 하라."

그리고 풍읍성 안에는 들어가 보지도 않은 채 경포를 뒤쫓았다. 풍읍 사람들을 불러 경포의 군사들이 간 곳을 알아보게 하니 대강 하읍 쪽으로 달아난 듯했다.

"모두 하읍으로 가자. 경포는 하읍의 성벽을 믿고 그 안에서 버텨 볼 작정인 것 같다. 독 안에 든 쥐새끼가 따로 있겠느냐?"

항우가 그러면서 군사를 몰아 하읍으로 달려갔다. 그런데 하읍에서 북쪽으로 30리쯤 되는 골짜기를 지날 때였다. 먼저 골짜기를 지난 패왕의 전군과 중군이 후미까지 다 빠져나오기를 기다리며 천천히 나아가고 있는데 갑자기 골짜기 안에서 함성과 함께 연기가 치솟았다.

"무슨 일이냐?"

중군에 싸여 골짜기를 나온 패왕이 그렇게 묻자 급히 뒤로 달려가 본 부장 하나가 달려와 알렸다.

"경포의 군사들입니다. 골짜기에 매복해 있다가 우리 후군과 허약한 치중부대를 들이친 것 같습니다."

그 말에 놀란 패왕이 급히 후군에게 원병을 보냈으나 골짜기가 좁아 잘 되지 않았다.

이윽고 원병의 도움을 받아 간신히 경포의 매복을 벗어난 패왕의 후군이 골짜기를 나왔다. 헤아려 보니 적지 않은 군사가 다치고 치중도 태반이 불타 없어지고 말았다.

"적은 어디 있느냐?"

패왕이 분노를 참지 못해 씨근거리며 그렇게 묻자 그곳 지리를 잘 아는 이졸 하나가 조심스레 말했다.

"하읍으로 빠지는 샛길로 사라졌으니, 아마도 하읍으로 갔을 것입니다."

"좋다. 그렇다면 우리도 어서 하읍으로 가자. 내 반드시 경포를 사로잡아 그 가죽을 벗겨 놓으리라!"

패왕이 부드득 이를 갈며 그렇게 소리치고 군사를 휘몰아 하읍으로 달려갔다. 그런데 실로 분통 터지는 일은 경포가 하읍성 안으로 들지 않은 것이었다. 불같이 성문을 깨고 들어가 보니, 성문을 닫아건 것은 성안 백성들이었다. 유민군이나 초적들의 노략질을 막기 위해 그리했을 뿐이었다.

"경포는 어디로 갔느냐? 어서 경포를 찾아라!"

패왕이 불길이 뚝뚝 듣는 듯한 눈으로 좌우를 돌아보며 소리쳤다. 장졸들이 저마다 흩어져 이리 뛰고 저리 뛰고 하다가 돌아와 말했다.

"구강군은 하읍으로 들지 않고 바로 망산과 탕산 사이로 숨어 버렸다고 합니다."

망산과 탕산 사이가 숲이 짙고 지형이 험준하다는 것은 패왕도 들어 알고 있었다. 아무리 대군을 몰고 가도 그 산속 깊숙이 처박히면 잡을 길이 없었다. 한왕 유방도 한때는 그곳에 숨어 진나라의 엄한 법을 피했다고 하지 않던가. 그 바람에 당장 경포를 사로잡아 분을 풀 수 없게 된 패왕이 부글거리는 속을 억누르며 내뱉었다.

"왕좌에 앉아도 도둑 떼의 우두머리는 어쩔 수가 없구나. 싸우지도 않고 산속에 숨어 버릴 바에야 무엇 때문에 군사를 몰고 여기까지 왔단 말이냐?"

그러고는 처음 범증과 나눈 논의도 잊고 다시 망산과 탕산 사이로 달려갈 듯 군사들을 몰아댔다. 그때 범증이 가만히 항우를 말렸다.

"망산과 탕산에서 경포를 잡으려 해서는 아니 됩니다. 경포는 늙은 범과도 같아서 그를 잡자면 적지 않은 군사가 상해야 하는데, 이제 그걸 피할 수 있게 되었으니 차라리 잘됐습니다. 망산과 탕산을 칠 것처럼 하시되 사방 길을 막지는 마십시오. 그럼 경포는 며칠 안으로 망산과 탕산을 빠져나가 구강으로 돌아갈 것입니다."

"그건 또 어찌하여 그렇소?"

"경포가 성을 버리고 산속으로 숨었다는 것은 그만큼 대왕을 두려워한다는 뜻입니다. 거기다가 근거지인 구강에 우리 초나라 군사가 이르렀단 말을 들으면, 처자와 재물을 모두 구강 왕궁에 두고 온 경포는 더 버틸 수 없을 것입니다. 반드시 망산과 탕산 사이를 빠져나가 구강으로 돌아갈 것이니, 대왕께서는 여기서 발을 빼 형양으로 달려갈 수 있습니다. 놀라 구강으로 돌아가는 경포는 늙은 범이라도 이미 상처 입은 범입니다. 사냥은 용저와 항성에게 맡기시면 됩니다."

"그렇다면 다시 한번 용저에게 사람을 보내 행군을 재촉하시오. 아부의 말을 따른다 해도 너무 오래 여기 잡혀 있을 수는 없지 않소?"

패왕이 이번에도 용케 치미는 화를 억누르며 범증의 말을 들어주었다. 그런데 구강으로 내려간 용저와 항성에게 사람을 보낸 지 며칠 지나기도 전에 다른 곳에서 바라던 소식이 날아들었다. 남쪽에서 망산과 탕산 사이로 드는 길목을 느슨하게 막고 있던 환초가 사람을 보내 알려 왔다.

"오늘 새벽 구강군의 유성마 한 필이 에움을 뚫고 망산과 탕산 사이로 들었습니다. 이후 산속이 술렁거리는 게 아무래도 낌새가 이상합니다."

마침 패왕 곁에 있다가 그 말을 들은 범증이 반가워하는 얼굴로 말했다.

"이는 바로 대왕께서 기다리던 소식임에 틀림없습니다. 용저와 항성이 구강을 휩쓸자 경포에게 급보가 들어간 것입니다. 어서 환초에게 명을 내리시어 모르는 척 길을 터 주게 하십시오. 그런 다음 다시 용저와 항성에게 사람을 보내 허둥지둥 돌아오는 경포를 불시에 들이치게 하시면 어렵지 않게 그 목을 얻을 수 있을 것입니다."

패왕도 그 말을 옳게 여기고, 곧 범증이 이르는 대로 했다.

한편 망산과 탕산 사이에 숨어 패왕의 군사를 유격(遊擊)할 틈만 노리던 경포는 초나라 군사가 구강을 휩쓸고 있다는 소식에 몹시 놀랐다. 번뜩이는 눈빛으로 그 놀라움을 감추고, 달려온 전령에게 물었다.

"구강으로 쳐들어온 초나라 장수는 누구라더냐?"

"북쪽과 동쪽 두 갈래인데 북쪽에서 내려온 장수는 스스로 용저라 밝혔고, 동쪽에서 온 장수는 항성이라 하였습니다."

"항성이라면 항백과 함께 팽성을 지키고 있던 자가 아니냐? 팽성을 잃었다 찾은 게 언제인데 항백이 또 팽성을 비워 놓고 구강까지 항성을 내려 보냈단 말이냐?"

묻는다기보다는 탄식에 가깝게 중얼거리고 있는데 그때까지도 경포의 군막에 머무르고 있던 수하가 찾아와 물었다.

"대왕께서는 무슨 일로 이리 황망해하십니까?"

"항우가 용저와 항성을 보내 우리 구강 땅을 쑥밭으로 만들어 놓고 있다 하오. 이대로 두면 도성인 구강마저 적의 손에 떨어지고 말겠소. 어서 돌아가 도성을 지키고 과인의 기업부터 보존해야 되겠소."

경포가 은연중에 원망 섞인 소리로 그렇게 말했다. 수하가 차분하게 받았다.

"대왕께서 진정으로 기업을 보존하시려면 그리하셔서는 아니 됩니다. 이는 범증 늙은이가 대왕을 사로잡으려고 쳐 놓은 그물에 스스로 걸려드는 꼴입니다. 오히려 저희들의 계책에 스스로 취해 느슨해진 패왕의 본진을 들이쳐서 패왕으로 하여금 용저와 항성을 불러내게 해야 구강 땅이 보존될 것입니다. 하지만 그도 어려우면 지금 저와 함께 형양으로 가서 우리 대왕과 군사를 합치는 것도 대왕을 위한 한 가지 방책이 될 것입니다."

하지만 경포는 이미 도읍 육(六)에 있는 처자와 재물 걱정으로 마음이 어지러워져 있었다. 수하의 말을 알아듣지 못하고 제 뜻만 우겼다.

"항우가 대군을 이끌고 구강으로 쳐들어간 것도 아닌데 너무 걱정할 것 없소. 먼저 토끼 사냥부터 한 뒤에 호랑이를 잡아도 늦지 않을 것이오. 구강으로 가서 용저와 항성을 사로잡은 뒤에 돌아와 항우를 잡을 터이니 사자께서는 구경만 하시오."

경포는 그렇게 큰소리까지 치며 군사를 구강으로 돌렸다. 망산과 탕산 사이의 남쪽 출구를 느슨하게 에워싸고 있던 환초가 모르는 척 길을 터 주자 경포가 이끄는 3만 군사는 급히 구강으로 되돌아갔다. 저마다 그 땅에 남겨 두고 온 부모처자 걱정에 걸음을 빨리하니 탕현을 떠난 지 이틀도 안 돼 대택향 남쪽 회수 가에 이를 수 있었다.

구강성이 가까워 오자 더욱 마음이 다급해져 강을 건너는 군사들을 재촉하고 있는 경포에게 부장 하나가 슬며시 일깨워 주었다.

"이미 적의 대군이 구강 땅으로 들어왔다면, 틀림없이 우리가 물을 건널 때를 노릴 것입니다. 회수 남쪽에 군사를 감추고 기다리다 우리 대군이 반쯤 물을 건넜을 때 들이치면 물을 건넌 군사들은 아직 진세를 정비하지 못했고, 한참 물을 건너고 있는 군사들은 급히 물을 건너도 상하와 항오(行伍)가 흐트러져 있어 제대로 싸울 수 없을 것입니다."

그 말을 듣자 크고 작은 싸움으로 늙은 경포도 퍼뜩 정신이 들었다. 먼저 물을 건넌 부대는 서둘러 녹각과 목책을 세워 진채를 짜게 하고, 뒤따라 물을 건너는 부대도 언제든 싸움에 나설 수 있도록 대오를 정비하게 했다. 하지만 경포의 대군이 물을 다 건너도록 초나라 군사는 그림자도 얼씬하지 않았다.

"이게 어찌 된 일이냐? 그렇다면 초나라 군사들은 우리를 등 뒤에 두고 서쪽으로 몰려가 우리 구강성(九江城, 수춘)을 에워싸기라도 하였다는 것이냐?"

회수를 건너 군사를 정비한 경포가 갑자기 다급해진 어조로 그렇게 물었다. 부장들이 인근 백성들을 찾아 물어보니 용저와 항성의 군사들은 벌써 이틀 전에 그곳을 지나갔다고 알려 주었다. 놀란 경포가 다시 군사들을 급하게 몰아댔다. 그러나 실은 그게 용저와 항성이 노린 점이었다.

경포는 잠시 쉴 틈도 주지 않고 군사를 휘몰아 허둥지둥 구강성을 향해 달려갔다. 하룻밤, 하루 낮을 내달린 경포의 군사들이 한군데 숲 사이로 난 길을 지날 때였다. 갑자기 함성과 함께 초나라 대군이 숲 속에서 달려 나왔다. 경포가 놀라 살펴보니 대장기를 세우고 앞서 나와 길을 막고 있는 것은 용저였다.

"구강왕은 어찌하여 우리 대왕을 저버리고 장돌뱅이 유방에게 무릎을 꿇으셨소? 우리 대왕께서는 아직도 구강왕의 용맹을 잊지 못해 높은 자리를 비워 놓고 기다리시니 이제라도 넓고 떳떳한 길로 돌아가시는 게 어떻소?"

용저가 경포를 알아보고 말 위에서 제법 군례까지 올린 뒤에 그렇게 달래듯 말했다. 경포는 그런 용저에게 더욱 화가 나 목소리를 높였다.

"한때의 세력에 밀려 잠시 항우에게 머리 숙인 적은 있으나 그게 어찌 과인의 진심이었겠느냐? 게다가 항우는 무도하게 의제(義帝)를 죽이고 천하 제후들을 종 부리듯 하려 들었으니 더욱 용서할 수 없다. 그런데 너는 한낱 항우의 종놈에 지나지 않으면서 이 무슨 헛소리냐?"

그러자 용저도 목소리를 높였다.

"이 늙은 도적놈이 주는 술을 마다하고 기어이 벌주를 마시겠다는 것이냐?"

"오냐. 정녕 네놈이 과인에게 벌주를 마시게 할 재주가 있는가 보자!"

경포가 그러면서 큰 칼을 뽑아 들었다. 그런 경포에게는 도둑떼의 우두머리로 오랫동안 강한 적과 싸우면서 기른 조심성은 거의 남아 있지 않았다. 왕인 경포가 그렇게 앞뒤 없이 나서자 구강의 장졸들도 명을 기다리지 않고 다투어 앞으로 내달았다.

용저도 움츠러듦이 없이 군사를 휘몰아 맞서 곧 초나라 군사와 구강군 사이에 한바탕 혼전이 벌어졌다. 경포가 거느린 군사는 머릿수도 용저의 군사보다 많은 데다 제 땅에서 싸우는 터라 기세가 높았다. 일시 싸움은 구강군에게 유리하게 기우는 것 같았다.

"초나라 군사들은 어서 항복하여 목숨을 빌어라! 그렇지 않으면 갑옷 한 조각 무사하게 건져 돌아가지 못할 것이다."

경포가 그렇게 기세를 올리고 있는데 등 뒤에서 갑자기 함성과 함께 한 갈래 초나라 군사가 나타났다. 깃발을 보니 항성이 이끄는 군사들이었다. 항성은 진작부터 용저와 짜고 가까운 숲속에 숨어 있다가 싸움이 불붙기를 기다려 갑자기 경포의 등 뒤로 치고 들었다.

별 탈 없이 회수를 건너게 되면서 경계심이 풀어져 있던 경포는 잠시 잊고 있었던 항성이 그렇게 나타나자 몹시 놀랐다. 그때까지 용저를 얕보고 있던 만큼이나 두려움에 빠져 손발이 어지러워지기 시작했다. 놀라고 겁먹기는 구강군도 마찬가지였다. 항성이 새로 군사를 이끌고 왔다고는 하지만 용저의 군사와 합쳐도 자기들보다 그리 많지 않았다. 그런데도 몇 배의 적군에 포위된 듯 싸워 보지도 않고 허둥댔다.

"겁낼 것 없다. 초군은 적은 군사를 갈라 눈속임을 하고 있을 뿐이다. 다 합쳐 보았자 우리보다 많지 않으니 모두 힘을 다해 싸워 물리쳐라!"

겨우 마음을 가다듬은 경포가 그렇게 소리치며 장졸들을 일깨우고 북돋웠으나 별로 소용이 없었다. 앞뒤로 몰린 구강군은 한 식경도 안 돼 창칼을 거꾸로 잡고 달아나기 시작했다. 경포와 그의 장수들이 달아나는 군사들을 베어 가며 버텨 보려 했으나, 이미 기울어진 대세를 되돌리기에는 늦어 있었다. 한 싸움을 크게 지고 30리나 달아나서야 겨우 대오를 수습할 수 있었다.

"여기가 어디냐?"

한숨 돌린 경포가 좌우를 돌아보며 물었다. 그곳 지리를 잘 아는 장수 하나가 대답했다.

"음릉 서쪽입니다."

"그렇다면 어서 구강성으로 돌아가자. 샛길을 찾아 밤낮 없이 달리면 용저나 항성보다 먼저 들어갈 수가 있다. 구강성 안에만 들 수 있으면 두려울 게 무엇이랴!"

경포가 그렇게 말하며 군사를 휘몰아 구강성으로 달려갔다. 그런데 이 무슨 일인가, 경포가 하룻밤 하루 낮을 달려 구강성에 이르니 문루에는 이미 초나라 깃발이 높이 걸려 있었다. 뿐만 아니라 성가퀴에 빽빽이 올라서서 화살을 쏘아 대는 것도 모두 초나라 군사들이었다.

"이게 어찌 된 일이냐? 어떻게 하여 초나라 군사들이 벌써 구강성을 점령하였느냐?"

경포가 놀라 물었다. 다시 사람을 풀어 성 안팎 사정을 알아본 장수가 한참 만에 돌아와서 말했다.

"성은 이미 사흘 전에 초나라 군사들의 손에 떨어졌다고 합니다. 지금은 용저와 항성이 남긴 군사들이 지키고 있습니다."

그 말에 경포가 아무래도 믿을 수 없다는 듯 다시 물었다.

"과인이 남긴 장졸들은 무얼 하고 있었다더냐?"

"그곳 수장은 장졸들과 더불어 백성들을 이끌고 성을 지켜 보려 했으나, 어리석은 백성들이 따라 주지 않아 그리됐다는 소문입니다. 용저와 항성이 성이 떨어지는 날에는 남녀노소를 가리지 않고 모두 산 채로 땅에 묻을 것이라고 을러대자, 겁을 먹은 백성들이 성문을 열고 달아나려다 초군에게 틈을 보인 것입니다. 다행히도 성안 장졸들은 다수가 성이 떨어지기 전에 빠져나가 도성인 육현으로 물러났다고 합니다."

그 말을 들은 경포는 불길이 이는 눈길로 성루를 올려다보다 좌우를 돌아보며 소리쳤다.

"모든 장졸들은 들어라. 성안의 적은 얼마 되지 않는다. 채비가 되는 대로 성을 들이칠 것이니 지금부터 모두 흩어져 성벽을 기어오르는 데 쓸 사다리와 장대, 밧줄과 갈고리를 모아들이도록 하라. 저물기 전에 도성을 되찾아 오늘 밤은 성안에서 편히 쉬자!"

이에 구강군 장졸들은 급히 공성을 준비해 원래 저희 성이었던 구강을 들이쳤다. 하지만 구강은 홍구와 회수를 천연의 해자처럼 두른 데다 성벽이 높고 든든하기로 이름난 성이었다. 거기다가 지키는 초군도 머릿수는 많지 않지만 이미 채비를 하고 기다리던 터라 싸움은 경포의 뜻과 같지 못했다. 저물 때까지 두어 차례 맹렬한 공격을 퍼부었으나 성은 쉽게 떨어지지 않았다.

이튿날 경포는 날이 새기 무섭게 다시 구강성을 들이치기 시작했다. 그런데 첫 번째 공격이 허사가 되어 잠시 쉬게 하고 있을 때, 동쪽으로 나가 있던 탐마가 달려와 급한 소식을 전했다.

"용저와 항성의 대군이 몰려오고 있습니다."

"지금 어디까지 와 있느냐?"

경포가 시퍼렇게 먹실 글씨 흔적이 남은 이맛살을 찌푸리며 물었다. 살피고 돌아온 군사가 공연히 죄지은 얼굴이 되어 대답했다.

"20리 밖에 진채를 내렸습니다. 곧 적의 척후(斥候)가 이곳에 이를 것입니다."

그 말을 듣자 뱃심 좋은 경포도 다시 마음이 어지러워졌다. 많건 적건 성안에 아직 버티는 적이 있는데, 용저와 항성의 대군이 등 뒤로 다가들고 있었기 때문이었다. 잘못되면 또다시 앞뒤로 적을 맞아 낭패를 볼 수가 있었다.

"군사를 거두어라. 아무래도 안 되겠다. 우선 도성인 육현으로 가자. 거기서 군사를 정비한 뒤에 다시 초군과 결판을 내자!"

잠시 부글거리는 속을 누르며 생각에 잠겼던 경포가 그렇게 명을 내렸다. 이에 구강 장졸들은 성을 치는 데 쓰던 물품과 기구들을 모두 던져두고 도성인 육현으로 물러날 채비를 했다. 비록 싸움에 져서 쫓기는 것은 아니었으나, 며칠 전에 호되게 당한 적이 있는 사나운 적군이 다가들고 있다는 소문에 장졸들의 마음은 쫓기는 것이나 다를 바 없이 어지럽고 수선스러웠다.

구강을 떠난 경포의 군사들이 육현으로 달려가기를 반나절이나 하였을까? 앞서 살피러 갔던 군사들이 돌아와 또 뜻밖의 소식을 전했다.

"초나라 대군이 육현으로 가는 길을 막고 있습니다. 관도 가의 산과 들이 온통 초나라 깃발로 뒤덮여 그 수가 얼마나 되는지 가늠하기 어렵습니다."

"용저와 항성이 우리를 뒤쫓고 있는데 무슨 놈의 초나라 대군이 또 앞길을 막는단 말이냐?"

경포가 어이없어 하는 얼굴로 그렇게 물었다. 가까이 숨어들어가 적진을 살피고 돌아온 군사가 머뭇거리며 대답했다.

"대장기에 쓰인 이름은 항백이라 하였습니다."

"그럴 리가 없다. 항백까지 대군을 이끌고 왔다면 팽성은 텅 빈 것이나 다름없다. 항백이 조카 항성을 보낸 것은 그렇게 팽성을 비워 두지 않기 위함인데, 그가 어떻게 하여 또 여기로 왔단 말이냐?"

경포가 아무래도 믿을 수 없다는 듯 그렇게 되묻는데 항백을 잘 아는 장수 하나가 조심스레 그 말을 받았다.

"대왕, 항백이라면 넉넉히 그리할 수 있는 위인입니다. 아마도 패왕에게서 어떻게든 구강을 뿌리 뽑으라는 엄명을 받았을 것입니다."

그래도 경포는 항백의 대군이 이른 것을 믿지 않았다.

"아니다. 이는 과인을 속이려고 용저나 항성이 잔꾀를 부린 것이다. 많지 않은 의병(疑兵)을 풀어 깃발과 진채로 허장성세를 하고 과인의 눈을 어지럽히려 하고 있을 뿐이다. 한 싸움으로 짓뭉개 버리자!"

오히려 그렇게 소리치며 군사를 몰아 부딪쳐 갔다. 하지만 들판과 산기슭에 기대 펼친 항백의 진채는 뜻밖으로 단단했다. 날카롭게 깎아 세운 녹각과 굵은 통나무로 촘촘히 세운 목책은 어지간한 성벽에 못지않았다. 거기다가 그 뒤에 숨어 있는 초나라 군사들도 경포의 짐작보다는 훨씬 대군이었다.

경포는 무서운 기세로 장졸들을 몰아댔으나 이번에도 싸움은 뜻대로 되지 않았다. 구강으로 가는 도중에 용저와 항성의 협격을 받아 군사가 반나마 상한 데다, 구강성에서도 하루 밤낮을 소득 없는 싸움으로 지친 경포의 군사들이었다. 그나마 용저와 항성에게 쫓기는 기분으로 달려온 터라 사기가 남아 있을 리 없었다.

두 번이나 몸소 앞장서 돌진했으나 적의 진채를 뚫지 못하자 경포가 주춤해 있는데, 다시 뒤쪽에서 다급한 전갈이 왔다.

"용저와 항성의 군사들이 벌써 10리 밖에 이르렀습니다. 머지않아 우리 등 뒤를 후려칠 것입니다."

그 말을 듣자 경포도 퍼뜩 정신이 들었다. 용저와 항성, 항백이 속도와 집중이 잘 배합된 패왕 특유의 전법을 충실히 따르고 있을 뿐임을 드디어 알아차린 것이었다.

"안 되겠다. 북쪽으로 물러나라. 항백과 용저에게 앞뒤로 에워싸이면 그때는 정말로 빠져나갈 길이 없다. 육현으로 돌아가는 길은 그다음에 찾아보자."

마침내 육현으로 돌아가기를 단념한 경포가 그렇게 영을 내리고 군사를 북쪽으로 물렸다.

집중과 강습(强襲)

그때 패왕 항우는 아직도 하읍에 머물러 있었다. 한편으로는 형양에 틀어박힌 유방을 한 싸움으로 사로잡을 수 있게 힘을 끌어 모으고, 다른 한편으로는 구강으로 간 용저와 항성, 항백이 경포를 이겨 팽성의 등 뒤를 깨끗이 쓸어 주기를 기다렸다. 범증이 애써 달래고 권한 대로였다.

그런데 동짓달이 채 가기도 전에 남쪽에서 반가운 소식이 날아들었다.

"용저 장군과 항성 장군이 구강성을 떨어뜨리고 경포를 회수 북쪽으로 내쫓았습니다. 또 항백 장군은 구강의 도읍인 육현을 에워싸고 있는데, 성안에는 경포의 처자가 들어 있다 합니다."

사자가 달려와 그와 같이 알리자 곁에 있던 범증이 조용히 물었다.

"경포는 어디로 갔느냐?"

"용저, 항성 두 장군에게 태반이 꺾인 군사를 거느리고 회수를 건넜으나, 회수 북쪽에서 용저 장군에게 또 한차례 호된 공격을 받자 갑자기 군사를 흩고 사라졌습니다."

"군사를 흩고 사라지다니?"

이번에는 항우가 궁금하다는 듯 물었다.

"모두 산이나 못가에 숨어 자신이 다시 돌아오기를 기다려 달라며 남은 군사를 흩어 버리고 겨우 몇 십 기만 거느린 채 어디론가 사라졌다고 합니다."

"그렇다면 아마도 한왕 유방을 찾아갔을 것입니다."

범증이 가볍게 고개를 끄덕이며 그렇게 덧붙였다. 패왕이 알 수 없다는 듯 물었다.

"유방을 찾아갔다면 무엇 때문에 군사를 흩어 버렸다는 거요? 조금이라도 군사가 많아야 유방에게 더 좋은 대접을 받지 않겠소?"

"아마도 경포가 용저와 항성에게 단단히 혼이 난 듯합니다. 사방으로 쫓기다가 회수 북쪽에서도 다시 타격을 받자 대왕께서 형양으로 가는 길목을 지키고 계신 것으로 지레짐작한 것일 테지요. 많은 군사를 거느리고는 뚫고 나갈 수 없다고 보아, 몸을 가볍게 하고 샛길로 빠져 유방에게로 달아나려고 하는 것 같습니다."

천 리 밖에 앉아 있으면서도 바로 곁에서 본 듯 범증이 그렇게 말했다. 그 말에 패왕이 갑자기 목소리를 높였다.

"그렇다면 이제라도 군사를 풀어 형양으로 가는 샛길을 막고, 그 얼굴 시퍼런 도적놈을 사로잡아야 하지 않소?"

"이미 늦었거니와 구태여 그럴 까닭도 없습니다. 경포보다는 형양에 똬리를 틀고 앉은 묵은 구렁이를 잡아내는 일이 시급합니다. 이제부터 대왕께서는 또 한 번 거록의 싸움을 치른다는 심경으로 힘과 물자를 모두 형양에 집중하신 뒤에 적이 숨 돌릴 틈 없이 매섭게 들이치셔야 합니다. 한신이나 팽월, 장이의 무리가 구원을 오기 전에 형양성을 둘러엎고 유방을 목 베어야만 천하가 대왕의 다스림 아래 안정될 것입니다."

그러자 패왕도 더는 딴소리를 하지 않았다. 그날로 군사를 휘몰아 형양으로 달려가며 용저와 항성도 지체 없이 뒤따라오도록 했다. 하지만 다 삭이지 못한 격렬한 미움만은 끝내 감추지 못했다.

"항백은 남아 반드시 육현을 떨어뜨리고 경포의 처자를 모조리 잡아 죽여 버려라! 구강의 군사들도 모두 거두어 경포가 돌아온다 해도 의지할 데가 없게 하라."

(7권에서 계속)

초한지 6

동트기 전

개정 신판 1쇄 발행 2020년 11월 5일
개정 신판 2쇄 발행 2022년 11월 15일

지은이 이문열

발행인 양원석
펴낸 곳 ㈜알에이치코리아
주소 서울시 금천구 가산디지털2로 53, 20층(가산동, 한라시그마밸리)
편집문의 02-6443-8842 **도서문의** 02-6443-8800
홈페이지 http://rhk.co.kr
등록 2004년 1월 15일 제2-3726호

copyright ⓒ 이문열

ISBN 978-89-255-8968-8 (04820)
     978-89-255-8974-9 (세트)